Świąteczny Bohater Louise

KSIĘGARNIANE PIĘKNOŚCI

KSIĄŻKA TRZY

CATHERINE BILSON

EBONY OATEN

SHENANIGANS
· PRESS ·

Ostrzeżenie dotyczące treści

- Przemoc emocjonalna ze strony członków rodziny
- Podpalenie
- Powszechna niesprawiedliwość i seksizm, ponieważ kobiety uważano za obywatelki drugiej kategorii
- Niepohamowane rozmnażanie się kotów, ponieważ sterylizacja zwierząt domowych nie była jeszcze znana

Zalecamy również, by nie stosować żadnych ziołowych środków wspomnianych w tych książkach. Choć niektóre mogą działać, nie są one zawsze niezawodne, a dawki i skuteczność mogą się różnić w zależności od osoby. Prosimy, by niczego, co znajduje się w tych książkach, nie traktować jako porady medycznej.

ROZDZIAŁ 1

Louise dowodzi

Hertfordshire, 1814 roku

Louise Baxter, druga od końca, lecz bezsprzecznie najwyższa — i z pewnością najzaradniejsza, przynajmniej w jej własnym przekonaniu — z czterech sióstr Baxter, stała na skraju zabłoconej drogi. Energicznie pomachała na pożegnanie, gdy dyliżans pocztowy wiozący jej siostrę Marie potoczył się dalej, a koła rozchlapywały bryzgi błota, które opryskały jej buty i dół spódnicy. Dyliżans jechał na północ i z każdym szarpnięciem oraz kołysaniem niósł Marie coraz dalej w pierwszą część jej długiej podróży do Kumbrii. Louise trzymała się prosto, z ramionami ściągniętymi w tył i podniesionym wysoko podbródkiem, zdeterminowana wyglądać na niezachwianą, dopóki powóz całkiem nie zniknie jej z oczu. Tyle przynajmniej była siostrze winna.

Dopiero gdy dyliżans zniknął za zakrętem, Louise pozwoliła, by opadły jej ramiona. Długie, ciężkie westchnienie wyrwało się z jej ust, jakby było tam uwięzione od godzin.

— Ale będziemy miały roboty — wymamrotała, odwracając się do najmłodszej siostry, Bernadette, stojącej u jej boku. Obie tkwiły po kostki w błocie na drodze, a chłód i wilgoć wdzierały się przez solidne buty.

— Musiała jechać — zauważyła rzeczowo Bernadette. Jej ton był lekki, choć mina już nie. Razem pomaszerowały z powrotem ku Baxter's Fine Books, rodzinnemu interesowi, który pochłaniał niemal każdą chwilę ich życia, odkąd były dość duże, by ścierać kurz z półek i układać wystawy. Zanim weszły do środka, zatrzymały się przy skrobaku do butów przed sąsiednią gospodą Red Lion, z wprawą usuwając najgorsze błoto.

— Hrabia Wymagający zamówił książki za niemal sto pięćdziesiąt funtów — ciągnęła Bernadette, strzepując z sukni kropelki błota. — Ale musiałyśmy dostarczyć je osobiście.

— Myślał, że pisze do naszego ojca! — głos Louise nabrał ostrej, rozdrażnionej nuty, a słowa wychodziły urywane, jakby odgryzała je, zanim całkiem zdążyły się wydostać. — Mam nadzieję, że zapłaci, kiedy na jego progu stanie Marie!

— Och, nie bądź taką panikarą — zganiła ją Bernadette. — Książki dostanie, prawda? To nie tak, że go oskubałyśmy. Marie go oczaruje, nie mam wątpliwości, i wróci na Boże Narodzenie — z kieszeniami brzęczącymi od monet.

Louise prychnęła z irytacją. — A tymczasem cała robota spada na nas! — Ich buty dudniły po deskach podłogi, gdy weszły do sklepu i zamknęły drzwi, odcinając chłód i wilgoć.

Nie tylko nieobecność Marie ją przygniatała. Było ich już o jedną siostrę mniej, bo najstarsza, Estelle, poślubiła pana Yatesa i wyjechała do Irlandii odwiedzić jego matkę. Najwcześniej wróci dopiero wiosną.

Mimo to, gdy Louise rozejrzała się po księgarni, irytacja zmiękła w coś cieplejszego. Sklep zawsze był jak dom. Pachniał stęchłym papierem i starym wyprawianym cielęcym, zapach, który — jak sądziła — na zawsze zostanie w jej pamięci, podbity ostrą, kwaskowatą nutą świeżego kleju. Przez okna wpadało niewiele światła, bo większość szyb dawno zasłoniły regały uginające się od książek. Zamiast tego liczne kąty i zakamarki rozjaśniały starannie osłonięte lampy olejowe wiszące na belkach i rozmieszczone w strategicznych miejscach. Ich złocisty blask ożywiał półki i stosy, rzucając tańczące po ścianach cienie.

Ruth Millings, ich młoda pomocnica, krzątała się z miotłą, gdy Louise i Bernadette weszły. Jej ojciec, ognisty pastor Silas Millings — prywatnie wśród sióstr Baxter zwany „Starym Siarką" — bardzo jasno dał do zrozumienia, że Ruth ma zachowywać się z najwyższą przyzwoitością. Pozwolił jej przyjąć posadę tylko pod warunkiem, że co niedzielę cała jej pensja trafi prosto do kościelnej tacy.

— Nie wchodziłam jeszcze za ladę — powiedziała niepewnie Ruth, kiedy Louise i Bernadette zdejmowały płaszcze. Jej głos był cichy, niemal przepraszający, a dłonie nerwowo ściskały trzonek miotły.

— W porządku — odparła Louise z uspokajającym uśmiechem. — Zajmę się tym.

Sięgnęła po małą szufelkę, skrobak i szmatki, które trzymały specjalnie do tego zadania, i weszła za ladę. Tam, jak zwykle, czekał poranny prezent od Crafty, sklepowej kotki.

Crafty, której pełne imię brzmiało Wollstonecraft, gdy była w poważnych kłopotach, od lat była ważnym trybikiem w funkcjonowaniu sklepu. Była znakomitą łowczynią, trzymała w ryzach myszy grożące podjadaniem papieru. Jednak jej zwyczaj zostawiania za ladą częściowo rozpłatanego podarunku dla pań sklepu był już mniej ujmujący. Ostatnio do nawyku dołączył jej syn Pie — młody kocur z talentem do polowania po matce, lecz bez jej dyskrecji — i liczba niemiłych niespodzianek, które Louise musiała sprzątać każdego dnia, podwoiła się.

— Phi, Crafty — mruknęła Louise, marszcząc nos, gdy zdrapywała wstrętną miazgę i wynosiła ją na zewnątrz, by zakopać na gnojowisku. — I ty też, Pie! Między wami dwojgiem nie jestem pewna, czy warto znosić to dla kilku mniej myszy.

Gdy podłoga za ladą była już czysta, Louise umyła ręce, energicznie wytarła je w fartuch i wróciła na stanowisko. To niegdyś był stały rewir Estelle, potem Marie. Teraz, gdy obu zabrakło, Louise i Bernadette na zmianę obsługiwały ladę.

Dzwonek nad drzwiami zabrzęczał i Louise podniosła wzrok, spodziewając się klienta. Zamiast niego to była Rosie, młoda służąca, którą pan Yates zatrudnił im, zanim zabrał Estelle do Irlandii. Rosie pomagała pani Poole, gospodyni, przy gotowaniu, sprzątaniu i praniu, odciążając siostry od domowych obowiązków, które wcześniej dzieliły między sobą.

— Dzień dobry, Rosie — powiedziała ciepło Louise. — Pani Poole ucieszy się, kiedy pójdziesz na górę.

Rosie dygnęła szybko, z rumieńcami na policzkach, po czym pofrunęła ku schodom. Spojrzenie Louise na moment za nią podążyło i poczuła ukłucie zazdrości. Jakże miło byłoby uciec na górę, do cichego sanktuarium jej introligatorskiej pracowni! Czekało tam kilka projektów — książki z pękniętymi grzbietami i kruchymi kartami, które trzeba było ostrożnie oprawić na nowo. To była praca, którą lubiła, wymagająca skupienia i precyzji, i pragnęła się w niej zatracić.

Ale ktoś musiał mieć oko na klientów, a Bernadette była dziś zajęta, odwiedzając kobiety potrzebujące jej zielarskiego doświadczenia. Więc Louise została za ladą, gotowa witać stały strumień bywalców, którzy nieuchronnie się pojawią.

Do sklepu rzeczywiście napłynęła równa fala klientów, a potem przyszedł młody Brutus Baxter. Środkowy syn ich kuzynów, miły chłopak, któremu okropni rodzice nadali okropne imię. Spędzał czas w księgarni, by uciec z domu, gdzie rodzice go zaniedbywali, a okropny starszy brat gnębił.

— Są dziś jakieś książki do oprawy, Kuzynko Louise? — zapytał z zapałem Brutus. Zainteresował się introligatorstwem, a Louise chętnie uczyła go rzemiosła.

— Owszem. — Louise zastanowiła się. — Mamy kilka rzeczy, które możemy zrobić przy ladzie, zwłaszcza jeśli pomożesz mi jako druga para rąk. Proszę, popilnuje pan przez chwilę lady. Zejdę i przyniosę parę rzeczy.

Po schodach zeszła pani Poole, kipiąc z ekscytacji. — Nie uwierzysz, Louise, co właśnie usłyszałam od Rosie!

— Zapewne rzeczywiście nie — przyznała sucho Louise. Pokojówka przy Louise prawie się nie odzywała, za to dla pani Poole była pełna hatfieldzkich ploteczek.

— Był pożar!

— Zatkany komin czy coś w tym guście? — spytała Louise bez większego zainteresowania. Pożary zimą nie były rzadkością; wszyscy potrzebowali ognia, by się ogrzać!

— Nie, podłożony!

To już było warte uwagi. Louise skupiła się na pani Poole. — Gdzie? Złapano sprawcę?

— Znasz tę małą chatkę przy drodze do St Albans, tuż za miasteczkiem, z tym zapadającym się dachem?

Louise w istocie chatki nie znała. To Bernadette włóczyła się wszędzie po okolicy, odwiedzając ludzi ze swoimi ziołami; Louise wolała trzymać się bliżej domu. Skinęła jednak głową, bo inaczej pani Poole spędziłaby cały dzień, usiłując ją przekonać, że jednak zna.

— Nikt tam teraz nie mieszka, wiadomo, nie nadaje się, ale kilku weteranów spało tam pod gołym niebem. — Pani Poole skrzywiła się lekko.

Oczywiście wszyscy byli ogromnie wdzięczni dzielnym żołnierzom, którzy pokonali Napoleona i udaremnili wiszące nad Anglią francuskie zagrożenie, ale jakoś wydawało się ich kręcić po Hatfield więcej, niż kiedykolwiek wyruszyło na wojnę. Z pewnością więcej, niż było zimą pracy dla mężczyzn. Louise nie bardzo rozumiała, czemu nie wracają tam, skąd pierwotnie pochodzili, albo do miast, które w walce straciły wielu mężczyzn.

— To któryś z żołnierzy podłożył ogień? — zapytała, choć nie bardzo pojmowała, któż byłby na tyle niemądry, by podpalać budynek, w którym próbuje się mieszkać.

— Nie! Obudzili się w nocy, bo ktoś wrzucił do środka lampę! Roztrzaskała się i zajęła słomę, na której spali, więc musieli pędzić na zewnątrz. Szczęście, że nikt się nie poparzył! — Pani Poole kiwnęła mądrze głową.

— Wygląda na to, że sprawcą jest ktoś, kto nie życzy sobie żołnierzy w okolicy — podsunęła Louise. — To najbardziej oczywisty motyw.

— Posłuchaj jej, mówi o sprawcach i motywach! Znowu czytasz powieści o mordercach?

Louise udała, że nie słyszy. Miała słabość do powieści — im bardziej emocjonujących, tym lepiej — a już szczególnie do takich, w których trzeba rozwikłać porządne morderstwo.

— Oby weterani znaleźli lepsze miejsce do spania — powiedziała.

Nie mogąc jej nakłonić do dalszych spekulacji o pożarze,

pani Poole poszła poszukać lepszego partnera do plotek, a Louise wróciła do pracy.

— Co robimy, Kuzynko Louise? — zapytał podekscytowany Brutus, kiedy położyła na ladzie przyniesione rzeczy.

— Obawiam się, że kolejny komplet foliałów Szekspira — odparła. — Jeśli mam zobaczyć jeszcze jeden, to stanowczo za wcześnie. Każdy aspirujący dżentelmen zdaje się uważać go za nieodzowny element biblioteki.

— Kolor jest ładny — powiedział Brutus, przesuwając delikatnie palcami po barwionej na zielono cielęcej skórze.

— Owszem, i jako cielęca skóra tania nie jest, więc musimy wykonać to porządnie i z jak najmniejszym odpadem. Bierzmy się do mierzenia i cięcia...

— Dwa razy mierz, raz tnij — zanucił Brutus, a Louise uśmiechnęła się mimo woli.

— Doskonała dewiza, cieszę się, że słucha pan moich wskazówek!

Zajęli się pracą, a Ruth obsługiwała klientów, o ile nie chcieli czegoś nietypowego albo nie potrzebowali rekomendacji.

Bernadette wróciła wczesnym popołudniem z koszem pełnym jedzenia, które ludzie dali jej w zamian za zioła, więc usiadły i ucztowały na świeżym, chrupiącym chlebie z masłem i miodem.

— Bardzo byś się gniewała, gdybym wyskoczyła jeszcze po południu zamiast stanąć za ladą? — zapytała z nadzieją Bernadette, zerkając na równe stosiki pociętej zielonej cielęcej skóry na biurku. — Mam jeszcze kilka osób do odwiedzenia...

Louise skinęła. — Idź, bylebyś wróciła na zamknięcie, żeby pomóc mi podliczyć rachunki. Wiesz, że od tego boli mnie głowa. Brutus i ja zaczniemy dziś po południu przyszywać składki do tasiemek.

Brutus wyglądał na zachwyconego, że dopuści go do właśnie tego zadania, dość trudnego i wymagającego dokładności. Louise spojrzała na niego z czułością, gdy Bernadette chwyciła kosz i pobiegła na górę, by go uzupełnić.

Wkrótce po tym, jak Bernadette znów wyszła, do sklepu wparował Benjamin Baxter z miną człowieka przekonanego, że świat winien mu ukłon, i od razu obrał sobie za cel Brutusa.

Louise właśnie ściskała w imadle jeden z foliałów za ladą, gdy doszedł ją szyderczy ton Benjamina. Podniosła wzrok i zobaczyła, jak Brutus kurczy się, pobladły, a Ruth zesztywniała nieopodal, z miną zawieszoną gdzieś między zażenowaniem a trwogą. Kilkoma ostrymi słowami Benjamin zdołał zepsuć atmosferę w sklepie, najpierw sypiąc obelgami w brata, a potem z chytrą nutą przerzucając się na Ruth.

Louise nie była nawet całkiem pewna, co niektóre z dalszych słów Benjamina miały znaczyć — choć sugestywny ton mówił aż nazbyt wiele — ale wiedziała, że były zupełnie nie na miejscu. Bez namysłu porwała miotłę stojącą przy ladzie i ruszyła ku niemu.

— Wynocha — warknęła, trzymając miotłę jak żołnierz bagnet. — To księgarnia, Benjaminie, nie szynk — i z pewnością nie miejsce na takie plugastwo.

Odzywka Benjamina urwała się, gdy Louise uniosła miotłę o cal wyżej, a jej mina nie pozostawiała pola do dyskusji. — Chce pan, żebym powiedziała pańskiemu ojcu, co powiedział pan Ruth? A może lepiej, żeby usłyszał to pastor Millings? — zapytała chłodnym, ciętym głosem. Pchnęła miotłą krótko, dobitnie. — Wynocha.

Brawura Benjamina rozsypała się wobec jej surowości. Mruknąwszy przekleństwo, zaczął się cofać ku drzwiom.

— Jeszcze tego pożałujesz — rzucił, lecz próba groźby wypadła blado, gdy Louise zrobiła jeszcze krok naprzód.

— Szczerze w to wątpię — odparła.

Gdy drzwi zamknęły się za nim, Louise pchnęła je dla pewności. — I nie wracaj! — zawołała za nim, po czym odwróciła się do Ruth i Brutusa. Westchnęła, odkładając miotłę. — Okropne zachowanie — mruknęła, kręcąc głową.

Ruth, wciąż stojąca przy półkach, otarła cichą łzę.

— Nic pani nie jest? — zapytała Louise łagodniej.

Dziewczyna szybko skinęła, choć nerwowo kręciła palcami fartuch. — Tak, dziękuję, pani Baxter. Była pani bardzo dzielna, że stanęła mu pani naprzeciw!

— Pierwszorzędnie — wtrącił Brutus, a jego szczere uwielbienie sprawiło, że Louise mimo wszystko parsknęła śmiechem.

— Większość tyranów odpuszcza, kiedy im się postawi — powiedziała Louise tonem stanowczym, ale dodającym otuchy. Spojrzała badawczo na Ruth. Dziewczyna była dobra i łagodna, ale zbyt nieśmiała. — A solidnie wymierzona miotła — lub odpowiednio użyte kolano — potrafi skłonić upartych do namysłu.

⁕

Kilka dni później pogoda popsuła się doszczętnie — ulewny deszcz mieszał się z deszczem ze śniegiem. Było tak wilgotno, że ogień w małej kozie pośrodku sklepu — ustawionej w bezpiecznej odległości od półek — zgasł w środku popołudnia.

— Wyczyszczę ruszt — zaproponował Brutus — i rozpalimy nowy ogień suchym drewnem.

— Nie mamy, jak sądzę, wielkiego wyboru — Louise zadrżała, sięgając po zimowy płaszcz i wsuwając ramiona w rękawy. Bernadette była na górze w kuchni, mieszając mieszanki ziołowe, zapewne rozkoszując się ciepłem od kuchennego pieca. — Musi być ciepło w sklepie, inaczej nikt nie będzie się kręcił między półkami dość długo, by coś kupić!

Brutus z zapałem zabrał się do pracy, zgarnął do popielnika nadpalone, wilgotne szczapy i popiół, po czym wyniósł je i wyrzucił na podwórzowe gnojowisko. Ułożył ogień bardzo zręcznie i wkrótce płomyki buchnęły na nowo.

— Dobra robota, Brutusie — pochwaliła Louise. — Lepiej miej na niego oko. Użyj tyle dodatkowego drewna, ile trzeba, żeby grzał dość mocno i nie zgasł, ale pamiętaj o parawanie przed paleniskiem.

— Mogę usiąść przy nim i poczytać? — zapytał Brutus z nadzieją.

— Oczywiście. Wybierze pan, co pan chce. — Przejechała mu czuło dłonią po włosach, idąc z powrotem do lady. Ojciec Brutusa, Joshua, był zbyt skąpy, by wykupić nawet abonament do ich biblioteki podręcznej; tym bardziej nie zamierzał wydawać pieniędzy na książki dla lekceważonego średniego syna. Louise cieszyła się, że Brutus może czytać do woli w księgarni — jego pomoc była tego warta.

— Najpierw proszę umyć ręce — upomniała, widząc jego osmolone palce. Chłopak posłał jej uśmiech i pomknął załatwić tę sprawę.

Usiadłszy znów przy ladzie, Louise sięgnęła po dzisiejszą korespondencję i zaczęła ją przeglądać. Kilka zamówień w odpowiedzi na ich ostatnie ogłoszenie w The Times, liścik od drukarza, by odebrać następną partię Szekspirów do oprawy... Louise jęknęła. Jeszcze więcej Szekspira! Zielona cielęca skóra wciąż schła w prasach! Cóż, rano pośle Brutusa.

Dzwonek u drzwi zadźwięczał, a ona podniosła wzrok z marsową miną, gdy przeszył ją wilgotny, lodowaty podmuch, targając kartkami na biurku. To tylko pani Poole wracała, więc Louise skinęła jej i wróciła do listów.

Popołudnie było spokojne — mało kto oddalał się dziś z domu przy tak parszywej pogodzie. Dyliżans pocztowy zagrzmiał w pędzie, kopyta i koła narobiły rumoru, po czym zajechał na podwórze zajazdu, a woźnica wrzasnął o świeże konie.

Musiała być prawie czwarta. Louise westchnęła, sięgając po księgę sprzedaży. Czas podliczyć dzienne utargi. Choć popołudnie było ciche, rano sprzedały sporo drobiazgów, zauważyła, i z mozołem zaczęła liczyć, licząc, że siostra zejdzie i sprawdzi rachunek.

Zegar kościelny wybił czwartą, a Louise już miała zawołać do Ruth, by zamknęła drzwi i odwróciła tabliczkę na ZAMKNIĘTE, gdy drzwi sklepu znów się otworzyły. Słowa powitania ugrzęzły jej w gardle, bo w progu stanął wysoki mężczyzna, niemal całkiem tarasując wejście samą swoją posturą.

Kątem oka dostrzegła czarną smugę mknącą ku otwartym drzwiom i krzyknęła: — Crafty, nie!

Olbrzym w progu uniósł masywny but, zgrabnie zastawił drogę uciekinierce i zamknął za sobą drzwi, po czym podszedł do lady. Louise wpatrywała się w niego, jak zaczarowana. Niewielu było w okolicy mężczyzn, którzy mogli spojrzeć jej w oczy, ale ten był niemal olbrzymem; byłby od niej wyższy o całą głowę, jeśli nie więcej.

— Gdzie to postawić? — zabrzmiał nisko, a Louise dopiero wtedy zauważyła skrzynię zrównoważoną na jego szerokim ramieniu.

ROZDZIAŁ 2

Niezaplanowany postój

Diligencja z turkotem wpadła na zatłoczony dziedziniec sporej gospody, a woźnica niecierpliwie wykrzykiwał o nowy zaprzęg. Z ronda kapelusza Shauna miarowo kapał deszcz i mimo porządnego, wielowarstwowego płaszcza pelerynowego woda zaczęła spływać mu za kołnierz. Wzruszył ramionami, broniąc się przed chłodem, czując, jak wilgoć zbiera mu się między łopatkami.

Po raz trzeci czy czwarty pożałował swojej porywczej decyzji, by odstąpić miejsce w środku wątłemu starszemu dżentelmenowi, który wsiadł na ostatnim postoju. A jednak, choć skrzywił się na tę myśl, Shaun wiedział, że zrobiłby to samo, gdyby przyszło mu wybierać ponownie. Czasem bywał zbyt miękkiego serca na własną zgubę.

— Hatfield! — ktoś krzyknął, a Shaun odrobinę się ożywił. Do Londynu już niedaleko. Jeśli pamięć go nie myliła, to będzie ostatnia zmiana — a może jeszcze jedna, zanim wjadą do miasta. Mógł dotrzeć dziś wieczorem, gdyby chciał.

Ale co potem?

Myśl szarpnęła nim ciężko i niechcianie. Londyn, zimny i ciemny w połowie grudnia, raczej nie powita go serdecznie. Skończyłby w przepełnionej gospodzie, jedząc wątpliwej jakości strawę i pewnie wciąż będąc wilgotnym, gdy kładłby się spać. Nikt na niego w stolicy nie czekał, żadnego domowego ogniska z jego imieniem, żadnej rodziny ani przyjaciół rwących się, by go uścisać.

Zerknął na gospodę, której okna żółto lśniły przez deszcz, obiecując ciepło. Na podwórzu panował ruch — krzepcy pomocnicy pocztowi, stukot kopyt niespokojnych koni, a zapach mokrego siana mieszał się z obietnicą porządnego posiłku.

Shaun podjął decyzję. Wychylił się i ponad hałasem zawołał do woźnicy: — Wysiadam!

Woźnica wzruszył ramionami, obojętny, ale Shaun nie tracił czasu. Chwyciwszy torbę, zszedł w błotnisty dziedziniec, a jego buty z mlaśnięciem zapadły się w ziemię.

Gdy tylko odsunął się od powozu, zobaczył, jak krzepki mężczyzna wspina się na dach i odpina dwa ciężkie, drewniane skrzynie. Wyglądały solidnie i porządnie — takie, w których mogło być coś cennego albo po prostu bardzo ciężkiego.

— Do księgarni — zawołał krzepki mężczyzna do patykowatego chłopaka. — Weź jedną, Ned, a ja zaraz dołączę.

Chłopak próbował, lecz skrzynia była dla jego rąk zbyt ciężka, by ją w ogóle unieść. Jeśli miała trafić do księgarni, pewnie była wypchana książkami. Shaun podszedł i wyciągnął pensa.

— Ja poniosę skrzynię, a ty popilnujesz mojej torby, dobrze?

— Bardzo to z twojej strony! Księgarnia jest zaraz obok,

tamtędy. — Moneta zniknęła w mgnieniu oka, a chłopak chwycił torbę Shauna i przycisnął ją mocno do piersi.

— Dziękuję panu — zawołał krzepki mężczyzna, zeskakując i idąc pomagać przy koniach. — Proszę powiedzieć paniom Baxter, że zaraz będę z drugą skrzynią.

— Panie Baxter? — powtórzył Shaun do siebie, kierując się ku wskazanemu sklepikowi. Nie spodziewał się dostarczać książek damom, ale ta myśl go zaintrygowała.

Skrzynia była ciężka, lecz jak najbardziej w zasięgu jego możliwości. Zarzucił ją na ramię, przeszedł przez bramę i skręcił w prawo, w stronę wskazaną przez chłopaka. Natychmiast dostrzegł ręcznie malowany szyld *Baxter's Fine Books* wiszący nad drzwiami sąsiedniego budynku.

Dzwoneczek nad drzwiami zadźwięczał cicho, gdy Shaun je barkiem uchylił i wszedł w przyjemne ciepło. Zatrzymał się tuż za progiem, by oczy przywykły do przytulnego półmroku. Do płuc wdarł się zapach starego papieru i świeżego kleju, kojący w dziwny sposób, a trzask ognia w dalszym palenisku potęgował wrażenie cichej, skupionej pracy.

Mignął mu przy stopach jakiś ruch i spojrzał w dół w samą porę, by dostrzec smukłą, czarną kotkę próbującą przemknąć obok. Delikatnie zastąpił jej drogę butem.

Z pobliska dobiegł kobiecy głos — ostry i naglący — choć Shaun nie wychwycił słów. Uznał, że to ostrzeżenie, by nie wypuścić kota. Zwierzę zmierzyło go wzrokiem, po czym odwróciło się i z fuknięciem zniknęło w głąb sklepu, wyraźnie niezadowolone z udaremnionej ucieczki.

Zamknąwszy za sobą drzwi na dobre, Shaun pozwolił sobie przez moment chłonąć atmosferę. Jak każda księgarnia, do której kiedykolwiek wszedł, ta była azylem drewnianych półek zastawionych oprawionymi tomami, oświetlonym lampami olejowymi ze szkła, rozstawionymi strategicznie po całej sali.

I wtedy ją zobaczył.

Siedziała za ladą, ciemne włosy miała gładko upięte w koczek u karku, a długie pukle okalały jej jasną twarz. Szerokie piwne oczy uniosły się ku niemu i przez krótką chwilę wyglądała na zupełnie zaskoczoną.

Shaun był przyzwyczajony do takich spojrzeń — mając sześć stóp i sześć cali wzrostu boso sprawiał, że większość ludzi wlepiała w niego oczy, gdy tylko mijał ich na ulicy — więc po prostu powiedział: — Gdzie to położyć?

Mrugnęła, nadal jakby oszołomiona, więc uniósł wolną rękę i skinął na skrzynię na ramieniu. — Będzie jeszcze jedna. Gdzie pani je chce?

Drzwi znów się otworzyły, wpuszczając powiew lodowatego powietrza, po czym się zamknęły, a krzepki mężczyzna z gospody odezwał się — Dzień dobry, Panno Louise.

— Dzień dobry, Panie Thomas. — Otrząsnęła się z zaskoczenia i wstała. Teraz kolej na zdumienie Shauna. Była najwyższą młodą damą, jaką kiedykolwiek spotkał. Zerknął w dół, czy aby nie stoi na podwyższeniu za ladą, lecz nie — przeszła obok niego, a czubek jej głowy sięgał niemal jego brody.

— Tutaj, proszę. — Wskazała wolne miejsce na podłodze tuż za ladą. — Dziękuję, panowie.

Shaun odstawił skrzynię i Pan Thomas uczynił to samo. — Proszę bardzo, Panno Louise! — Pan Thomas dotknął daszka czapki i wyszedł, a Shaun pozostał jeszcze chwilę. Nie potrafił zdecydować, co go zatrzymało — przyjemne ciepło księgarni, kojący zapach papieru i atramentu czy uderzająco piękna młoda kobieta. Może wszystko naraz.

— Pomóc pani to otworzyć? — zaproponował, skinąwszy na skrzynie, obie zabite gwoździami.

— Poradzę sobie, dziękuję — odparła grzecznie Panna Louise. Sięgnęła za ladę i wyjęła żelazny łom, obchodząc się z nim z lekkością, która Shauna odrobinę zaskoczyła.

Przyglądał się z zaciekawieniem, jak zręcznie wsunęła płaski koniec pod wieko jednej skrzyni. Wyćwiczonym ruchem oparła ciężar ciała na drugim końcu, a drewno zadowolonym jękiem zaprotestowało, gdy gwoździe zaczęły wyskakiwać. Shaun uniósł brew, szczerze pod wrażeniem.

Nie chodziło tylko o swobodną biegłość jej ruchów i sposób, w jaki władała narzędziem — choć i to było niezwykłe. Chodziło o kontrast — elegancję ciemnych włosów gładko upiętych u karku, o łagodną linię sylwetki, zestawione z czystą praktycznością tego, co robiła. Nigdy dotąd nie widział kobiety operującej łomem i skłamałby, twierdząc, że nie było to fascynujące.

Panna Louise pracowała metodycznie, podważając po jednym każdym gwoździu z cichą determinacją, aż wieko wreszcie puściło. Uchylona na tyle, by zajrzeć do środka, skinęła lekko głową, jakby zadowolona, po czym na miejsce nałożyła wieko. Bez chwili przerwy zabrała się za drugą skrzynię z tą samą spokojną sprawnością.

Shaun przyłapał się na gapieniu i odchrząknął, odwracając wzrok. Nie był na tyle niemądry, by głośno wyrazić swój podziw. Taki komentarz jak „Nigdy nie widziałem, żeby kobieta to robiła" pewnie sprowadziłby na niego ostrą ripostę i pełne pogardy spojrzenie — i słusznie.

— W czym mogę panu pomóc?

Miękki głos go zaskoczył i odwrócił się, znajdując u łokcia

znacznie mniejszą postać. To była jeszcze jedna dziewczyna — niemal dziecko — o jasnych włosach i wielkich, nerwowych oczach, które zdawały się zajmować pół twarzy. Splecione dłonie ściskała na fartuszku, zerkając na niego, a wzrok na moment uciekł ku Pannie Louise, zanim wrócił do niego.

— Czy... czy szuka pan czegoś konkretnego? — wystękała, a jej głos drżał lekko.

— Tylko się rozglądam — odparł Shaun, uświadamiając sobie z zażenowaniem, że tak naprawdę stał i w zachwycie gapił się na Pannę Louise. *Rozglądam się, doprawdy!*

— Bardzo dobrze, proszę pana! — Mała blondyneczka przemknęła nerwowo między regałami, przypominając mu czarną kotkę, która zrobiła przed chwilą to samo.

— Ma pan jakiś gust? — zapytała Panna Louise, nakładając wieko na drugą skrzynię i prostując się.

Wysokie, zaradne kobiety. Przygryzł dolną wargę, by nie wypalić tego na głos, i dopiero po chwili pojął, że pyta o to, jakie książki lubi czytać.

— Wyznaję, że powieści — rzekł. — Choć obecnie jestem w podróży i nie mam domu, by je przechowywać, więc obawiam się, że nie mogę zrobić większych zakupów. Coś do czytania w drodze byłoby miłe.

— Powieści są na dwóch półkach za panem. — Wskazała ścianę naprzeciw, po czym zawahała się, mierząc go spojrzeniem od stóp do głów. Na twarzy rozbłysnął jej szeroki, jasny uśmiech. — *Podróże Guliwera?* Pewnie większość czasu czuje się pan jak w krainie Liliputów.

Shaun zachichotał pod nosem, doceniając jej bystry dowcip. — Czytałem — odparł.

Przechyliła głowę, jakby rozważała jego słowa, lecz nic

więcej nie dodała. Zamiast tego wróciła na swoje miejsce za ladą, zostawiając go, by się kręcił, gdzie stał. Trudno mu było jednak odwrócić od niej uwagę. Znacznie bardziej interesowała go wysoka, zaradna panna niż jakakolwiek książka na półkach.

Powinien podejść do regałów i przejrzeć tomy, ale zamiast tego oparł się niedbale łokciem o ladę. Był bardzo nie w formie w rozmowach z ładnymi pannami — zwłaszcza takimi, które uśmiechają się w ten sposób — i w duchu modlił się, by nie wyjść na zbyt niezręcznego. Przynajmniej nie zdawała się onieśmielona jego wzrostem, co było miłą odmianą.

— Zauważyłem, gdy wchodziłem — zaczął ostrożnie — że państwa szyld towarzystwa ogniowego wisi krzywo.

— Doprawdy? — odparła, nie podnosząc wzroku. — Jeśli rzeczywiście wybuchnie pożar, wątpię, by to miało znaczenie.

Jej ton był tak suchy, że aż go zaskoczył. Uśmiechnął się i pochylił nieco bliżej, ale ona była już zajęta — w dłoni pióro, którym zaczęła dodawać liczby w czymś, co wyglądało na księgę sprzedaży. Shaun zauważył, że lekko porusza palcami, jakby pomagała sobie w liczeniu. Jej skupienie było godne podziwu, ale gdy jego wzrok prześlizgnął się po stronicy, czegoś nie mógł nie dostrzec.

— To się nie zgadza — wyrwało mu się. — Nie przeniosła pani dwójki.

Zastygła, pióro zawisło w pół ruchu. Powoli podniosła na niego wzrok, a jej piwne oczy rozszerzyły się ze zdumienia. — Słucham? — spytała, wyraźnie zaskoczona. — Jak pan w ogóle może to widzieć *do góry nogami*?

— Lubię liczby — wzruszył lekko ramionami. — Zawsze lubiłem. Ojciec nauczył mnie jeszcze w dzieciństwie, a później miałem mnóstwo praktyki. W armii moim zadaniem bywało sprawdzanie ksiąg — zwykle przy kiepskim świetle i pod niewygodnym kątem. — Uśmiechnął się blado. — To najszybszy sposób, by wiedzieć, czy ktoś skubie z kasy.

Zdumienie w jej wyrazie złagodniało, ustępując miejsca ciekawości. — Rozumiem — powiedziała wolniej, choć nadal zdawała się sceptyczna.

— Chętnie pomogę? — zaproponował, już obchodząc ladę, zanim zdążyła zaprotestować.

Lecz kiedy stanął obok, coś na podłodze przykuło jego uwagę. Zatrzymał się gwałtownie i spojrzał w dół na resztki połowy gryzonia.

Shaun skrzywił się. Cudem jeszcze na to nie nadepnęła, biorąc pod uwagę jej niedawną krzątaninę. Cofnął się o krok i ostrożnie wrócił na swoje miejsce po drugiej stronie lady. — Macie tu utalentowaną kocicę od myszy — rzucił sucho, wskazując ponure znalezisko.

Podążyła wzrokiem i westchnęła, z krzywym uśmiechem. — Owszem. Niestety, równie utalentowana jest w zostawianiu nam... pamiątek.

Louise odwróciła księgę i podsunęła mu ją przez ladę, najwyraźniej nieporuszona przerwą. — Skoro już pan koniecznie chce być pomocny, niechże będzie pan pożyteczny — powiedziała, choć jej ton wyraźnie zmiękł.

Shaun przyjął księgę i pióro, nie mogąc powstrzymać lekkiego uśmiechu. Była naprawdę niezwykłą młodą damą. Przebiegł wzrokiem stronę od góry, żeby niczego nie pominąć w nadmiernej pewności siebie. Liczby były proste i niewiele zachodu kosztowała go poprawa błędu — a jednak dziwnie chciał się nie spieszyć, byle tylko przedłużyć tę chwilę.

Gdy skończył, liczby złożyły się bezbłędnie. Odłożył pióro i zsunął księgę z powrotem na jej stronę lady.

— Proszę — powiedział. — Wszystko gra.

Louise sprawdziła jego rachunek, początkowo bez wyrazu. Potem spojrzała na niego — i przez moment zaskoczyły go iskierki w jej piwnych oczach.

— Dziękuję — powiedziała cicho.

Shaun powstrzymał się, by nie uśmiechnąć się jak głupiec.

— Cała przyjemność po mojej stronie.

ROZDZIAŁ 3

Cóż za widok

Nigdy w życiu Louise nie brakowało słów, ale teraz tak właśnie było. Jeśli chodzi o cechy, których pragnęła u mężczyzny, ten był chyba pierwszym, który spełniał je wszystkie. Był rozprasająco przystojny, tak że serce jej się potykało, a mięśnie drżały, jakby nagle musiała przebiec całą High Street, żeby spalić nadmiar energii. Kolejną zaletą była jego bystrość. Błyskawicznie dostrzegł jej błąd w liczbach, patrząc na nie do góry nogami w przyćmionym świetle. A teraz kończył rachunki na oczach publiczności, jakby to była drobnostka. W opinii Louise to było coś, przy czym można omdleć.

Zauważył też, że ich blaszka ubezpieczenia od ognia była przekrzywiona. Zanotowała sobie w myślach, by się tym zająć. Kropką nad i jednak było wypatrzenie flaczków Crafty — jakim cudem w to nie wdepnęła i nie poślizgnęła się, było doprawdy zagadką. Bardzo spostrzegawczy mężczyzna.

Dziś rano sprawdzali i sprzątali w ramach rutyny, ale z jakiegoś powodu Crafty złożyła kolejną ofiarę. Czy to nowy zwyczaj? Louise miała nadzieję, że nie. Z drugiej strony, Pie przejmował umiejętności po matce; to pewnie młodszy kot zostawił ten bałagan.

Najbardziej jednak uderzające było to, jak był duży. Louise przywykła już do tego, że patrzy mężczyznom w oczy z tej samej wysokości, a często nawet z góry. Odziedziczyła po ojcu wzrost i krępą budowę, a nie drobną figurę matki. Nigdy to jej szczególnie nie przeszkadzało, tyle że przy większości mężczyzn uchodziła za niezgrabną. Olbrzymkę. Ten uroczy mężczyzna przed nią był co najmniej o głowę wyższy i po raz pierwszy w życiu poczuła się delikatna.

— Dziękuję Panu — powiedziała, zadzierając ku niemu wzrok z miną, którą miała nadzieję uczynić *delikatną*. Nie było w pobliżu lustra, żeby mogła ocenić, czy się udało.

— Przyjemność po mojej stronie — odparł, skinąwszy jej głową. Nie uśmiechnął się dokładnie, ale kącik ust drgnął mu tak ponętnie, że efekt był ten sam. Gdyby obdarzył ją prawdziwym uśmiechem, mogłaby nawet zemdleć.

To byłoby coś nowego.

— Skąd Pan jest? — wypaliła bez ogródek. — Nie widziałam Pana wcześniej w Hatfield. Przeprowadza się Pan do miasta?

— Jestem przejazdem — powiedział z lekkim wzruszeniem ramion.

Jej serce opadło, gdy flirt spełzł na niczym. — Mało Pan mówi.

— Siła przyzwyczajenia. Z wojska.

Louise spojrzała na niego bardziej wprost, gdy sam z siebie podzielił się tą informacją, delektując się nowym wrażeniem unoszenia podbródka, by spojrzeć mu w oczy. — Jest Pan weteranem?

— Aye — rzekł. — A odpowiadając na wcześniejsze pytanie, właściwie nie jestem już znikąd. Rodzina pochodziła z Yorkshire, z okolic Halifax, ale nikogo już nie zostało. Ostatnie kilka lat byłem z armią, ale sprzedałem patent i teraz muszę… wymyślić, co dalej.

To było najdłuższe zdanie, jakie od niego usłyszała, i wiele wyjaśniało. Chciała go rozgadać, żeby wyczuć akcent, i owszem, był — cień północnego zaśpiewu, który co jakiś czas się ujawniał. Mówił jednak jak dżentelmen i tak też był ubrany, oceniło jej wprawne oko. Nie krzykliwie ani modnie, ale solidnie; choć płaszcz miał teraz przesiąknięty deszczem.

— Czyli wraca Pan z Yorkshire i jedzie do Londynu? Zobaczmy, co by tu Panu dać do czytania w drogę. Proszę tędy — powiedziała, ostrożnie omijając flaczki i wychodząc zza lady, by poprowadzić go do półek z powieściami. — Mamy dobry wybór tytułów. Ojciec jest teraz we Francji, przysyła nam co jakiś czas skrzynie książek. Tę, którą Pan przyniósł, to właśnie jedna z jego. Bardzo to z Pana strony.

— Nie ma o czym mówić — odparł, gdy dotarli do półek z powieściami o śmiałych morskich przygodach i odkryciach w dalekich krajach.

— To bardzo zabawna lektura — powiedziała Louise, chwytając egzemplarz *The Diverting History of John Gilpin*. — Popularna w naszej wypożyczalni, więc zawsze mamy też egzemplarze do kupienia dla podróżnych.

Podała mu książkę, a on przyłożył ją do kieszeni płaszcza. Pasowała, skinął więc z zadowoleniem.

— Będę wypatrywać podobnych, a jeśli da mi Pan adres do przekazywania korespondencji, dam znać, gdy przyjdą tytuły w podobnym guście.

— Cóż — podrapał się w głowę. — Sam nie wiem, jaki to

będzie adres. Szczerze mówiąc, nie wiem nawet, gdzie dziś przenocuję.

Natychmiast rzekła: — Gorąco polecam Red Lion tuż obok, niech Pan weźmie pokój, zanim zabraknie. Nie polecam The Swan, kilka ulic stąd. Ostatni gość przywlókł stamtąd pluskwy.

Wyraz zgrozy przemknął mu po twarzy i skinął z podziękowaniem za radę. — W armii zdarzało mi się spać w rowach, ale skoro już z niej wyszedłem, odrobina wygody zawsze mile widziana. Zapłacę za książkę i pójdę do Red Lion poszukać pokoju.

Dokończyli transakcję i ruszył do drzwi. W tym samym czasie wróciła Bernadette i z łatwością przemknęła pod jego łokciem.

On cofnął się lekko, ogarniając wzrokiem pomieszczenie. Louise od razu zrozumiała, że sprawdza, czy nie ma kota, zanim zawrócił i wyszedł. Wydało jej się, że w spojrzeniu, którym ją obdarzył na odchodnym, było coś z tęsknoty albo żalu.

— Kto to — głos Bernadette wyrwał Louise z zamyślonego wpatrywania się w drzwi — *był*? Prawdziwy olbrzym!

— Tylko podróżny, przejazdem. Uważaj! — zawołała Louise, prawie za późno, gdy Bernadette zaczepiła czubkiem buta o krawędź jednej ze skrzyń.

— Ała, ała. — Bernadette podskoczyła na jednej nodze wokół lady, a Louise chwyciła ją pospiesznie za ramiona i zatrzymała, nim wylądowała w mysich flaczkach.

— Co to... Crafty!

— Myślę, że to raczej Pie — stwierdziła Louise, prowadząc Bernadette do taboretu, by usiadła, podczas gdy sama zebrała sprzęt do sprzątania myszy. — Palec cały?

— Chyba tak. — Bernadette pokręciła stopą. — Dobrze, że nadal mam na nogach buty. Co jest w skrzyniach?

— Jedna jest od Pa. — Louise uśmiechnęła się na widok rozbłysku w oczach siostry na tę dobrą wieść. — Jeszcze nie zdążyłam poszukać listu.

— Tylko jedna? Są dwie...

— Druga to najnowsza dostawa powieści z Minerva Press. — Była większa z dwóch, tę, którą wniósł potężny były żołnierz. Lekkie rumieńce spłynęły Louise na policzki na myśl o nim niosącym skrzynię romansów; pospiesznie zatrzasnęła wieko, zanim mógł zajrzeć do środka.

— No to rozpakujmy je, zanim ktoś inny wejdzie i się o nie potknie. Brutus i Ruth, jesteście jeszcze? — zawołała Bernadette.

Ruth wyłoniła się zza półek niczym duch, nieśmiało kiwając głową. Tuż za nią szedł Brutus, z książką w ręku.

Louise uśmiechnęła się pobłażliwie. Żadne z tej dwójki nie miało wiele okazji czytać w domu; często znajdowano ich osobno lub razem w jakimś cichym kącie księgarni z nosami w książkach. Wcale jej to nie wadziło, bo pracę wykonywali szybko i zawsze byli gotowi pomóc, gdy trzeba. Resztę czasu mogli spędzać, jak chcieli.

— Musimy rozpakować te skrzynie i stąd je usunąć. Pomożecie? A potem odprowadzę was oboje do domu. — O tej porze roku na dworze było już ciemno i nie chciała, by któreś z młodych chodziło samotnie nocą.

Cztery pary rąk sprawiły, że poszło szybko: rozpakowali skrzynie i ułożyli wszystkie książki na ladzie w zgrabnych stosach, gotowe do dalszej segregacji nazajutrz. W skrzyni z książkami od ojca nie znalazły się żadne listy i Louise z Bernadette wymieniły spojrzenie pełne frustracji. Czy to naprawdę takie trudne, by ojciec skreślił parę słów?

Zegar kościelny wybił piątą, a Ruth się wyprostowała. — Muszę wracać do domu, panno Baxter — powiedziała przepraszająco.

— Oczywiście, że tak, chodźmy. — Louise nie pozwoliłaby, by Ruth się spóźniła, wiedząc, że dziewczyna mogłaby za to słono odpokutować pod surową ręką ojca. — Weź płaszcz. Ty też, Brutusie.

— Mógłbym zostać i pomóc — zaproponował Brutus.

— Dziękuję za propozycję, ale ciebie też odprowadzę. Muszę jeszcze wpaść do drukarni, zanim zamkną na wieczór, więc chodźmy — ponagliła go Louise, kierując w stronę drzwi.

— Mogę przyjść jutro? — wysapał Brutus błagalnie.

— Jutro sobota, będziemy zamknięte. — Louise uległa, gdy posłał jej proszące spojrzenie. — Jeśli rodzice cię nie potrzebują, tak. Pomożesz mi posegregować kolejne książki i wynieść puste skrzynie.

Do plebanii, gdzie Ruth popędziła do środka, było niedaleko, a tylko dwie ulice dalej stał okazały dom, w którym mieszkali rodzice Brutusa, Joshua i Phoebe Baxter. Joshua był pierwszym kuzynem jej ojca, ale jako syn starszego brata odziedziczył większość majątku ich wspólnego dziadka i w konsekwencji był o wiele bogatszy niż gałąź Louise. Co nie znaczyło, że nie pragnął jeszcze więcej, pomyślała ponuro Louise, odprowadzając Brutusa do drzwi.

— Dobranoc, kuzynko Louise — powiedział Brutus, po czym pokręcił głową. — To wszystko na opak, to ja powinienem odprowadzać panią do domu.

Powstrzymała się od odruchu potargania mu włosów;

dorastał i nie podziękowałby jej za taki gest. — Kiedy będziesz wyższy ode mnie, będziesz mnie odprowadzał.

— Ale to może nigdy nie nastąpi! — zaprotestował Brutus, a ona uśmiechnęła się szeroko.

— W takim razie nigdy nie będziesz musiał mnie odprowadzać. Dobranoc!

Odprowadzać ją, doprawdy. Louise zachichotała pod nosem, gdy zawróciła i ruszyła z powrotem ulicą. Skręcić raz i będzie przy drukarni, jeszcze dwa zakręty i będzie w domu, w księgarni. Na ulicach kręciło się sporo ludzi, śpieszących do domów, ale nawet gdyby było pusto, nie bała się. Znała wszystkich w Hatfield i wszyscy znali ją; wiedzieli, że potrafi stuknąć łbami, jeśli komuś odbije.

Gdzieś za nią trzasnęły drzwi, ale Louise nie zwróciła na to uwagi, raźno maszerując przez chłodny wieczór.

Gdy dotarła do drukarni, lekko zastukała w zaryglowane drzwi i wpuścił ją pan Horace Black, jeden ze średnio wiekiem braci prowadzących Black and Sons.

— Dobry wieczór, panno Louise — przywitał ją życzliwie Horace. — Zimnawo, co?

Poprowadził ją w głąb zakładu, gdzie mieszały się zapachy farby, papieru i oliwy. Jeden z braci składał czcionki, metalowe kaszty brzęczały pod szybkimi palcami, inny wyrównywał stosy arkuszy pod największą prasą. Black and Sons było największą drukarnią w Hertfordshire, niemal tak dużą jak niektóre w Londynie czy Oksfordzie, i ciągle miało pełne ręce roboty: przygotowywali druk lokalnej gazety, niezliczonych pamfletów co miesiąc, książek i nie tylko.

— Dziesięć kompletów pełnych foliałów, jak pani zamawiała — oznajmił Horace, prowadząc Louise do stosów papieru na ławie. — Oczywiście nieoprawnych.

— Oczywiście. — Louise oceniła ciężkie stosy. — Wezmę dziś trzy, po resztę zajdę jutro, jeśli można?

— Rano poślę chłopaka z resztą. — Horace uśmiechnął się do niej ciepło i pomógł ostrożnie załadować trzy stosy do pudła.

Był czas, całkiem niedawno, gdy drukarze nie byli aż tak uczynni, ale to było, zanim Baxter's Fine Books radziło sobie z płatnościami na czas. Ostatnio, dzięki kilku bardzo rzadkim i drogim książkom, które ich ojciec przysłał z podróży po Francji, odetchnęli, a małżeństwo Estelle z panem Yatesem rozprawiło się z największymi kłopotami finansowymi. Pan Yates z góry spłacił nawet kilka miesięcy rat w banku, a także pensje pani Poole i Rosie, na wypadek gdyby im z Estelle opóźnił się powrót z Irlandii.

— Dziękuję i dobranoc! — zawołała Louise, gdy Horace Black wypuścił ją z powrotem na ulicę. Na dworze zrobiło się jeszcze zimniej i zadrżała, znów przyspieszając kroku. Nie sądziła, by dziś jeszcze sypnęło, ale zła pogoda na pewno była niedaleko. Najlepiej być już w domu, przytulnie wtuloną w ciepło kominka.

Na bruku za nią zadudniły kroki i Louise szybko zorientowała się, że dotrzymują jej kroku. Skręcili w Market Street dziesięć kroków za nią i wciąż trzymali ten sam dystans, gdy ona skręciła w High Street.

Louise nie należała do dziewcząt, które oglądają się przez ramię czy wpadają w panikę, że ktoś za nimi idzie. Zwęziła jednak oczy i celowo zwolniła, jakby zmęczyła ją waga pudła. Kroki za nią też zwolniły, a Louise wzrokiem odmierzyła dystans do drzwi księgarni. Tuż przed nią była ciemniejsza plama cienia, gdzie żadne oświetlone okno nie rzucało blasku, i właśnie na skraju tej plamy zatrzymała się gwałtownie i obróciła, stając w cieniu, a wystawiając tego, kto ją śledził, prosto przed jasne okno sąsiedniego budynku.

— Benjaminie Baxter! — Poznała młodego kuzyna od razu. Najstarszy syn Joshui był jednym z nielicznych mężczyzn w Hatfield, którzy dorównywali Louise wzrostem, choć miał dopiero szesnaście lat i chłopięczo wiotką sylwetkę. — Dlaczego mnie śledzisz?

Zamarł, po czym zmarszczył na nią brwi. — Niech się pani zajmie swoim.

— To właśnie moje, młody człowieku. Kręcisz się pod sklepem mojej rodziny, a do tego jesteś moim kuzynem. Czy rodzice wiedzą, że skradasz się po ciemku za damami?

Jego grymas tylko się pogłębił.

— Idź do domu i przestań mnie niepokoić — warknęła Louise, bardziej zła niż przestraszona. To była wina Joshui. Jego brak szacunku i ciągłe nękanie sióstr Baxter doprowadziły do tego, że jego syn również zaczynał im dokuczać. A że Joshua był miejscowym sędzią pokoju, Benjamin zapewne nic a nic nie obawiał się ewentualnych konsekwencji swego paskudnego zachowania.

Skonfrontowany i otrzymawszy bezpośredni rozkaz, Benjamin przez chwilę powłóczył czubkiem buta po bruku, po czym odwrócił się i powlókł z powrotem. Louise patrzyła za nim, aż zniknął z oczu na końcu ulicy. Zauważyła, że nie skręcił tam, gdzie powinien, by dojść do domu, i pokręciła głową. Chłopak w tym wieku nie powinien się włóczyć po ciemku sam. Na pewno coś knuł.

Ręce zaczynały ją boleć od ciężaru pudła, więc odwróciła się i ruszyła do drzwi księgarni, pewna, że nawet biegiem Benjamin nie zdążyłby jej dopędzić, zanim znajdzie się w środku. Na miejscu sprawdziła blaszkę przeciwpożarową —

faktycznie była przekrzywiona. Najlepiej naprawić to rano. Starannie zamknęła i zaryglowała drzwi, a foliały zostawiła na ladzie na jutro, po czym skierowała się na górę.

Kuchnia była oazą światła i ciepła po zimnej, ciemnej grudniowej nocy i Louise westchnęła z zadowoleniem, podeszła do pieca ogrzać dłonie, zanim zdjęła płaszcz.

— Kolacja gotowa, Louise, proszę siadać — ponagliła ją gospodyni, pani Poole. Matczyna wdowa, pani Poole zamieszkała z Baxterami po śmierci ich matki i wszystkie dziewczęta traktowały ją jak rodzinę.

— Pachnie wspaniale — powiedziała Louise z uznaniem, gdy pani Poole nalała jej miskę gulaszu i postawiła na stole obok pokrojonego, chrupiącego chleba, już posmarowanego świeżym masłem. — Co w środku?

— Królik. — Bernadette uśmiechnęła się do Louise ze swojego miejsca przy stole. — Pan Warrener podrzucił wcześniej. W podzięce za pomoc dla żony.

To było u nich zupełnie normalne, że stół bywał uzupełniany podobnymi darami. Zielarska wiedza Bernadette, wyniesiona spod skrzydeł matki, nie miała sobie równych w okolicy, a ubożsi mieszkańcy często przychodzili właśnie do niej, a nie do doktora czy aptekarza, którzy wymagali zapłaty gotówką. Louise nie była pewna, co dolegało pani Warrener, ale nie miała wątpliwości, że Bernadette i tak by pomogła, nawet gdyby mężczyzna nie miał w zamian choćby ziemniaka.

— Smakuje wybornie — stwierdziła Louise po pierwszym kęsie pysznego, esencjonalnego gulaszu. Tak dobrego, że musiała się powstrzymać, by go nie pochłonąć łapczywie. Zadowoliła się odrobinę nieeleganckim gestem wytarcia skórką chleba miski, by zebrać wyśmienity sos, i wreszcie odchyliła się na oparcie, syta.

— Jeśli musiałabyś wychodzić po zmroku, Bernadette — zaczęła, dobierając słowa tak, by nie przestraszyć siostry — daj mi znać, żebym poszła z tobą.

Bernadette odłożyła łyżkę i wbiła w Louise przenikliwe spojrzenie. — Dlaczego?

— No, przez te pożary, kochanie! — wyręczyła Louise pani Poole. — Wczoraj w nocy był kolejny.

Louise nie słyszała jeszcze o tym ostatnim pożarze i spojrzała na panią Poole z zainteresowaniem. — Kolejny pożar?

— A jakże! — Pani Poole przytaknęła mądrze. — Stodoła z sianem, należy do lorda Ferndale. Nic a nic nie dało się uratować!

Louise była wstrząśnięta. — I nikt nie wie, kto to zrobił?

— Noc była przenikliwie zimna, nikogo nie było na zewnątrz. Zanim ktokolwiek zobaczył łunę, stodoła już stała w ogniu. Lord Ferndale na pewno wściekły, będzie musiał kupić więcej siana dla bydła na zimę.

— Co za marnotrawstwo — mruknęła Louise, jednocześnie uspokojona faktem, że ogień musiał być dość daleko od Ferndale Hall, skoro nikt go nie zauważył, aż dobrze się rozhulał.

— Nie widzę, co to ma wspólnego ze mną i wychodzeniem po ciemku — nie odpuszczała Bernadette, a Louise westchnęła.

— Właściwie nie o pożary mi chodziło. Benjamin szedł za mną od drukarni i wątpię, by chciał się upewnić, że bezpiecznie dotrę do drzwi.

— Jak myślisz, o co mu chodziło? — spytała po chwili Bernadette, a na jej twarzy zdumienie ścierało się z ciekawością.

— Nie wiem, ale to głupi młokos, pełen chłopięcej brawury, a zaczepki Joshui wobec nas mogą mu się wydać zachętą do naśladowania. Może zechcieć czymś zaimponować ojcu. — Louise wzruszyła ramionami. Prawdę mówiąc, nie sądziła, by Benjamin był zdolny do czegoś poważnego, ale wolała nie ryzykować, by to Bernadette miała się przekonać na własnej skórze, że się myliła.

— Dobrze — ustąpiła Bernadette, zamyślona. — I tak rzadko wychodzę po nocy. Nagłe przypadki zostawiam doktorowi i położnym.

Louise skinęła z zadowoleniem i upiła łyk herbaty. Następne słowa siostry sprawiły, że wystrzeliła jak struna na krześle, o mało nie rozlewając herbaty na kolana.

— A teraz, Lou, musisz opowiedzieć pani Poole o tym olbrzymim mężczyźnie, który był dziś po południu w księgarni. Przysięgłabym, że z tobą flirtował, kiedy wróciłam!

Wyczuwając ploteczki, pani Poole odstawiła filiżankę, a oczy jej rozbłysły. — Co my tu mamy, Louise? Olbrzym zjawia się w księgarni?

Louise posłała Bernadette mordercze spojrzenie, a ta uśmiechnęła się anielsko. — To nic, pani Poole. Tylko podróżny. Wpadł i kupił książkę na drogę, tyle.

— Skoro tyle, to czemu się rumienisz? — droczyła się Bernadette.

— Poczekaj, aż przyłapię cię na tym, że oglądasz się za mężczyzną — ostrzegła siostrę Louise. — Dobrze, tak, był... całkiem atrakcyjny — przyznała pani Poole, która wyglądała na wprost rozanieloną. — Ale proszę z tego nic nie robić. Jechał do Londynu i zapewne już nigdy go nie zobaczę.

Spróbowała zignorować ukłucie żalu na tę myśl.

ROZDZIAŁ 4

Szkody

Sobotni poranek był u sióstr Baxter zwyczajowym dniem sprzątania i prania, ale dzięki szwagrowi, Felixowi Yatesowi, miały teraz bardzo mile widzianą pomoc w osobie Rosie. Ona i pani Poole brały na siebie lwią część obowiązków, i choć młodziutka dziewczyna rzadko odzywała się do Baxterów, Louise często słyszała, jak Rosie i pani Poole, dysząc, wymieniają się miejskimi ploteczkami podczas szorowania i czyszczenia. Pożary to jednak nie były tylko plotki, były jak najbardziej prawdziwe i aż strach pomyśleć, że jakiś nicpoń szerzył takie spustoszenie.

Louise była przekonana, że to sprawka żołnierza, który wrócił z wojny, bo niby czemu ktoś z Hatfield miałby szkodzić własnemu miasteczku?

Ona i Bernadette miały o wiele przyjemniejsze zadanie: posegregować skrzynie z książkami, które przybyły od ojca i z Minerva Press. Zanim jednak mogły zacząć, Louise wyszła frontowymi drzwiami i sprawdziła, czy emaliowana tabliczka ubezpieczenia przeciwpożarowego wciąż jest przytwierdzona do ściany. W świetle dnia zobaczyła, że jeden z wkrętów trzymających ją na miejscu się poluzował, prychnęła więc pod nosem, wróciła do środka, znalazła inny wkręt i przymocowała tabliczkę z powrotem, prosto.

Zadowolona z własnej roboty, wróciła do środka i upewniła się, że ani Crafty, ani Pie nie zdołają czmychnąć. Potem chwyciła ich narzędzia do zbierania mysich wnętrzności i zaczęła szukać rozbebeszonych gryzoni. Ku jej zaskoczeniu za ladą nie było żadnych. Postukała w blat lady na szczęście, żeby „odpukać w niemalowane", i wtedy dostrzegła nie jeden, a dwa mętne, futrzaste ochłapy przed ladą.

To się nie godziło! Jak śmiały zmienić miejsce! I to akurat tam, gdzie stawaliby potencjalni klienci! Klnąc na obie, zastanawiała się, czy nie powinna umieścić przed sklepem kartki z ofertą doskonałego łapacza myszy dla dobrego domu. Może Bernadette mogłaby zaproponować Pie jakiejś wiejskiej rodzinie przy najbliższej wizycie?

Gdy już uprzątnęła bałagan, sprawdziła jutę u dołu schodów. Była postrzępiona nie do naprawienia. W tym momencie Bernadette zeszła z kuchni i wymieniły poranne pozdrowienia.

— Wymienię jutę, a potem weźmiemy się za książki — powiedziała Louise.

Bernadette skinęła głową i podeszła do lady. Stęknęła, podnosząc z półki księgę przychodów, by zapisać najnowsze dostawy.

Wypracowały już dobry rytm: sprawdzały każdą książkę i zapisywały tytuł, stan oraz to, czy wymaga naprawy, po czym porównywały ją z London Catalogue of Books, aby ustalić cenę.

Co jeszcze ważniejsze, ostrożnie przekładały strony, by sprawdzić, czy ojciec nie zostawił gdzieś karteczki, jeśli jakąś dołączył.

— O rety! — powiedziała Bernadette, otwierając książkę, żeby zajrzeć do środka.

— Ojej! — zgodziła się Louise, ogarniając wzrokiem ryciny. Wyglądało na to, że przedstawiają ludzi z Indii w skandalicznie dziwnych pozycjach. — Najlepiej odłóż to za ladę, do zamykanej części.

Bernadette wróciła do strony tytułowej i odczytała: — „Camma Suttra?" Tak się to mówi?

Gorąco oblało Louise twarz. — Jestem równie zaskoczona jak ty. Są w skrzyni jeszcze jakieś podobne? Ułóż je tutaj w stosie, żebyśmy mogły schować je pod klucz.

— Ale jak je sprzedamy, jeśli będą zamknięte?

No tak, siostra miała rację. — Może papa ma już klienta i po prostu musiał je wywieźć z Francji, zanim ktoś inny mógłby je przejąć? Znalazłaś jakąś wiadomość?

— Jeszcze nie — odparła Bernadette, przeglądając kolejny tytuł, tym razem z ilustracjami i diagramami części kwiatu, z podpisanymi segmentami. — Och, to cudowne. Mogę je zatrzymać?

— Botanika? Jakby papa myślał o tobie wprost — uśmiechnęła się Louise. — Bierz.

— Kolejna do zamykanej szafki — rzekła Bernadette, otwierając następną książkę. — Niebo, jeśli ludzie by się o tym dowiedzieli, przepędziliby nas z miasta!

Louise zajrzała ponad jasną głową Bernadette, by zobaczyć, co przegląda. Ujrzała sporą dawkę ilustrowanych organów wewnętrznych. Pouczające. — Tak właśnie wyglądamy w środku?

— Chyba tak — odparła Bernadette, przewracając stronę na jeszcze bliższą ilustrację męskiego przyrodzenia. — Ciekawe, czy doktor Rasley chciałby to mieć?

— Do zamykanej szafki — zarekomendowała Louise. — Jaką posiadłość papa obrabował, żeby to znaleźć?

— Założę się, że nie plebanię! — zaśmiała się Bernadette.

Na wzmiankę o wikarym ołów wlał się Louise w brzuch. — Stary Siarka już nie cierpi książek Minervy w dziale wypożyczeń. Wyobrażasz sobie, jaki podniósłby rwetes, gdyby wiedział, że mamy to?

— Sam stanąłby na czele tłumu przepędzającego nas z miasta!

Ostrożnie przebrały resztę ojcowskiej skrzyni i kilka kolejnych tomów trafiło do zamykanego gabinetu.

— Szkoda, że nie ma żadnej wiadomości od papy — powiedziała Bernadette, gdy dotarły do dna skrzyni. — Sprawdziłam każdą książkę, najstaranniej.

Louise westchnęła z frustracją. Mała karteczka nie powinna być takim problemem, a jednak zdawała się przerastać ojca. Zbierała już całkiem długą listę skarg, które mu wygarnie, kiedy wróci.

Drzwi sklepu zadzwoniły, gdy ktoś wszedł. Louise podniosła się zza lady i zaczęła: — Strasznie przepraszamy, dziś jesteśmy zamk... — po czym zorientowała się, że to kuzyn Joshua, a z nim Phoebe, trzymająca najmłodszego syna, Małego Klejka, i Benjamin.

Zgromiła się w duchu, że zapomniała zamknąć drzwi. Choć nawet gdyby były zamknięte, pewnie tłukłby w nie tak długo, aż musiałaby otworzyć, żeby nie wybił szybki w okienku.

— Kuzynie Joshua, Pani Phoebe — celowo pominęła ich syna — cóż zawdzięczamy tej wizycie?

Na szczęście Bernadette wciąż kucała za ladą, skąd nie mogli jej zobaczyć. Cichy klik, który, miała nadzieję, usłyszała tylko ona, oznajmił, że Bernadette zamknęła szafkę na klucz. Ani chwili za wcześnie.

Phoebe postawiła Małego Klejka na podłodze, a ten pognał prosto tam, gdzie Crafty i Pie zwinęły się w kłębek na przerwie między półkami. Crafty natychmiast zwiał, ale Pie obwąchała rączki malca i zaczęła zlizywać z nich to, co na nich było. Sticky, którego prawdziwe imię brzmiało Barnaby, zachichotał z uciechy.

— To! — zagrzmiał Joshua, unosząc książkę. — Dałaś tę deprawację mojemu synowi!

Louise przełknęła ślinę i musiała szybko pomyśleć. Była pewna, że Brutus nie zabrał niczego z wczorajszych stosów do sortowania.

Uśmieszek wyższości Benjamina się poszerzył. Wyraźnie lubił sposób, w jaki jego rodzice traktowali Louise i jej siostry, i nazbyt chętnie uczył się iść w ich ślady.

— Nie sądziłam, że Benjamin interesuje się czytaniem? — powiedziała Louise, grając na zwłokę.

Ślina zebrała się Joshua w kącikach ust. — Nie o Benjaminie mówię. Dałaś to moralne plugastwo Brutusowi, żeby wniósł do naszego domu! Cóż to za zdeprawowany umysł? Hańbisz nazwisko Baxter przy każdej okazji. Mało ci, że handlujesz, to jeszcze musisz nas wszystkich wciągnąć do rynsztoka taką deprawacją!

Pani Phebe dorzuciła: — Mamy zamiar powiadomić wikarego. Nie powinniście nawet czegoś takiego posiadać!

Louise usilnie próbowała odgadnąć, o jaką książkę może chodzić, by aż tak się oburzali. Choć przecież Joshua i Phoebe nie potrzebowali wiele, żeby się poskarżyć. Joshua podszedł bliżej lady. Gdyby przestał nią wymachiwać, Louise mogłaby niemal odczytać tytuł na grzbiecie.

— To jest zoofilia! — ryknął jej prosto w twarz.

— Aaaa — zrozumiała. — Książka o koniach! Tak, chodzi o rasy koni i tym podobne... cóż w tym może być niepokojącego? Brutus jest zafascynowany końmi, a ilustracje są całkiem udane. Z tego, co widziałam, wierne. Pozwoliłam mu pożyczyć, byle dbał o nią, żebyśmy mogły później sprzedać.

W odczuciu Louise nie było w tej książce nic zdeprawowanego.

— A więc przyznajesz, że mu ją dałaś! Że pochodzi stąd!

Miała tego serdecznie dość, a biedna Bernadette wciąż kucała za ladą i pewnie traciła już czucie w stopach. — Dobrze, wyraziłeś swoje zdanie. Zostaw książkę i wynoście się. — Ta Joshua'owa rutyna wparowywania w ich życie, ciskania gromów i uprzykrzania im wszystkiego musiała się skończyć. Gdyby sprawy zaszły zbyt daleko, miały w odwodzie dziadka Felixa, lorda Ferndale, ale miała nadzieję, że do tego nie dojdzie.

W każdym razie Marie wróci do domu przed Bożym Narodzeniem z pieniędzmi wystarczającymi na parę miesięcy, a przy odrobinie szczęścia sam ojciec powinien zjechać lada dzień. Mogły to jeszcze trochę znieść. Skrzywiła się na widok Benjamina, dobrze wiedząc, że to odwet za to, że pogoniła go ze sklepu miotłą.

Benjamin zdawał się czerpać przyjemność z tego, że na niego spojrzała. Wystąpił naprzód, wziął książkę od ojca i otworzył na rycinie.

Ogier krył klacz.

Benjamin obrzucił ją lubieżnym spojrzeniem.

Louise westchnęła i pokręciła głową. Przecież to dosłownie nic, czego by nie widzieli na żywo; mieszkali na wsi, na litość boską!

Benjamin zatrzasnął książkę. Joshua i Phoebe stanęli obok z pewnymi siebie uśmieszkami.

Louise musiała wbić wzrok przed siebie, żeby nie przewrócić oczami.

Wtedy Benjamin z takim impetem cisnął książką o podłogę, że złamał się grzbiet.

To było dla Louise o krok za daleko. Mogli darować z niej pasy z byle powodu i mniejsza o to. Ale niszczenie książek przekraczało wszelką miarę! Nie spuszczając oczu z Benjamina, sięgnęła pod ladę po łom, którym otwierała skrzynie, i wyciągnęła go jedną ręką. Uniosła tak, by cała trójka dobrze widziała, co to jest, i pojęła znaczenie. — Jeśli uszkodzisz jeszcze choć jedną rzecz należącą do nas, uszkodzę twoją głowę, młody człowieku!

Phoebe zapiszczała. Benjamin, trzeba mu oddać, cofnął się o krok, a w jego wyrazie twarzy pojawił się strach. Wiedział, że mówi serio. Dobrze.

Joshua wypiął pierś i chwilę się miotał, zanim zdołał wydobyć z siebie słowa. — Nie wolno wam nam tak grozić!

Louise serce waliło jak młot, ale łom w jej dłoni pozostawał niewzruszony i pewny. Nie zamierzała ustąpić. — Mam prawo bronić swojej własności. W soboty jesteśmy zamknięte, co każdy w Hatfield dobrze wie. To wy wtargnęliście.

— To nie wasza własność, tylko waszego ojca — odparł Joshua. — Skąd mamy wiedzieć, czy on nie jes...

— Mam już dość tej głupiej gadki. Ta skrzynia, o, tam? — przybyła od niego wczoraj. A teraz wynocha, cała wasza trójka. Mam dość waszych czczych pogróżek. Ja swoje zrealizuję bez wahania! — Przemaszerowała obok nich i walnęła łomem w pustą już skrzynię. Ku jej satysfakcji masywne deski rozpadły się, jakby były tylko szczapami.

Phoebe rzuciła jeszcze jedno ostrzeżenie, gdy porwała Małego Klejka na ręce, a Joshua wypchnął ich za drzwi: — Wikary się o tym dowie!

Na szczęście drzwi zamknęły się za całą czwórką z wesołym dzwonkiem. Louise porządnie je przekręciła na klucz, żeby nie wrócili już tego dnia.

— Wszystko w porządku, 'Dette? — zawołała w stronę lady.

Bernadette wyprostowała się ze swojej kryjówki, z lekko pobladłymi policzkami. — Tak się cieszę, że tu byłaś — powiedziała.

— Ja się ich nie boję i ty też nie musisz — rzekła Louise. — I tak niewiele mogą nam zrobić. — Wciąż ściskała łom, i dopiero teraz poczuła jego ciężar.

Za regałem zaszurały kroki i młody Brutus z Ruth wychylili głowy.

— Nie miałam pojęcia, że tu jesteście! — powiedziała, przerażona, zastanawiając się, ile widzieli i słyszeli.

— Rosie wpuściła nas wcześniej, żebyśmy mogli trochę odkurzyć — wyjaśniła Ruth. — Nie chcieliśmy podsłuchiwać.

Brutus spojrzał na swoje buty. — Przykro mi, że moi rodzice są dla was tacy okropni.

Słowa „Przykro mi, że twoi rodzice tak was zaniedbują" cisnęły jej się na usta, ale je powstrzymała. Biedny chłopak sam dobrze o tym wiedział.

— Byłaś taka dzielna z tym łomem — powiedział, unosząc ku niej rozświetlone oczy.

Louise nie była pewna, czy jest odpowiednim obiektem dla rodzaju kultu bohatera, który zdawał się w nim kiełkować, ale Pan Bóg widzi, że chłopak nie miał w domu żadnych dobrych wzorców. Uśmiechnęła się i podała mu łom. — Chcesz, żebym pokazała ci, jak się go używa?

— Jeszcze jak! — Brutus aż się zapalił. Chwycił, ale łom okazał się zbyt ciężki dla jego wiotkich chłopięcych ramion i Louise z uśmiechem wzięła go z powrotem.

— Zaczniemy od mniejszych narzędzi. Do tego dojdziemy.

Trzeba mu oddać, że nie wyglądał na rozczarowanego; tylko skinął głową, zadowolony, że to ona wyznaczy stosowną porę.

— Strasznie mi przykro z powodu tej książki — dodał Brutus. — Nie wiedziałem, że wpakuję was w kłopoty.

— Nic wielkiego się nie stało — powiedziała Lousie, wreszcie odkładając łom na ladę i z ulgą rozprostowując rękę. — I tak znaleźliby coś innego, na co można by ponarzekać.

Ruth podeszła, by objąć Louise w uścisku ulgi. — Byłaś niesamowicie dzielna. Ale obawiam się, że i tak powiedzą o tym mojemu ojcu. Proszę, uważaj.

Louise skinęła głową. — Nawet twój ojciec niewiele może nam zrobić, Ruth, obiecuję. Sprzedaż książek nie jest przestępstwem. — Przynajmniej tych książek. Te w zamykanej szafce to już inna sprawa.

Bernadette zapytała ostrożnie: — Słyszeliście, jak wcześniej mówiłyśmy o innych książkach?

Ruth i Brutus spojrzeli po sobie, a potem na Bernadette. Następnie przytaknęli. Z jednej strony ulga, że są szczerzy, z drugiej — okropnie, że podsłuchali.

— Trudno — powiedziała Louise. — Nie zamawiałyśmy ich, po prostu przyjechały. I nie mamy na nie klientów, więc zostaną zamknięte, dopóki papa nie wróci. Ale potrzebuję, żebyście mi coś obiecali.

Ruth i Brutus skinęli uroczyście głowami, z szeroko otwartymi oczami.

— Obieccie mi, że nie tylko nigdy nie spróbujecie otworzyć tej szafki, ale nawet o niej nie wspomnicie. Ani między sobą, ani nikomu innemu. To, co jest w środku, mogłoby wpakować nas w kłopoty, może. To sprawa dla mojego ojca, gdy wróci, rozumiecie?

Oboje przekrzykiwali się, zapewniając, że ich usta są zapieczętowane, i Louise skinęła z zadowoleniem. Żadne z nich nie należało do chwalipięt przed kolegami, a choć Brutus mógłby być dość ciekawski, by spróbować zerknąć, wierzyła, że teraz, gdy dał jej słowo, tego nie zrobi. Podając im dużo bezpieczniejsze książki do ustawienia na półkach, odesłała ich do zajęć. Potem podniosła uszkodzoną książkę i dołożyła do swojej kupki do naprawy.

***

Niedzielny poranek przyniósł ulewę, która zwykle miły i znajomy spacer do kościoła zamieniła w zimną udrękę pod parasolami. Zwykle zatrzymywały się, by pozdrowić przyjaciół przed wejściem, lecz Louise, Bernadette i pani Poole szybko ruszyły do środka. Gospodyni odbiła w swoją stronę, by przywitać przyjaciółki i usiąść z nimi, natomiast Louise i Bernadette podeszły do ławki Ferndale'ów. Jak szybko przywykły do siedzenia z lordem Ferndale i panną Yates — ich nową rodziną, uprzejmymi dobroczyńcami i pod pewnymi względami opiekunami. Czasem Louise podejrzewała, że to patronat lorda Ferndale przez lata był jedyną tarczą między księgarnią a ruiną.

Przebiegając wzrokiem po zebranych, Louise zauważyła wyższego mężczyznę, o całą głowę przewyższającego otaczających go ludzi. Oddech jej zamarł, gdy rozpoznała wspaniałego byłego żołnierza, który zaglądał do księgarni zaledwie kilka dni temu. Wciąż był w Hatfield! W tej samej chwili obrócił się w jej stronę. Serce jej podskoczyło, gdy odwzajemnił jej powitalny uśmiech.

Ferndale'owie przybyli i tryskali uśmiechami, chociaż lord Ferndale miał na sobie gruby szal, którego nie zdjął. Louise także nie zdjęła swojego, mimo że kościół był pełen ciepłych ciał. Ramiona Louise pozostawały napięte przez całe nabożeństwo — po części z chłodu, po części z obawy, jaki to kaznodziejski grom dziś na nich spadnie.

Stary Siarka ciągnął swoje, ale na szczęście nie było tak źle, jak się obawiała. Gdyby Phoebe szeptała mu do ucha po wczorajszej sprzeczce, była pewna, że całe miasteczko dostałoby wykład o zgubnych skutkach „niewłaściwych" lektur i tym podobnych. Pieśni były znajome i przyjemnie było dołączyć głos do śpiewu.

Kiedy nabożeństwo dobiegło końca, Louise wypuściła z ulgą powietrze. Stanęła z Bernadette i Ferndale'ami, po czym powoli się odwróciła, by spróbować wypatrzyć pana Jacksona. Na szczęście deszcz osłabł, więc mogła go dogonić na przykościelnym cmentarzu, zanim gdzieś się zapodzieje.

Gdy stanęli na rozmokłej trawie, lord Ferndale zakaszlał w rękawiczkę. Chwilę później Bernadette sięgnęła do kieszeni i wyciągnęła małą buteleczkę toniku, którą wsunęła pannie Yates do torebki na przechowanie. Zimowe miesiące były niepokojącym czasem dla starszyzny miasteczka i nikt nie miałby im za złe, gdyby wezwali wikarego do prywatnej kaplicy w Ferndale Hall zamiast brnąć do miasta w tak parszywą pogodę.

O rany, oto Phoebe, już pędziła do wikarego, by mu truć. Tylko jedno mogło jej chodzić po głowie.

Louise odwróciła się do niej plecami, by sprawiać wrażenie, że nie słucha. Tymczasem uszy miała nastawione na strzępy słów. Gdyby tylko pani Poole i jej przyjaciółki stały bliżej, usłyszałyby wszystko, co do joty!

Kilka słów jednak dotarło do uszu Louise. Jak podejrzewała — okropnych.

— Musicie porozmawiać z lordem Ferndale — syknęła Phoebe z naglącą głośnością.

Złowieszczy początek.

Potem padło jeszcze o „byciu jedynym, który może je utrzymać w ryzach", co ogromnie rozbawiło Louise. Joshua był głową rodziny Baxterów, a jednak to wikary miał prosić lorda Ferndale, by ten przywołał Louise i Bernadette do porządku? Gdyby Joshua wiedział, co jego żona mówi o nim za plecami, byłby dogłębnie upokorzony.

Przez chwilę Louise uśmiechała się do siebie, zastanawiając się, jak by tu sprawić, by kuzyn Joshua jednak dowiedział się, co Phoebe mówi bez jego wiedzy.

Choć było to zabawne, koniec końców wcale nie byłoby im do śmiechu, gdyby miały stawić czoło wikariuszowej furii. Odwróciła głowę przez ramię, gdy Phoebe wreszcie skończyła, i przełknęła ślinę, widząc, że Reverend Millings kieruje się prosto ku nim z posępną miną.

Błogosławiony lord Ferndale — zrobił krok naprzód i przywitał wikarego serdecznym uściskiem dłoni. — Znakomite kazanie, znakomite — powiedział z godnym podziwu zagraniem entuzjazmem. Bez chwili przerwy mówił dalej, wychwalając zalety duchownego. Bernadette posłała Louise spojrzenie pomieszania i niepokoju, a panna Yates grzecznie zachichotała w chusteczkę, udając kaszel. We trzy tarzałyby się ze śmiechu, gdyby Louise nie odwróciła wzroku natychmiast!

Jednak szczęście musiało się skończyć, bo miejscowy rejent, pan Burton, i jego żona podeszli, by porozmawiać z lordem Ferndale i panną Yates o Komitecie Szpitala w Hatfield.

To dało Reverendowi Millingsowi upragnioną sposobność. Zaszachował Louise i Bernadette, zanim zdążyły się wymknąć.

— Byłoby z mojej strony zaniedbaniem, gdybym nie wyraził najgłębszych obaw wobec lektur, którymi handlujecie. Zwłaszcza w odniesieniu do młodszych umysłów w miasteczku.

„Najgłębszych obaw"? Co za przesada.

— Nie okazujcie braku szacunku waszym zwierzchnikom — warknął nagle, podnosząc głos.

Bernadette musiała przewrócić oczami, bo Louise była pewna, że swoje utrzymała w ryzach, a twarz miała gładką.

Ciągnął dalej: — To bardzo poważne zadanie — dostrzegać symptomy moralnej zgnilizny, a wiele znaków świadczy o tym, że zgnilizna jest żywa w Hatfield i trzeba ją powstrzymać. Zaczynając od książek, które czynicie tak swobodnie dostępnymi dla każdego. — Rozkręcił się na dobre i rozkoszował się dźwiękiem własnego głosu. — Chodzi mi po głowie nowy komitet dla podtrzymania chrześcijańskiego ładu w Hatfield. Jestem pewien, że pani Baxter zgłosiłaby się pierwsza!

Louise nie miała co do tego najmniejszej wątpliwości. Phoebe stanęłaby na czele kolejki do rządzenia innymi, jeśli tylko podejrzewałaby, że mogli robić coś, czego ona nie pochwala.

ROZDZIAŁ 5

Shaun wkracza do

Widok ładnej młodej damy z księgarni, stojącej z bardzo elegancką starszą parą w prywatnej ławie na przedzie kościoła, sprawił, że Shaun od razu poczuł się tak, jakby słońce przebiło się przez ciężkie, szare chmury wiszące nad Hatfield. Uśmiechnęła się nawet do niego, zanim nabożeństwo się zaczęło, gdy ich spojrzenia się spotkały! Shaun musiał pohamować wyraz twarzy do należycie poważnego i skupionego, żeby ktoś nie przyłapał go na głupim uśmiechu w kościele.

Nie bardzo nawet wiedział, czemu wciąż był w Hatfield. Mógł złapać inny dyliżans do Londynu w sobotę, ale łóżko w Red Lion było tak ciepłe i wygodne, że zaległ w nim do późna, a doskonałe śniadanie wprawiło go w nastrój zwykłego lenistwa. Jeszcze noc czy dwie w tak wygodnym miejscu — postanowił — będą wykwintną przyjemnością, a gdy zapytał w gospodzie, okazało się, że mają wolny pokój.

I oto stał, wałęsając się przed kościołem, podczas gdy panna Louise Baxter rozmawiała ze starszą parą i inną młodą kobietą, którą — po chwili namysłu — Shaun uznał za siostrę albo kuzynkę. O wiele niższa od posągowej panny Louise i, jak sądził, o rok lub dwa młodsza, miała podobny kształt twarzy i te same piwne oczy.

Shaun właśnie próbował zebrać się na odwagę, by podejść i przemówić do panny Louise — bez strachu szarżował na francuskie linie, ale rozmowa z ładną damą budziła w nim grozę i sprawiała, że uginały mu się kolana — gdy obok przemknął pastor, z powłóczystą sutanną, i zatrzymał się przed nią.

Shaun zmarszczył brwi. Wyglądało bardzo na to, że pastor beształ obie młode kobiety. Na porywistym wietrze do Shauna doleciały strzępy podniesionego głosu, a potem do pastora dołączyły jeszcze dwie osoby: mężczyzna i kobieta w średnim wieku, ubrani raczej z myślą o modzie niż o praktyczności w zimowej aurze.

Gdy mężczyzna zaczął krzyczeć na pannę Louise i potrząsać palcem tuż pod jej nosem, Shaun uznał, że wystarczy. Choć panna Louise nie wyglądała na przestraszoną — raczej poirytowaną — druga młoda kobieta u jej boku zaczynała się robić bardzo nieszczęśliwa, a Shaun i tak nie lubił widoku besztanych panien, zwłaszcza publicznie. Ruszając raźnym krokiem, zręcznie wcisnął się między wrzeszczącego mężczyznę a pannę Louise, wyciągając dłoń do pastora na powitanie.

— Pastorze Millings, prawda? Dziękuję za życzliwe przyjęcie w pańskim kościele, proszę Pastora. Poruszające kazanie.

— Ach, no cóż... dziękuję, pan...? — Pastor aż się lekko zająknął i cofnął krok, wyraźnie zbity z tropu samymi rozmiarami Shauna.

— Jackson. Shaun Jackson. — Shaun chwycił dłoń pastora i energicznie nią potrząsnął, ściskając nieco mocniej, niż to naprawdę konieczne. — I miło panią widzieć, panno Baxter. — Uśmiechnął się do Louise szeroko.

— Poznali się państwo? — piskliwie odezwała się kobieta w średnim wieku.

— Dżentelmen zrobił zakup w księgarni w piątek — odparła panna Baxter, wykonując grzeczny dyg w odpowiedzi na ukłon Shauna.

— Oby nie było tam ilustracji! — rzuciła kobieta z potępiającym grymasem.

— To była znakomita powieściowa awantura — odparł Shaun. — Czy mają panie więcej książek tego autora? Ale gdzie moje maniery? Nie będę prosił o rozmowę o interesach w niedzielę.

— Pozwoli pan, że przedstawię moją siostrę, panie Jackson. — Louise wskazała śliczną dziewczynę stojącą nieco w jej cieniu. — Bernadette. I naszych kuzynów, pana Joshua Baxtera i panią Phoebe Baxter.

— Miło mi państwa poznać — powiedział Shaun ogólnie, choć w istocie miał to na myśli tylko wobec Bernadette. Joshua był wciąż purpurowy na twarzy i marszczył brwi, jakby chętnie jeszcze nawrzeszczał na Louise, a Phoebe wyglądała tak, jakby żuła cytrynę.

Ponad ramieniem Joshuy Shaun dostrzegł chłopca, którego wypatrzył w księgarni w piątek — teraz obijany przez nieco większego chłopca — i zastanowił się, czy tam też będzie musiał interweniować. Uśmiech pojawił mu się na twarzy, gdy mały całkiem nieźle poradził sobie sam: z całej siły nadepnął większemu na stopę, po czym odskoczył i czmychnął zwinnie, zostawiając tamtego z miną jak burza i z kulawym krokiem.

— Brawo, Brutus — mruknęła Louise pod nosem obok niego i zrozumiał, że ona także przyglądała się tej małej sprzeczce.

— Ojcze! — warknął większy chłopak, kuśtykając do Joshuy Baxtera. — Możemy już iść do domu? Pada!

Lekka mżawka, to jednak niezupełnie to samo, co deszcz, który siąpił przed rozpoczęciem nabożeństwa.

— Co ci się stało w stopę? — natychmiast zaczęła się troszczyć Phoebe.

— Uderzyłem się w palec — skłamał chłopak, a Shaun ledwie powstrzymał śmiech. Louise nawet nie próbowała — roześmiała się na głos, co sprawiło, że chłopak — zapewne również kuzyn, jak zgadywał — posłał jej paskudne spojrzenie.

— Chodźmy, zaprowadzę cię do domu. — Joshua skinął dość chłodno, po czym odwrócił się wraz z żoną i synem. Pastor już wcześniej umknął, by porozmawiać z innymi parafianami, a panna Bernadette po cichu oddaliła się, szepcząc coś siostrze do ucha, zostawiając Shauna i Louise samych.

A raczej tak samych, jak to możliwe na przykościelnym cmentarzu, gdzie jakieś czterdzieści osób wymieniało uprzejmości.

— Myślałam, że pan już wyjeżdża — odezwała się Louise po króciutkiej, okrutnie niezręcznej ciszy.

Shaun wsunął ręce do kieszeni. — Cóż, taki był plan. — Rozejrzał się, nagle zupełnie niezdolny spojrzeć jej w oczy. — Tyle że tak dobrze mi się spało w Red Lion, że obudziłem się z poczuciem, iż nigdzie mi się szczególnie nie spieszy. Jechałem do Londynu, bo stamtąd wyruszyłem, ale nie mam tam niczego pilnego do załatwienia.

— Rozumiem. — Przechyliła lekko głowę, przypatrując mu się uważnie, a on poczuł się jak owad przyszpilony przez entomologa i oglądany ze wszystkich stron. — Nie ma pan rodziny? Albo... — zawahała się delikatnie.

— Pracy? — Uśmiechnął się, by pokazać, że nie czuje się

urażony. — Ani jednego, ani drugiego. Odkąd armia mnie zwolniła. Skoro Napoleon bezpiecznie więziony jest na Elbie, nie potrzebują już tak licznych sił bojowych. Odsprzedałem mój patent oficerski i, szczerze mówiąc, szukam, co zrobić z resztą życia. Mam zapis po ojcu oraz pieniądze ze sprzedaży patentu, więc pewnie kupię dom i gdzieś się osiedlę. Może spróbuję sił w małym gospodarstwie.

— Sądzi pan, że spodobałoby się panu bycie farmerem?

— Nie wiem. Pewnie byłbym marnym — przyznał. — Niewiele wiem o owcach czy krowach. Coś tam o koniach.

— Sprzedajemy książki o hodowli zwierząt. — Uśmiechnęła się, jakby w sekretnym żarcie.

— Może kupiłbym dom w Hatfield. — Przeżuł w myślach ten pomysł i stwierdził, że wcale mu się nie nie podoba. Wręcz przeciwnie, zwłaszcza z panną Louise Baxter stojącą tuż przed nim. — Czy... zechciałaby pani przejść się ze mną? Pokazać mi trochę miasto? — Dopiero gdy pytanie wymknęło mu się z ust, poczuł się niemądrze. — Choć wciąż trochę pada, może innym razem...

— Myślę, że właśnie ustało. — Jej uśmiech się rozszerzył i tym razem był skierowany prosto do niego. Nie mógł odwrócić wzroku. — Z przyjemnością przejdę się z panem w niedzielny spacer, panie Jackson.

Nie wiadomo kiedy wsunęła dłoń pod jego ramię i już wychodzili przez bramę cmentarną, a Shaun musiał się odrobinę schylić, by nie uderzyć głową w belkę podtrzymującą.

— Tędy. — Louise lekko pociągnęła go za ramię, a on posłusznie skręcił, kierując się jej wskazówką.

Mglista mżawka stroiła wszystko w iskierki, zwłaszcza czarujące rzęsy panny Louise. Każda mijana osoba życzyła pannie Louise miłego dnia, a ona przedstawiała im „pana Jacksona, który wrócił z armii i pragnie zwiedzić Hatfield", lub w podobnych słowach.

Mimo chłodu Hatfield z łatwością ogrzewało serce. Było czyściej i ciszej niż Londyn, ale nie tak małe, by odcinało od świata. Miejsce miało równy, spokojny puls; powozy regularnie wspinały się High Street, nawet w niedzielę.

— Domyślam się, że pańska rodzina mieszka tu od pokoleń? — zapytał po kolejnej grzecznej i serdecznej prezentacji.

— Co pana zdradziło? — Louise obdarzyła go najcudowniejszym uśmiechem, a jego serce aż się potknęło.

— Wszyscy panią znają i są niezwykle przyjacielscy. Co mocno kontrastuje ze sposobem, w jaki zachowywali się po nabożeństwie państwa kuzyni.

— Cóż, owszem — przyznała, gdy szli ładną ulicą obsadzoną sosnami, których zielone gałęzie dawały plamę koloru przez cały rok. — Księgarnia, jak pan wie...

— Baxter's Fine Books, jeśli dobrze pamiętam — powiedział z uśmiechem.

— Ta sama. Budynek jest objęty majoratem majątku mojego pradziada, zapisanym najmłodszemu synowi i męskim potomkom owego syna. Mój ojciec, niestety, został obdarzony wyłącznie córkami, tymi przeklętymi stworzeniami — powiedziała, zerkając na niego z tonem, w którym bardzo wyraźnie pobrzmiewała ironia. — Bez męskiego następcy wszystko wraca do męskich zstępnych najstarszego syna, wraz z resztą dóbr.

— Rozumiem.

— Z którymi miał pan przyjemność spotkać się dziś rano.

Olśniło go. — To zatem Joshua Baxter i jego... *urocze* pociechy — rzucił, rozbawiony przy słowie „urocze".

— Niezwykle bystry pan jest — powiedziała.

— Pański ojciec wciąż żyje, prawda? — zapytał.

— Bardzo na to liczymy — odparła. — Jest teraz we Francji. Z tego samego powodu, dla którego pan sprzedał patent, on przebywa obecnie na kontynencie.

— Napoleon — mruknął pod nosem Shaun. — Przynajmniej już nie narobi więcej kłopotów.

— Właśnie — zgodziła się Louise. — Ale Joshua stał się, powiedzmy, natarczywy. Chce tej nieruchomości dla siebie. Kilka miesięcy temu miał tupet zacząć brać miarę na okna do zasłon!

— Doprawdy, co za bezczelność! — rozgrzał się Shaun opowieścią. Ogarnęło go dawne poczucie opiekuńczości i nie mógł powstrzymać chęci, by chronić siostry Baxter. Zwłaszcza pannę Louise. Choć był pewien, że sama świetnie poradzi sobie z dokuczliwymi kuzynami.

— Dopóki przychodzą skrzynie z książkami, wiemy, że tata żyje. To wystarcza, by trzymać Joshuę na dystans. W majoracie jest też zapis, że w budynku musi działać dochodowy interes — a działa.

— I niewiele wskazuje na męskiego dziedzica w przewidywalnej przyszłości?

Zamyśliła się na moment i pomyślał, czy nie posunął się o krok za daleko.

— Nasza matka zmarła kilka lat temu, a ojciec nie dawał znaku, by zamierzał się ponownie żenić. Majorat obejmuje wyłącznie bezpośrednich męskich spadkobierców, więc niestety nawet gdybym ja albo jedna z sióstr miała syna, on nie mógłby dziedziczyć. W każdym razie jesteśmy w dużo lepszej sytuacji niż wtedy, gdy Papa wyjechał z Anglii. Lord Ferndale to nasz drogi przyjaciel i dobroczyńca. Nasza najstarsza siostra, Estelle, niedawno poślubiła jego wnuka, Felixa Yatesa, dziedzica baronii. Lord Ferndale nalega teraz, abyśmy siedziały z nim i jego siostrą, panną Yates, w ławie Ferndale'ów w kościele.

Wszystko zaczynało mieć znacznie więcej sensu. Kuzyni czuli się pomijani i całkiem przewidywalne było, że zechcą w jakiś sposób się odgryźć.

Pola bitew przybierają najrozmaitsze formy.

Skręcili w następną ulicę i ujrzeli jaskrawo niebiesko-biały szyld The Swan. Miejsce, którego Louise nie polecała.

— Dziękuję pani za ostrzeżenie mnie przed tym przybytkiem — powiedział. — Red Lion jest ciepły i wygodny, a po pluskwach ani śladu, dzięki Bogu. W armii dość już się nacierpiałem od pcheł i innych gryzących stworzeń. Gdybym chciał nadal z nimi sypiać, nie sprzedawałbym patentu.

Zostawiwszy The Swan za sobą, szli dalej, rozmawiając i pozdrawiając ludzi, aż dotarli do High Street.

— Jestem pewna, że stąd zna pan już drogę — powiedziała, gdy dotarli do Baxter's Fine Books.

Czy zadrżała? Spojrzał na jej strój i uświadomił sobie, że mógł być wystarczająco ciepły w zatłoczonym kościele, ale teraz były na powietrzu już jakiś czas, a on nie zaproponował jej swojego płaszcza!

— Musi pani przemarzać do szpiku kości! Czy pozwoli mi pani zaprosić się na obiad do Red Lion, w podziękowaniu za prywatne oprowadzanie po mieście?

Spodziewał się, że odmówi albo się spłoszy.

— Byłoby mi bardzo miło — zgodziła się bez wahania.

Podał jej ramię, a ona znów położyła dłoń na jego łokciu. Tam, gdzie jej miejsce.

— To są stajnie dzierżawne — wskazała, gdy mijali przejazd

na tyły gospody. — Jeśli potrzebuje pan konia, tutaj wynajmują.

— Obejrzę je dokładniej, kiedy będzie trochę cieplej — odparł, zauważając, jak policzki ma różowe od chłodu.

Gdy otworzył drzwi Red Lion, otoczyły ich cudowne aromaty kuchni, nieco mniej cudowna gęstwina ciepłych ciał i mile widziany ogień w palenisku. — Dwoje na obiad, panie karczmarzu — powiedział.

Karczmarz skinął głową i życzył pannie Baxter miłego popołudnia.

— Mam nadzieję, że nie postawiłem pani w niezręcznej sytuacji — powiedział do Louise.

— Wcale nie, jesteśmy w bardzo dobrych stosunkach z państwem Haye. Przysyłają do nas wielu podróżnych, żeby mieli co czytać w drodze. Zna pan już pana Thomasa — to ten silny, który zdejmuję skrzynie z książkami z powozów.

Nagle wszystko stało się jasne. Wszyscy znali Louise, a Louise znała wszystkich.

Po co damie dama do towarzystwa, skoro całe miasto ma ją na oku?

ROZDZIAŁ 6

Louise daje przyzwolenie

Jak na dzień, który zaczął się ponuro i z niepokojem, Louise doceniała nagłą odmianę losu po interwencji pana Jacksona przed kościołem. Była przyzwyczajona bronić się sama i wcale nie należała do lękliwych dziewcząt wymagających ratunku. Jednak to, że ktoś o pozycji pana Jacksona dostrzegł, co się dzieje, i wkroczył, było mile widziane.

Jego działanie pokazało, że potrafi błyskawicznie ocenić sytuację. Dał też Bernadette sposobność, by wymknęła się spod słownych ataków kuzyna i wikarego. Nie ulegało wątpliwości, że Joshua i Phoebe wrócą do księgarni w przyszłym tygodniu, by urządzić kolejne surowe kazanie... ale to już w cztery oczy, w ich sklepie, a nie przed kościołem, na oczach całego miasteczka.

Pastor Millings z pewnością miał aż nadto materiału na przyszłotygodniowe kazanie. Louise mogła tylko liczyć, że jacyś weterani, którzy wrócili do miasteczka, wywołają awanturę między teraz a wtedy. Przecież bójka bardziej pasowałaby do jego definicji moralnych upadków niż ich skromny literacki fach.

Zupa i chrupiący chleb rozgrzały ją do szpiku kości.

— To interesujące danie — powiedział pan Jackson. — Pożywne, a jednak niezbyt ciężkie.

Louise nie mogła się powstrzymać od uśmiechu. — To przepis z rodziny mojej zmarłej mamy! Dawno temu podzieliła się nim z panią Haye.

— Jestem więc zaszczycony! — rzekł, odrywając kawałek chleba, by zebrać gęstą warstwę z boków miski. — Jak się nazywa?

Louise ogarnęła tkliwa duma i nostalgia. — *Pommes de terre et de poireaux,* czyli ziemniaki z porem. Mama mawiała, że każda francuska rodzina ma swoją wersję.

— Wyśmienita — stwierdził. — Może zamówię jeszcze jedną. A pani chciałaby dokładkę?

— Poproszę, dziękuję.

Było coś niezwykle miłego w jego towarzystwie. Ich spacer po miasteczku rozbudził w Louise nadzieję, że mógłby rozważyć przeprowadzkę do Hatfield. To miejsce równie dobre jak każde inne, a może i lepsze od większości... choć pewnie była stronnicza.

— Proszę opowiedzieć o służbie — poprosiła, gdy przyniesiono im drugą porcję zupy. Prawdę mówiąc, nie była już specjalnie głodna, ale chciała odwlec powrót do domu. Czy wróci do Londynu poranną dyliżansem? Wspomniał już, że nie lubi tego miasta.

— Cóż, ostatecznie nie byłem tak do końca żołnierzem liniowym.

To ją zaskoczyło, więc uniosła pytająco brwi i zamilkła, by mówił dalej.

— Wie pani, stoczyłem znacznie więcej bitew z rachunkami niż z nieprzyjacielem. Mój ojciec był bankierem, a ja uczyłem się liczb u jego boku. Kilku moich przełożonych w armii zauważyło, że dobrze liczę w pamięci, i zrobili ze mnie kwatermistrza. Moje księgi były tak dokładne, że zaczęto podejrzewać, iż u innych nie jest tak różowo, więc posyłano mnie, by to rozpracować.

Brzmiało to wiarygodnie dla Louise. Wypatrzył jej błąd w księdze, stojąc po przeciwnej stronie, przy kiepskim świetle.

— Wygląda na to, że to niezły problem w armii?

— I to jaki. Ludzie popełniają błędy, co da się zrozumieć, ale niektórzy sięgali do królewskiej kasy na własny użytek.

Louise miała ochotę gwałtownie nabrać powietrza, ale się powstrzymała. Był łowcą złodziei!

Musiał wyczytać to z jej twarzy, bo pan Jackson skinął głową i powiedział: — Dokładnie tak. Potrafiłem pozostać niezauważony, ale wciąż muszę się pilnować i baczyć na towarzystwo. Dlatego siedzę twarzą do drzwi, żebym mógł szybko sprawdzić, kto wchodzi i wychodzi.

— O rany — szepnęła Louise. — Jak ktoś tak postawny może nie rzucać się w oczy?

Zademonstrował to, osuwając się na krześle tak, że jego kolana dotknęły pod stołem jej kolan. Uznała to za dość ekscytujące. Potem zapytał z cockneyowskim akcentem o drogę na Piccadilly i Regent Street, by zaraz wrócić do lekkiej, yorkshire-'skiej wymowy.

Z jej ust wyrwał się miękki chichot. — Rzeczywiście, sprytny fortel. Chciałabym tak umieć.

Wyprostował się, a ciepło tam, gdzie jego kolano dotykało jej, ustąpiło chłodowi.

— Sama pani to przed chwilą zrobiła, kiedy podała pani francuską nazwę zupy. Brzmiała pani jak inna osoba.

— Och, rzeczywiście! — uświadomiła sobie. Ten

mężczyzna był i zabawny, i pouczający. — Ale mimo wszystko jest pan raczej wysoki. W kościele od razu pana dostrzegłam. Jak udaje się panu nie zwracać na siebie uwagi? Mnie nigdy się to nie udaje.

— Jestem cichy i przygarbiony, ludzie biorą mnie za mało rozgarniętego. Zupełnie mnie ignorują i mówią zbyt swobodnie. Kiedy siedzę w kącie izby szynkowej, wyglądając jak w sztok pijany, staję się praktycznie niewidzialny.

— Żyje pan jak bohater powieści przygodowej — powiedziała Louise, a serce zabiło jej szybciej. — Jak w książce!

— Najczęściej jestem zupełnie trzeźwy, tylko plecy bolą mnie jak czort — parsknął śmiechem. — Tylko jakoś w książkach nie piszą o obolałych krzyżach, prawda?

Louise zaśmiała się wraz z nim.

— Odprowadzić panią do domu? — zaproponował.

Louise rozpromieniła się i zażartowała: — Ależ to tak daleko! Czy pan na pewno da radę?

Roześmiał się z jej żartu i skinął głową. — Jestem dżentelmenem, wbrew pozorom, panno Baxter. Wiem, jak się należy zachować, a to obejmuje odprowadzanie dam do domu.

Zapłacił za ich obiad, a gdy wyszli na zewnątrz, narzucił swój płaszcz na jej ramiona zamiast na własne.

Jego zapach otulił jej zmysły. — To bardzo miłe, ale to tylko kilka kroków — powiedziała. — Zupa już mnie rozgrzała. — Wcale jednak nie miała zamiaru zdejmować płaszcza.

— Kończę właśnie moją powieść — zauważył, gdy niespiesznie podchodzili do drzwi księgarni. — Wpadnę jutro po następną, jeśli można?

— Będzie pan bardzo mile widziany — odparła Louise, starając się nie zabrzmieć zbyt gorliwie.

— Ma pani może książki o samym Hatfield? Albo o okolicy?

— Owszem. Podróżni chętnie je kupują.

Teraz już zwlekali, Louise nie chciała otwierać drzwi sklepu i kończyć tego cudownego dnia. Na niebie zgromadziły się ciemne chmury, w powietrzu wirowała mgła, lecz oni trwali w własnej bańce słońca.

Pan Jackson najwyraźniej także grał na zwłokę.

Zapytała: — Czy jest coś jeszcze, co miałabym dla pana odłożyć?

— Cóż, to nie do końca wypada rozmawiać o interesach w niedzielę, ale ja...

Louise wstrzymała oddech, czekając na ciąg dalszy.

— ... zastanawiałem się, czy nie wie pani o jakichś domach na sprzedaż. Zapytałbym pana Haye'a, ale mógłby wyciągać pochopne wnioski albo chcieć prowizji czy coś w tym rodzaju, a przy tym za swobodnie puściłby język.

— A ja mogłabym zrobić dyskretne rozeznanie? — Jej serce zabiło gwałtownie na samą myśl, że pan Jackson przeprowadziłby się do Hatfield. Już teraz zawracał jej w głowie, a teraz zaczęła mieć nadzieję, że zostanie.

— Właśnie tak. Byłbym niezmiernie zobowiązany.

Louise wyswobodziła się z jego płaszcza i oddała mu go. — Zrobię te dyskretne rozeznania i, jeśli szczęście dopisze, może będę miała dla pana wiadomości już jutro.

— Dziękuję, panno Baxter. — Skłonił się po dżentelmeńsku.

Ona w odpowiedzi wykonała ukłon i życzyła mu miłego popołudnia.

Gdy już sięgała do klamki, powiedział: — Proszę uważać na kota.

Louise mogłaby teraz chodzić w chmurach. Otworzyła drzwi i posłuchała rady pana Jacksona, by wypatrywać kota. A właściwie kotów. Oba zeskoczyły ze swych legowisk i popędziły ku niej, ale zdążyła zamknąć drzwi w samą porę.

Przez chwilę oparła się o drzwi i po prostu oddychała.

Odtwarzanie w myślach dnia spędzonego z panem Jacksonem napełniło ją dziwnymi uczuciami i czymś, co rozpoznała jako nadzieję.

Po czym nadepnęła na stertę mysich wnętrzności pośrodku podłogi i pisnęła z szoku i obrzydzenia.

— O, dobrze, że jesteś! — zawołała Bernadette, schodząc po schodach. — Chodź na górę i opowiedz nam wszystko o tym przystojnym, wysokim panu.

Po uprzątnięciu ohydnego „prezentu" od kotów Louise weszła na górę, gdzie pani Poole właśnie nastawiła czajnik.

— Musi być pani wygłodniała — powiedziała pani Poole. — Podam zupę.

— Och, nie, pani Poole, nie trzeba, już jadłam.

Pani Poole i Bernadette spojrzały na nią z uniesionymi brwiami.

Policzki zapiekły ją gorącem. I tak wkrótce się dowiedzą; to był smakowity temat do plotek, że widziano ją przy posiłku z mężczyzną.

— Pan Jackson uprzejmie poprosił, bym oprowadziła go po Hatfield, i przystałam na to. A potem, w podzięce, zaprosił mnie na obiad do Czerwonego Lwa.

Bernadette rozpromieniła się i zapytała: — Naprawdę chciał zwiedzać miasteczko, czy to był tylko pretekst, żeby spędzić z tobą czas sam na sam?

Louise znów poczuła gorąco na twarzy.

Pani Poole szturchnęła Bernadette i zganiła: — Nie dokuczaj.

Louise musiała przejść do rzeczy i dotrzymać obietnicy danej panu Jacksonowi, choć twarz już ją prawie paliła. — Rzeczywiście chciał obejrzeć miasteczko i poprosił mnie, bym dyskretnie popytała, czy wiem o jakichś nieruchomościach na sprzedaż. Powiedziałam, że zapytam panią, pani Poole, bo pewnie wie pani więcej ode mnie.

Dobra kobieta zamyśliła się na moment. — Teraz nic mi nie przychodzi do głowy, ale mogę popytać. Czemu nie spyta w Czerwonym Lwie? Państwo Haye wiedzą wszystko o miasteczku.

Louise skinęła głową, przypominając sobie zadania, których się podejmował w armii. — Też go o to pytałam, a on wspomniał, że nie chce, by ktoś domagał się prowizji od sprzedaży.

— Nie ma funduszy? — spytała Bernadette.

Pani Poole cmoknęła z dezaprobatą. — Nie wypada wypytywać o czyjeś finanse.

Louise się nad tym zastanowiła. Nie wiedziała, jakimi środkami dysponuje, ale nie zaprzątała go cena posiłku, a zjedli tyle, co za czterech. — Nie sądzę, by o to chodziło. Wydaje mi się raczej, że to człowiek, który trzyma się na uboczu i nie chce być w centrum domysłów.

— Znasz go już doskonale, prawda? — zachichotała Bernadette.

Louise wolałaby, by ta rozmowa dobiegła końca. — Może mówię też o sobie, ja również nie lubię być tematem spekulacji!

Bernadette zanuciła śpiewnie: — Lou się zako-cha-ła, Lou się zako-cha-ła.

— Przestań! — zawołała Louise, zatykając uszy.

— A jednak! Jesteś zakochana w Olbrzymie Jacksonie! O rety, nie sądziłam, że doczekam tego dnia! Skoro się tutaj przeprowadza, to może znaczyć tylko jedno: zamierza się oświadczyć! Och, jakie to ekscytujące! Nie mogę się doczekać, aż Marie wróci... a może napiszę do niej o tym nowym zwrocie akcji!

— Przestań! — zapleśniła Louise po raz drugi. *Olbrzym Jackson?* Już widziała, jak ta ksywka przylepia mu się jak klej introligatorski. — Nie masz przypadkiem rodzin, którym trzeba roznieść zioła, czy coś?

— Daj spokój swojej siostrze — ostrzegła pani Poole Bernadette, która przycichła, ale wciąż posyłała Louise szelmowskie uśmieszki.

Louise dopiła ostatni łyk herbaty, podczas gdy Bernadette wciąż chichotała za dłonią. Kochała młodszą siostrę nad życie, ale jeśli Bernadette będzie tak dalej, Louise następnym razem postraszy ją łomem.

— Cieszę się twoim szczęściem, Lou — powiedziała Bernadette, kiedy pani Poole na moment wyszła z pokoju.

— Proszę, nie ciesz się. Nic się nie wydarzyło. Poznałam go ledwie parę dni temu. Niewykluczone, że ma już w Londynie narzeczoną, której złożył obietnicę.

Tak właśnie było i żołądek ścisnął jej się na tę myśl. Poznała go przecież przedwczoraj. Jakiekolwiek uczucia w niej kiełkowały, były obce i osobliwe, a bardzo możliwe, że źle odczytała sytuację.

— Należne są panu Jacksonowi podziękowania za to, że dziś rano przerwał wikariuszowi — powiedziała Bernadette. — Przyszedł ci na ratunek.

— Nie potrzebowałam ratunku, świetnie sobie radziłam.

— Nie odesłałaś go jednak.

— Nie — potwierdziła Louise. — Nie zaprzeczam, że pojawił się w samą porę. I zrobił zamieszanie, dzięki któremu to *ty* mogłaś się wymknąć niepostrzeżenie. Dobrze by było, gdybyś mu podziękowała, kiedy go znów zobaczysz.

Oczy Bernadette błysnęły figlarnie. — Czyli jednak zostaje?

— Równie dobrze może kupować dom dla matki — odparła Louise. Mimo to jej serce odrobinę by pękło, gdyby jutro nie przyszedł po kolejną książkę. Nie powinna przecież uzależniać nastroju od pojawienia się klienta w sklepie, ale mówił, że chętnie kupi więcej lektur. To naprawdę pierwszy mężczyzna, który zawrócił jej w głowie. Byłoby ogromnie przykro, gdyby na tym skończyła się ich znajomość.

ROZDZIAŁ 7

Niespokojna noc

W Red Lionie w tę niedzielną noc było tłoczno od ludzi czekających na poranne dyliżanse do Londynu. Shaun siedział w kącie, zajadając się wieprzową potrawką w cieście i popijając ale; był zadowolony z decyzji, by zostać w tym przyjemnym miasteczku przynajmniej jeszcze jeden dzień. Para jasnych, piwnych oczu igrała z jego zdrowym rozsądkiem. Tak długo był poza towarzystwem kobiet, że nie miał pojęcia, jak się za to zabrać. I czy w ogóle chciał? Nie byłoby fair robić dziewczynie nadzieję, a jednocześnie panna Louise była tak wybornym towarzystwem. Przywykł przemieszczać się z miejsca na miejsce bez zobowiązań, ale coś go uwierało w sumieniu, jakby przeczucie mówiło mu, żeby zatrzymał się w miasteczku na dłużej.

Instynkt dotąd dobrze mu służył, byłby głupcem, gdyby teraz go zignorował.

Starając się pozostać niewidoczny, podchwycił rozmowę toczącą się dalej przy stole, sącząc wolno piwo. Pozwolił nawet, by odrobina spłynęła mu po kąciku ust, żeby ci w pobliżu pomyśleli, że to jego siódmy kufel, a nie dopiero drugi.

Mówili coś o tym, że nie wiedzą, gdzie się dzisiaj przespać.

Była już dobra godzina po zapadnięciu zmroku, pomyślał Shaun, lepiej, żeby mieli jakiś plan.

— Szkoda, że ten, co to zrobił, nie napalił nam wcześniej w ognisku — mruknął jeden.

Inni parsknęli śmiechem: — Aye, taki nasz los.

Na wzmiankę o ogniu Shaun przekrzywił głowę, żeby lepiej nastawić ucho, licząc, że tego nie zauważą.

Ktoś przy innym stole zawołał: — To wy spaliście ongiś w tej starej chacie?

— Aye — odpowiedzieli.

— A to pech, ale nie oceniajcie całego miasteczka po jednym złym uczynku. U nas zwykle nikt pożarów nie wznieca — odparł mężczyzna przy tamtym stole.

Shaun teraz wsłuchiwał się już jak najbaczniej.

— Wracamy z Francji, broniliśmy Jego Królewskiej Mości, a tak nam się dziękuje — rzucił któryś.

Zza kufla Shaun zerknął na biedaków, którym tak się w życiu nie poszczęściło. Powrót z Francji mógł znaczyć tylko jedno: walczyli na kontynencie, a z ich twardych akcentów wynikało, że są z Północy. Mieli na sobie łachy wędrownych kotlarzy i szmaciarzy, ale w mundurach z pewnością prezentowali się imponująco.

Uznał, że bezpiecznie będzie wciągnąć ich do rozmowy. — A co z tym ogniem?

— Zatrzymaliśmy się w zrujnowanej, pustej chacie, spaliśmy pod gołym niebem, oszczędzając monety na drogę do domu — zaczął jeden.

Drugi wtrącił: — Czasem się nam poszczęści i po drodze trafi się robota, ale przywykliśmy spać byle gdzie, w stodołach czy starych budynkach i tym podobnych.

Pierwszy dokończył opowieść: — Aż tu jakiś gagatek podpalił to miejsce, a dyliżans na północ dopiero jutro.

— Weźcie mój pokój — powiedział Shaun. Ci ludzie musieli służyć honorowo i potrzebowali porządnego dachu nad głową na tę noc. Takiego, który nie zajmie się ogniem — a jeśli nawet, będzie dziesiątki świadków. — Nie jest mi potrzebny — starał się bełkotać akurat tyle, by brzmieć przyjemnie pijanie, ale nie od rzeczy. Wyciągnął z kieszeni klucz i podał im. — Pokój 9, częstujcie się.

— A ty dokąd pójdziesz? — spytał któryś.

— A nic, idę się przewietrzyć — odparł, odsuwając się od stołu i zataczając w stronę drzwi.

— Zostawisz resztę pasztecika? — zapytał z nadzieją inny.

Machnął ręką, po czym skręcił do baru i zwrócił na siebie uwagę pana Haye'a. Podał parę szylingów i rzekł: — Proszę dać tym ludziom porządny posiłek. Służyli w wojsku.

— Jak Pan każe — odparł pan Haye, oddając mu połowę pieniędzy. — Mamy dziś specjalną zniżkę dla powracających żołnierzy — dodał z puszczeniem oka.

Na zewnątrz Shaun postawił kołnierz pod płoszącym zimnem i wypuszczał z ust kłęby pary. Powietrze było nieruchome, a na niebie migotały znajome konstelacje. Brak chmur tłumaczył lodowaty chłód. Przestępował z nogi na nogę, żeby się rozgrzać, i sam nie wiedząc czemu, spoglądał w górę i w dół głównej ulicy. Czego miał nadzieję wypatrywać — któż to zgadnie.

Ogień go niepokoił. W armii ogniska bywały niebezpieczne, a często służyły do zacierania śladów. „Bardzo nam przykro, ksiąg już nie ma, lampa się stłukła i spaliła kancelarię..." — to było kłamstwo, które słyszał raz po raz.

Chyba że żołnierze rozpalili ogień dla ciepła i nie zgasili go do końca? Na pewno wiedzieliby lepiej. O wiele bardziej prawdopodobne, że to było zrobione z premedytacją, zwłaszcza jeśli ludziom zaczynała doskwierać liczba włóczących się żołnierzy w okolicy.

Sam przecież też był włóczącym się żołdakiem, jakby nie patrzeć. Może dlatego tak szybko uwierzył tamtym mężczyznom na słowo.

Gdy spojrzał w drugą stronę, w dół, ku Baxter's Fine Books, wychwycił jakiś ruch. Pies? Nie, coś znacznie większego. Wysoki, chudy mężczyzna.

Serce podeszło mu do gardła na myśl, że ktoś kręci się przy froncie sklepu panny Louise.

— Co ty tu wyrabiasz? — zawołał.

Cień zastygł bez ruchu, tak że Shaun zaczął się zastanawiać, czy mu się to nie przywidziało.

A potem cień upuścił coś, obrócił się na pięcie i pognał jak spłoszony zając.

Zadziałał instynkt; nikt nie ucieka bez powodu. Shaun ruszył w pogoń. To był mężczyzna, szczupły i patykowaty. Miał już przewagę i biegł szybki jak błyskawica.

Choć w wojsku zajmował się głównie liczbami, Shaun dbał o formę — na wypadek, gdyby przyszło mu uciekać, gdy ludzie zorientują się, że węszy, albo kiedy trzeba będzie dogonić głupców, którym zebrało się na ucieczkę. Na nic się to zwykle nie zdawało. Zasięg armii był niezwykle długi.

Pędził na oślep, zdeterminowany, by dopaść zwierzynę, ale tamten był zbyt szybki i najwyraźniej dobrze znał miasteczko. Wpadał w zaułki i wypadał z nich raz za razem i w końcu Shaun zgubił go w obcych uliczkach.

Zirytowany zawrócił i odtwarzał trasę, dysząc ciężko, aż para snuła mu się gęsto z ust. Będzie musiał podtrzymać trening w kolejnych dniach, bo następnym razem na pewno złapie łotra, który stanie mu na drodze.

Gdy dotarł pod zaciemniony front Baxter's, znalazł przedmiot, który tamten upuścił.

To było pudełko ogniowe. A jedyne, do czego służyło pudełko ogniowe, to rozpalanie ognia.

Otworzył je i zobaczył, że jest w pełni wyposażone we wszystko, co potrzeba, by wzniecić płomień. Krzesiwo i zwęglona tkanina były wyraźnie używane, podobnie jak wiele zapałek. Najwyraźniej służyło często. Czy to tym samym podpalono schronienie żołnierzy poprzedniej nocy? Wysoce możliwe, choć nie było jak tego stwierdzić.

Krew mu zamarzła, gdy zauważył, że tabliczka ubezpieczeniowa straży ogniowej sklepu została odkręcona i leżała na ziemi, odwrócona napisem do dołu.

Przejechał dłonią po miejscu, gdzie powinna wisieć, i wyczuł otwory po śrubach, ale choć ile się naszukał w ciemnościach, samych śrub nie znalazł. Bez tabliczki bardzo możliwe, że straż nie przyjechałaby do pożaru.

Dobry Boże, to nie były przewidzenia — naprawdę przerwał próbę podpalenia! W oknach na piętrze nie paliło się światło. Panna Louise z rodziną musiały spać na górze, nieświadome, że mogła to być ich ostatnia noc na ziemi.

Gdyby mieli psa zamiast dwóch kotów. Szczekanie mogłoby ich obudzić.

Cholera i anioł stróż, gdyby tylko dorwał tego nicponia.

Mimo wszystko miał pudełko ogniowe tamtego, więc jeśli podpalacz nie miał następnego — co całkiem możliwe — przynajmniej tej nocy nie wznieci ognia na High Street.

I z pewnością nie w Baxter's Fine Books, nie jeśli Shaun będzie musiał stać na warcie aż do świtu.

I właśnie to zamierzał zrobić.

Roztrzęsiony, otulił się szczelniej płaszczem i wyciągnął z wewnętrznej kieszeni rękawiczki. Stanie w miejscu nie wchodziło w grę, więc przemierzał tam i z powrotem od narożnika Red Liona i z powrotem. Spojrzał nad framugę Red Liona i zobaczył, że ich tabliczka straży ogniowej trzyma się mocno, co dało mu trochę otuchy. Zresztą tu kręciło się zbyt wielu ludzi — każdy by zauważył, gdyby ktoś się czaił i próbował odkręcić tabliczkę.

Przeszedł ulicą do budynku po drugiej stronie księgarni. Było tak ciemno, że niewiele widział, i pomyślał o rozpaleniu światełka z pudełka ogniowego. Ale gdyby ktoś akurat wyszedł lub przyszedł do Red Liona, mógłby pomyśleć, że to *on* jest podpalaczem.

Poczeka do rana.

Kiedy znów dotarł do Red Liona, zagadnął pana Haye'a i upewnił się, że żołnierze zjedli solidny posiłek i poszli spać do jego pokoju. Zamówił jeszcze jedną wieprzową potrawkę w cieście, żeby mieć co przegryźć i nie zasnąć. Zawinął ją w chusteczkę na później.

Korzystając ze światła z okna szynku, obejrzał pudełko ogniowe w poszukiwaniu inicjałów lub znaków właściciela, ale nic nie znalazł. Srebrne puzdro było poobijane i porysowane w wielu miejscach.

Resztę nocy Shaun krążył i w milczeniu kipiał ze złości, że ktoś w Hatfield celowo wznieca pożary, i że albo bierze na cel pannę Louise, albo samą księgarnię.

Godziny mijały, w żadnym oknie nie świeciło się światło — Hatfield spało. Shaun ugryzł pasztecik. Był wyśmienity. W oddali usłyszał kocie bójki i szczekanie psa. Może pies alarmował swoich ludzi na widok podpalacza, którego wcześniej spłoszył. Zawsze można mieć nadzieję.

Dorwę cię — przyrzekł w duchu sobie i Louise.

Oparł się o ścianę sklepu i przysnął na chwilę, przekonany, że sama jego obecność odstraszy śmiałków, którzy by się zbliżyli. Armia nauczyła go cennej umiejętności: spać byle gdzie, nawet stojąc, oparty o mur.

Gdzieś w oddali zapiał kogut, choć wciąż było ciemno. Przysiągłby, że słyszy krowy, jak wstają. Spróbował sprawdzić zegarek na dewizce, ale było zbyt ciemno, by dostrzec położenie wskazówek.

Dał się słyszeć wyraźny stukot karmienia koni w stajniach za Red Lionem. Od strony kościoła ktoś wybił siedem uderzeń. O tej porze roku jeszcze co najmniej godzinę nie będzie pożytecznego światła na horyzoncie.

W oknach domów naprzeciwko mignęły płomyki świec. Przeszedł na drugą stronę ulicy i spojrzał na drugie piętro Baxter's Fine Books — z ulgą dostrzegł też światło w ich oknie.

Ktoś już nie spał.

Całe miasteczko zaraz wstanie i będzie mógł podzielić się tym, co wie, z panną Louise.

Pan Haye wyszedł z Red Liona i strzepywał kurz z dywanika. — Słowo daję, stał tu pan całą noc?

Shaun skinął głową. — Czuwałem.

— Czy jest coś, o czym powinniśmy wiedzieć? — zapytał pan Haye.

Shaun podszedł bliżej i pokazał mu dowody: tabliczkę i pudełko ogniowe, szybko wyjaśniając ich znaczenie.

— Na Boga! — wyrwało się panu Haye'owi, po czym odwrócił się, żeby sprawdzić własną tabliczkę, i westchnął z ulgą, widząc, że trzyma się mocno.

— Nie widziałem, żeby wracał tą drogą, ale nigdy nic nie wiadomo. Wysoki chudzielec, szybki jak wiatr. Miał dobry start, inaczej bym go dopadł.

— Śniadanie na mój rachunek — odparł z uznaniem pan Haye. — Baxterowie to porządni ludzie, jakby co, i basta. Nie mógłbym żyć ze sobą, gdyby coś im się stało, zwłaszcza że ich ojciec wciąż nie wrócił.

— Jest pan porządnym człowiekiem, panie Haye — powiedział Shaun, klepiąc go przyjaźnie po ramieniu. — Cieszę się, że ktoś czuwa nad Baxterami.

— Nie wspominając już, że gdyby tam buchnął ogień, łatwo mógłby się rozprzestrzenić! — Pan Haye wskazał wąski prześwit, który oddzielał księgarnię od Red Liona.

Rozeszli się w zgodzie, a Shaun wrócił pod księgarnię, z oczami ciężkimi i ciałem łaknącym porządnego snu. To mogło poczekać — były ważniejsze sprawy do omówienia.

Zapukał do drzwi sklepu, gdy usłyszał kroki kogoś w środku.

— Otwarte będziemy za godzinę, jeśli możesz poczekać — usłyszał po drugiej stronie głos Louise.

— Panno Louise, wybacz, że tak wcześnie, ale mam wiadomości...

Drzwi otworzyły się z dzwonkiem, a na jej uroczej twarzy pojawił się zaniepokojony grymas.

— To nie wieści o tacie? — wyrwało jej się.

— Nie, nie o nim — westchnął. — Mogę wejść? Tego chyba nie chcesz, żeby słyszeli przechodnie.

— Oczywiście. — Otworzyła szerzej i dzwonek znów zadźwięczał. Ustawił stopę bokiem na wypadek, gdyby któryś kot zechciał wystrzelić na zewnątrz. Żaden nie wybiegł. Pewnie jeszcze spały, mądre stworzenia.

Wszedł, a ona zamknęła drzwi, upewniając się, że tabliczka z napisem zamknięte wciąż była zwrócona na zewnątrz.

Blady, żółty płomyk lampy oświetlał ladę, więc podszedł do niej i wyciągnął pudełko ogniowe oraz tabliczkę. — Wczoraj w Red Lionie usłyszałem, że ktoś podpala. Później wyszedłem zaczerpnąć powietrza i zobaczyłem kogoś kręcącego się pod twoim sklepem. Gdy zawołałem, uciekł i zostawił to.

— To nasza tabliczka! — Louise podniosła ją. — Znowu odpadła? — zmarszczyła brwi. — Jak...

— Nie odpadła, ktoś celowo wykręcił śruby. Kiedy się rozjaśni, poszukam ich jeszcze raz.

— To pudełko ogniowe — powiedziała, podnosząc przedmiot i podważając wieczko. — I nieźle wyposażone — dodała.

Z jej miny jasno wynikało, że mu wierzy i nie bierze go za człowieka o zbyt bujnej wyobraźni.

— Ten, kto je upuścił, uciekł. Goniłem go kawał drogi, ale miał zbyt dużą przewagę. Wysoki, choć nie tak jak ja, i bardzo szczupły. Szybki. Zgubiłem go w jakimś zaułku... wiedział, dokąd biegnie, czyli zna miasteczko.

— Mógł nie być sam! Mogłeś wpaść w zasadzkę — zauważyła Louise.

— Nie przyszło mi to do głowy — przyznał Shaun. — Uznałem, że działał sam.

— Shaun, musisz być ostrożny — powiedziała.

Przyszedł, by ostrzec ją w tej samej sprawie. — Poradzę sobie — odparł, chcąc ją uspokoić. Mimo to zrobiło mu się ciepło na sercu, że troszczy się o jego bezpieczeństwo.

— Nie chcę cię martwić, ale... czy macie jakichś wrogów? — zapytał, próbując ująć to delikatnie, choć nie mógł przestać myśleć, że minionej nocy mogła zginąć.

— Mamy — odparła bez wahania. — Proboszcz nie cierpi

nas ani trochę. Boję się pomyśleć, co powie w następnym kazaniu po tym, jak kuzynka Phoebe mu naopowiadała!

Shaun zacisnął wargi, zamyślony. Spotkał już i proboszcza, i Phoebe. Choć wielebny równo grzmiał z ambony, zdawał się fizycznie niegroźny. Był starszy i chodził wolniej; Shaun był pewien, że nie byłby w stanie biec tak szybko jak wczorajszy mężczyzna.

— To na pewno nie była kobieta — powiedział. — A proboszcz nie jest aż tak żwawy. Kto jeszcze przychodzi ci do głowy?

— Kuzyn Joshua? — zaproponowała Louise z rezygnacją wzruszając ramionami. — Chce nas stąd wyrzucić... ale zaraz, jemu przecież chodzi o sam budynek. I tak go kiedyś dostanie, kiedy tata umrze. Czemu miałby niszczyć własną przyszłą własność?

Shaun pokręcił głową, rozważając. Też poznał Joshuę, ale był zbyt niski, by pasować do sprawcy z poprzedniej nocy. Chyba że kogoś wynajął? Tylko że — jak Louise zauważyła — Joshua chciał budynku. Czemu miałby próbować go zniszczyć?

Nie trzymało się to kupy, ale trzeba było zachować otwarty umysł — ludzie miewają dziwne motywacje.

— Myślisz, że ten, którego spłoszyłeś, podpalił tamtą stodołę i chatę? — zapytała Louise.

— Naprawdę nie wiem. Nie mam wielkiego doświadczenia z podpaleniami, nie wiem, jak to częste. Było wcześniej dużo pożarów w Hatfield?

— Owszem, zwłaszcza zimą, gdy ktoś zaśnie przy zapalonej świecy albo zapomni wieczorem wsunąć parawan przed paleniskiem. U nas zawsze skrupulatnie zasłaniamy kominek i zdmuchujemy świece w kuchni, zanim pójdziemy spać, żeby nikt nie został na noc z książką — przy tylu książkach... o nie, książki! Może Joshua jest tak na nas wściekły, że już mu nie zależy na budynku, tylko chce nas skrzywdzić?

Wyglądała, jakby potrzebowała otuchy, a on nie był pewien, co zrobić. Przytulić ją i zapewniać, że wszystko będzie dobrze?

ROZDZIAŁ 8

Zlecenie dla pana Jacksona

Louise spojrzała w oczy Shauna, gdy jej świat się rozsypał. Przecież Joshua nie byłby aż tak szalony, by chcieć podpalić budynek, który tak pragnął odziedziczyć? To nie miało sensu. Ale potem... dotychczasowe pożary też nie wydawały się wcale logiczne. Czy podpalacz przejmowałby się konkretnym celem? Szaleniec, który chce tylko patrzeć, jak coś płonie, uznałby księgarnię za znakomity cel; tyle książek stworzyłoby porządną watrę.

— To nie może być Joshua — powiedziała powoli. — Dlaczego podpaliłby stodołę i chatkę? To nie trzyma się kupy.

— Ach. — Shaun zmarszczył się zamyślony. — Myślisz, że ataki są przypadkowe?

— Być może? — Wzruszyła bezradnie ramionami, czując, jakby po omacku błądziła w ciemnościach. — Nie wiem.

— Opowiedz mi o wcześniejszych atakach — poprosił Shaun, a Louise wytężyła pamięć, żeby przywołać plotki, którymi podzieliła się z nią pani Poole.

— *Dwie* stodoły — powiedział w zadumie Shaun, gdy

opowiedziała mu wszystko, co wiedziała. — I opuszczona chatka. A teraz próbował księgarni. On się rozkręca.

— Rozk... — zmarszczyła brwi. Nie była to znajoma jej po angielsku głowa. — Z francuskiego, *escalier*... schody?

— Znaczy robić coś na coraz większą skalę, więc tak, pewnie właśnie od *escalier*... wspinać się po schodach. Chodzi mi o to, że się pogarsza, podbija stawkę. Od stodoły, którą może uważał za pustą, po opuszczoną chatkę, potem stodołę pełną siana... a teraz do interesu, nad którym śpią ludzie.

— Och, już wiem, o co ci chodzi! — Louise uspokoiła oddech. — Jakby te pierwsze były pewnego rodzaju próbą.

— On nie przestanie. — Shaun powiedział to z mroczną pewnością i Louise poczuła, jak dreszcz przebiega jej po kręgosłupie. — W armii widziałem takich ludzi... niekoniecznie podpalaczy, różnej maści przestępców. Zaczynają od drobiazgów, a potem robią się śmielsi i okrutniejsi, i nie przestają, dopóki ktoś ich nie powstrzyma. To poważna sprawa, obawiam się. Kto u was jest sędzią pokoju, czy przedstawisz mnie?

Louise skrzywiła się. — Mam w tej sprawie złe wieści. Poznałeś go już wczoraj przed kościołem. To mój kuzyn Joshua.

Dzwonek zadźwięczał, gdy to powiedziała, ale Louise nie potrafiła odwrócić wzroku od twarzy Shauna, by zobaczyć, kto wszedł, mimo że na drzwiach wciąż wisiała tabliczka Zamknięte. Na obliczu Shauna ciekawość ustąpiła przerażeniu, potem pojawiła się jakaś determinacja i wyprostował się jeszcze bardziej, jeśli to w ogóle możliwe, głową niemal muskając sklepowe belki stropowe.

— W takim razie zostanę w Hatfield, dopóki nie dopadnę tego gagatka — powiedział Shaun, a jego głos brzmiał jak niski, odległy pomruk dział. Posępny i groźny. — Jestem dochodzeniowcem. Znajdę go. Na pewno nie zostawię t... tego miasteczka na pastwę podpalacza.

Czy on o mało nie powiedział, że nie zostawi *jej* na pastwę? To skrętne, rozkoszne uczucie znów zakotłowało się Louise w brzuchu i miała ochotę się uśmiechnąć, mimo ponurego tematu rozmowy.

— Doskonale — odezwał się inny, znajomy głos i Louise wreszcie zdołała oderwać wzrok od twarzy Shauna, by zobaczyć, że to lord Ferndale wszedł do księgarni. Starszy baron uśmiechał się do Shauna z wyraźnym zadowoleniem. — Wychodzi na to, że jest pan dokładnie tym człowiekiem, którego szukam.

— Słucham? — Shaun odwrócił się i spojrzał z góry na lorda Ferndale'a, a Louise uznała, że powinna ich sobie przedstawić.

— Lordzie Ferndale, to pan Jackson. Dawniej w armii jako kwatermistrz i dochodzeniowiec, przejazdem w Hatfield, słyszał o pożarach.

— Nie tylko słyszał — zagrzmiał Shaun. — O mało co nie złapałem nicponia, jak próbował wczoraj w nocy spalić księgarnię! — Podniósł krzesiwo, by pokazać je lordowi Ferndale'owi, który spoważniał.

— O rany, cóż za okropność! Czy wszystko z tobą w porządku, Louise? I z Bernadette, panią Poole i Rosie?

— Nikomu nic się nie stało, choć muszę przytwierdzić naszą blaszkę przeciwpożarową w bardziej trwały sposób. — Podniosła blaszkę z kontuaru. — Sprawca ją odkręcił!

— Oburzające! — Lord Ferndale prychnął z irytacją, po czym znów zwrócił uwagę na Shauna. — Dochodzeniowiec, hm?

— W pewnym sensie. Bardziej coś w rodzaju rewidenta, najczęściej tropiłem nieprawidłowości finansowe... ale umiem o siebie zadbać. — Shaun uśmiechnął się z lekką autoironią, a lord Ferndale roześmiał się głośno.

— Nie wątpię w to, młody człowieku, ani trochę. Cóż, wierzę, że opatrzność mi pana zesłała, bo właśnie miałem posłać z zajazdu gońca ekspresowego z tym listem na Bow Street. — Lord Ferndale uniósł list. — Z prośbą, by przysłali mi człowieka, który znajdzie tego przeklętego podpalacza, zanim spali kolejną moją własność albo czyjąkolwiek inną. Ale skoro wygląda na to, że dochodzeniowiec już jest w miasteczku... czy interesuje pana posada, młody człowieku?

— Czułbym się, jakbym pana oszukiwał, biorąc pieniądze za coś, co i tak zamierzałem zrobić — powiedział Shaun.

Louise szczerze podejrzewała, że w tej chwili mogła się w nim zakochać. Co za honorowe słowa!

— Nonsens — odparł żwawo lord Ferndale. — Co najmniej musi mi pan pozwolić pokryć koszt pokoju i wyżywienia, a powiedzmy może premia, wypłacona, gdy pojmie pan tego gagatka? Dwadzieścia funtów?

— To więcej niż hojnie, milordzie! — Shaun spojrzał na Louise, jakby pytając, czy lord Ferndale mówi poważnie.

Odwzajemniła zachęcający uśmiech. — Lord Ferndale był właścicielem jednej ze stodół, które spłonęły. Jestem pewna, że uzna pana za prawdziwą okazję, jeśli za tę cenę doprowadzi pan podpalacza.

— Obu stodół i tej chatki! — sprostował lord Ferndale. — Zaczynałem się zastanawiać, czy to moja własność nie jest celem, ale może nie, skoro zeszłej nocy próbowano księgarni. Tak czy inaczej, chcę, by tego człowieka powstrzymano, i nie mogę zaufać naszemu sędziemu pokoju, że sobie poradzi. — Spojrzał na Louise znacząco.

Skrzywiła się. — Właśnie tłumaczyłam panu Jacksonowi, że sędzią jest kuzyn Joshua.

— Ach. — Lord Ferndale zerknął z powrotem na Shauna, wychwytując cyniczny wyraz jego twarzy. — Widzę, że świetnie ocenia pan ludzi.

— Lubię tak o sobie myśleć. — Shaun wyciągnął do lorda Ferndale'a dłoń. — A skoro o tym mowa... w Czerwonym Lwie siedzi kilku mężczyzn. Weterani, którym się ostatnio nie wiedzie. Zastanawiam się, czy pozwoli mi pan zatrudnić paru z nich do pomocy? Hatfield to niemałe miasteczko, trudno mi będzie patrolować je samemu, a jeśli w dzień będę zadawał pytania, w nocy przydadzą mi się ludzie do patroli.

— Znakomity pomysł! Może przejdziemy się do sąsiedniego budynku i mi ich pan przedstawi?

Shaun i lord Ferndale wyszli razem z księgarni, po uprzejmych pożegnaniach z Louise, a ona przez dobrych parę minut siedziała z głupawo szczęśliwym uśmiechem na twarzy.

Shaun zostawał, być może na dłużej. Lord Ferndale najwyraźniej od razu go polubił.

Jej wzrok padł na blaszkę przeciwpożarową na kontuarze i zamruczała pod nosem, podnosząc ją. — Może trochę kleju — powiedziała. — I nowe śruby. — Wyśle Brutus do sklepu żelaznego, gdy tylko przyjdzie, a na górze miała trochę starego kleju, który zastygł bardzo twardo. Kąpiel w gorącej wodzie powinna go zmiękczyć na tyle, by zrobiła się gęsta, lepka maź, a potem szybko znów stwardnieje. Niech podpalacz spróbuje wtedy zdjąć ją ze ściany!

Dzwonek znowu zabrzęczał i Louise podniosła wzrok, spodziewając się Ruth albo Brutusa — musiało być już prawie pora otwarcia sklepu. Ale to nie była żadna z młodych osób; to Shaun wrócił.

— Panie Jackson! — Poderwała się. — Czy jeszcze coś?

— Właściwie tak. — Oparł się o kontuar i uśmiechnął do niej z góry. — Chociaż lord Ferndale hojnie zaproponował opłacić pokoje w Czerwonym Lwie dla mnie i trzech ludzi, których właśnie zatrudniliśmy, naprawdę nie chcę tam mieszkać. Za dużo ludzi się przewija, a — spojrzał trochę spiskowo — w armii narobiłem sobie niemało wrogów. Wolałbym nie być w tak oczywistym miejscu. Czy mogę cię prosić, żebyś popytała, czy ktoś nie wynajmuje pokoju?

— Uczynię z tego absolutny priorytet — rozpromieniła się Louise. — Już wczoraj wieczorem pytałam panią Poole o dom na sprzedaż, a ona zna w Hatfield wszystkich, których warto znać. Założę się, że będę miała odpowiedź w trymiga.

Teraz już się przechwalała, bo te trzepotliwe uczucia robiły jej z głowy sieczkę. Pan Jackson zostawał w Hatfield i wykonywał ważną pracę. I tak miał w sobie tyle wspaniałych cech, a jeśli jeszcze złapie podpalacza, będzie prawdziwym bohaterem — nie tylko w jej oczach, ale dla całego miasteczka.

— Ogromnie dziękuję — powiedział z powolnym, ciepłym uśmiechem, od którego jej brzuch znowu zrobił fikołka. Co za rozkosz!

Machnęła mu na pożegnanie, pewna, że zobaczą się bardzo szybko. Potem rozsmakowała się w obecnej sytuacji. Tak, było niebezpiecznie, ale zaczynała myśleć, że naprawdę się w kimś zakochała.

Czy to były te same uczucia, których doświadczyła Estelle przy panu Yatesie? O ile akurat nie zachowywała się jak idiotka, rzecz jasna. Pomyśleć, że jej najstarsza siostra walczyła z tymi samymi emocjami i nie chciała ich. Jakaż z niej była gąska.

Louise zamierzała podejść do swego położenia dużo mądrzej. Właściwie postanowiła zrobić odwrotnie niż Estelle, ominąć te całe brudne, mętne etapy i od razu przejść do szczęśliwych momentów.

Bernadette zeszła na dół i posłała jej surowe spojrzenie. — Bujasz w obłokach. Nie zgadnę — ten wysoki pan przywlókł te obłoki?

Nie było sensu udawać, że ktoś inny zawrócił jej w głowie. Bernadette droczyłaby się bez litości, gdyby zaprzeczyła, więc Louise uśmiechnęła się i powiedziała: — Pan Jackson zostaje w Hatfield i ja się z tego bardzo cieszę. Lord Ferndale powierzył mu znalezienie podpalacza.

Bernadette stanęła jak wryta i wyglądała na skonfundowaną.

Louise podeszła do drzwi i odwróciła tabliczkę na Otwarte, bo była już w pełni rozbudzona i mogła wpuścić klientów. — Opowiem ci wszystko, i mam nadzieję, że pani Poole zna kogoś z wolnym pokojem.

Przez następnych kilka minut Louise pokazała Bernadette blaszkę i wyjaśniła wszystko, co powiedział pan Jackson, plus zupełnie świeżą interwencję lorda Ferndale'a.

Bernadette wyglądała na skołowaną. — Myślałam, że to ci powracający żołnierze narozrabiali. Ty też tak przez chwilę myślałaś. Sądzisz, że pan Jackson wydałby jednego ze swoich?

Louise już miała na końcu języka, żeby wyjaśnić, że pan Jackson ostatnie lata spędził na wydawaniu „swoich", ale zatrzymała to dla siebie. Brzmiało to mniej bohatersko. — Mówi, żeby mieć otwarty umysł, więc ja też tak zrobię.

— Naprawdę ci się podoba, prawda?

Louise się rozpromieniła, a te cudne motylki znów rozlały się po jej brzuchu. — Naprawdę.

— Odbierasz całą frajdę z bezlitosnego droczenia się z tobą, wiesz o tym — wyznała Bernadette.

— *Quelle dommage!* — powiedziała Louise, ociekając sarkazmem. To było ulubione powiedzonko ich nieżyjącej już matki, gdy dziewczęta nie dostawały dokładnie tego, czego chciały. — Cóż za szkoda!

Drzwi się otworzyły i dzwoneczek nad nimi zadźwięczał, gdy weszli Brutus i Ruth, by trochę popracować i nacieszyć się cichą lekturą.

Louise rozpromieniła się. — Ach, Brutus, właśnie ciebie potrzebuję. Nasza blaszka od ubezpieczenia przeciwpożarowego potrzebuje nowych śrub. Zaniesiesz to do sklepu żelaznego i kupisz cztery długie śruby, żebyśmy mogli przytwierdzić ją z powrotem do ściany?

Chłopak skinął i zapytał: — Mamy u nich rachunek?

Louise zamyśliła się na moment. — Nie wiem, rzadko potrzebujemy śrub czy gwoździ. — Wyjęła trochę pieniędzy z zamkniętej szkatułki i podała mu je, by pokryć spodziewany koszt.

— Ma pani stare śruby, żeby na ich podstawie dobrać nowe? — zapytał Brutus.

To było z jego strony całkiem rozsądne. — Poszukajmy na chodniku, może uda się którą znaleźć.

Następne kilka minut spędzili, zaglądając w każdą szczelinę i pęknięcie, ale po zaginionych śrubach nie było śladu.

— To na pewno żaden problem, panno Louise, żelazny pewnie ma standardowy rozmiar do takich blaszek.

O podpalaczu opowie mu później, gdy będzie chwila.

Ruszył ulicą do sklepu żelaznego, akurat gdy nadchodziła pani Poole z talerzem śniadania dla niej. — Chodź, zjedz, postawię to na kontuarze.

Brzuch zabulgotał jej z apetytem na grzankę z masłem i gorącą herbatę.

— Jak zobaczysz swojego pana Jacksona, powiedz mu, że pani Bell po drugiej stronie ulicy chętnie wynajmie pokój. Och, a oto i on! — Pani Poole aż promieniała, gdy Shaun wszedł do sklepu po raz trzeci tego ranka, a Louise też się uśmiechnęła.

MÓJ pan Jackson. Jak to miło brzmi!

Poświęciła chwilę, by przedstawić panią Poole, która niewytłumaczalnie zaraz popędziła z powrotem, ale jej zniknięcie szybko się wyjaśniło, gdy dwie minuty później zbiegła ze schodów z drugim talerzem grzanek z dżemem dla Shauna, który podziękował jej serdecznie.

— Pani Poole przekazała mi dobre wieści, że pani Bell po drugiej stronie ulicy ma pokój do wynajęcia. Pani Bell jest miejscową akuszerką, więc pracuje o różnych porach, i jestem pewna, że nie będzie miała nic przeciwko temu, byś przychodził i wychodził, kiedy chcesz, byle po cichu — powiedziała Louise, myśląc w trakcie, że to bardzo dobre rozwiązanie. Jako akuszerka pani Bell znała wszystkich w Hatfield — no dobrze, przynajmniej wszystkie kobiety — i była nawet bardziej obeznana z tym, co się w miasteczku dzieje, niż pani Poole. Mogła być dla Shauna bardzo użytecznym źródłem informacji, a do tego życzliwą gospodynią.

— Brzmi znakomicie — powiedział Shaun, po zniknięciu chleba z dżemem. — I bardzo blisko. — Posłał Louise ten swój powolny uśmiech.

— Blisko do, hmm? — Ten uśmiech tak ją olśnił, że nie umiała zebrać myśli.

— Do spotkań z moimi ludźmi w Czerwonym Lwie, rzecz jasna.

— Och, oczywiście.

— I do doglądania księgarni. Gdyby podpalacz spróbował ponownie.

Poczuła się trochę przygaszona. Jakie to z jego strony rzeczowe. — W takim razie przejdźmy na drugą stronę i przedstawię cię pani Bell — zaproponowała. — O ile jest w domu. Jeśli nie, napiszę kartkę i poproszę, żeby odnalazła cię w Czerwonym Lwie.

Bernadette i pani Poole stały obok i słuchały całej rozmowy, a Ruth pewnie kryła się za regałem i też nadstawiała ucha, więc Louise zostawiła je na posterunku i wyszła z Shaunem na zewnątrz, akurat gdy zaczęło padać śniegiem.

— Och, niedobrze. — Spojrzała w szare niebo pełne wirujących płatków. — Oby na północy nie sypało. Moja siostra Marie powinna dotrzeć dziś albo jutro do Kumbrii.

— Paskudna pora roku na podróże na północy — zauważył Shaun, podając jej ramię, by przeszli przez ulicę. Musieli zaczekać, aż przejedzie kilka powozów, zanim bezpiecznie przeszli na drugą stronę.

— Obawiam się, że tak, ale gdy jakiś hrabia zamawia książki za ponad sto funtów i żąda osobistej dostawy... ktoś z nas musiał wsiąść do dyliżansu.

Shaun zagwizdał przez zęby. — Uff. To kupa pieniędzy na książki, musi być bardzo bogaty.

— Bardzo roszczeniowy, chciałeś powiedzieć. — Louise posłała mu spojrzenie spod oka. — Dobrze, że pojechała Marie, a nie ja. Mogłabym mu powiedzieć, co o nim myślę.

Shaun roześmiał się nisko i gardłowo, gdy Louise zapukała do drzwi pani Bell.

Na szczęście pani Bell była w domu i z wielką chęcią wynajęła Shaunowi wolny pokój, gdy usłyszała, że lord Ferndale zatrudnił go do wytropienia podpalacza. Louise zostawiła ich przy negocjacjach, które posiłki wchodzą w skład stancji, i wróciła do księgarni lekkim krokiem.

Shaun zostawał.

Brutus wrócił akurat wtedy, gdy udało jej się bezpiecznie przejść przez ulicę, i przyjęła od niego cztery śruby oraz resztę.

— Wkręcamy to od razu, panno Louise? — zapytał. — Mówiła pani, że pokaże mi pani, jak używać innych narzędzi...

— I na pewno pokażę, ale najpierw przygotuję trochę kleju. Przykleimy tę blaszkę do ściany i dodatkowo przykręcimy śrubami. Niech potem ktoś spróbuje to zdjąć!

Louise spojrzała znów na drugą stronę ulicy, w okno na frontowym piętrze domu pani Bell. Potężna sylwetka Shauna była dobrze widoczna, gdy rozmawiał ze swoją nową gospodynią.

I niech tylko ktoś spróbuje czegokolwiek, skoro mój pan Jackson jest na tropie — pomyślała z prywatnym uśmieszkiem. Z pewnością, mając doświadczonego dochodzeniowca tropiącego podpalacza, złapią go na długo przed Bożym Narodzeniem!

Kiełkujący romans

Przez następne kilka dni z twarzy Louise nie schodził szczęśliwy wyraz. Może i robiło się na dworze coraz chłodniej, ale bił od niej taki ciepły blask, że wszyscy mogli go dostrzec. Shaun zaglądał co rano, jego obecność była mile widziana i kojąca, gdy po miasteczku krążyły plotki o pożarach. Louise nie miała najmniejszych wątpliwości, że pan Jackson odniesie sukces w swoim dochodzeniu. A aprobata lorda Ferndale'a jedynie potwierdzała jej wysokie mniemanie o tym mężczyźnie. O ile w ogóle dało się je jeszcze podnieść.

Wchodził do sklepu, zawsze najpierw sprawdzając, czy koty nie wybiegną na ulicę i nie popłoszą koni.

— To mi przypomina, że naprawdę musimy znaleźć dom dla Pie — zamyśliła się, kiedy życzył jej dzień dobry.

— W pełni zasłużył na swoje imię, wygląda na to, że przepędził z miasteczka wszystkie myszy — powiedział Shaun, uważając, by nie nadepnąć na wnętrzności, gdy podchodził do lady.

— Ojej, tam coś jest? — zapytała Louise.

— Jest, chociaż to akurat ma pióra — odparł.

Ojej, musiało zabraknąć kotom zwykłej mysiej dostawy, skoro zaczęły przynosić ptaki. Pie naprawdę powinien mieszkać gdzieś na farmie. Po uprzątnięciu nieczystości wróciła do księgi rachunkowej, a potem się powstrzymała.

— Denerwuję się przy rachunkach, to zupełnie nie moja bajka — powiedziała. — Bardzo byś się pofatygował?

— Z przyjemnością — odrzekł, obracając księgę i sprawdzając liczby. — A i tabliczka przeciwpożarowa z przodu na ścianie wygląda solidnie.

Brutus, który pomagał Ruth odkurzać półki, wtrącił: — Dziękuję, panie Jackson.

— O, witaj, chłopcze — powiedział Shaun, rozglądając się i pozdrawiając Brutusa. — Świetna robota, to doklejenie to znakomity pomysł.

Brutus rozpogodził się z dumy. — Pomysł panny Louise. Ale ja pomagałem.

— Zawsze jest pan wielką pomocą. Po południu mamy jeszcze kilka tek do oprawienia — powiedziała Louise ciepło.

— Shakespeare? — zapytał Brutus z łobuzerskim uśmiechem.

Louise wzruszyła ramionami. — Niestety.

Oboje zaśmiali się ze wspólnego żartu.

Shaun skończył z księgą i zapytał: — Nie przepadasz za Shakespeare'em?

Louise uśmiechnęła się do siebie. — Bardzo kocham Shakespeare'a i nie powinnam narzekać, bo te oprawiane foliały dają stały dochód. Ale mam wrażenie, że wszyscy chcą tylko tego, i to wyłącznie w czerwonej albo zielonej skórze... — Nie potrafiła jednak zdobyć się nawet na dramatyczne westchnienie, bo pan Jackson zakończył rachunki, był tu, w sklepie, i wszystko na świecie było na swoim miejscu.

Brutus zapytał: — Możemy już coś poobciągać oprawą?

Wolałaby zostać i gawędzić z Shaunem, ale Brutus miał rację, zachęcając ich, by zabrali się za robotę.

— I tak muszę już iść — powiedział Shaun. — Ale zanim pójdę... czy byłoby w porządku, gdybym zapisał się do wypożyczalni? Skoro zostaję w miasteczku na dłużej?

Muzyka dla uszu Louise! — Oczywiście, że możesz, myślę, że Ruth właśnie odkurza te półki. — Sięgnęła za ladę po księgę biblioteczną i otworzyła ją na ostatniej stronie. — Wpiszę tytuł, kiedy znajdziesz coś dla siebie.

Stali tak i ślępkali do siebie maślanymi oczami, dopóki Brutus teatralnie nie zakaszlał i nie powiedział: — Panno Louise, chyba powinniśmy zabrać się do oprawy.

— Och, oczywiście! — powiedzieli jednocześnie Louise i Shaun, przypominając sobie, że mają publiczność.

Dobrze, że dziś pomagał jej Brutus, bo koncentracja była w strzępach, a mieli do wykonania kilka zleceń na oprawy i naprawy.

Następnego dnia nie było lepiej z jej skupieniem, a trzeciego — jeszcze gorzej. Pani Poole z pewnością zdążyła już poinformować całe miasteczko o jej uczuciowym zaangażowaniu i Louise łapała się na tym, że myśl ta całkiem ją bawiła.

Znaczyło to, że wszystkie panny w Hatfield będą wiedziały, iż jest zajęty.

Mniej więcej.

Wtedy nadszedł list od Marie, który nagle kazał jej zwrócić uwagę na świat poza jej zakochaną bańką.

Starsza siostra dotarła już do posiadłości hrabiego Renwicka, co było dobrą wiadomością. Nie nazwała go Wymagającym, ale Louise słyszała w głowie ich żartobliwe przezwisko. Co lepsze, książki były w doskonałym stanie i nie ucierpiały w transporcie.

Jednakże Marie poważnie skręciła kostkę, poślizgnąwszy się na lodzie, i utknęła w Kumbrii, dopóki nie będzie w stanie znieść trudów podróży. Serce Louise ścisnęło się na myśl o Marie, która musiała czuć się okropnie samotna i na pewno nie zdąży już na Boże Narodzenie. A pieniądze za te cenne książki też nie dotrą, dopóki nie wróci. W duchu Louise modliła się, by siostra szybko wyzdrowiała i zbyt się nie zamartwiała. Samolubnie nie mogła się doczekać, by opowiedzieć Marie wszystko o panu Jacksonie.

Następnego dnia do księgarni wszedł mężczyzna w ciemnym surducie i stroju kancelisty, o klasycznym wyglądzie podróżnego, który właśnie wysiadł z dyliżansu pocztowego. Był wygnieciony i poruszał się nieco sztywno, jakby miał zdrętwiałe stawy.

— Szukam panny Louise Baxter — powiedział, wchodząc.

Żołądek jej zamarł. To mogły być tylko złe wieści. Drżącym głosem odparła: — To ja — i posłała Ruth, by sprowadziła panią Poole i Bernadette na posiłki. Jeśli to złe wieści o ojcu, potrzebowała rodziny u boku.

Pani Poole zdecydowanie liczyła się już jako rodzina.

— Zatem dobrze trafiłem — podszedł bliżej z czymś, co wyglądało na złożone dokumenty. Oficjalnie wyglądające papiery, które mogły zawierać straszne nowiny o ich ojcu.

Bernadette i pani Poole zjawiły się szybko, z zatroskanymi minami. Spod półek wyszedł też Brutus, na którego twarzy malowała się nie ciekawość, lecz niepokój.

— To dobre wieści — powiedział mężczyzna, nagle zwracając uwagę na ich rozgorączkowane twarze. — Lord Renwick przysłał mnie z poleceniem uregulowania należności w całości.

— Wymówił to jako Rennick i Louise potrzebowała chwili, by skojarzyć nazwisko z hrabią Wymagającym.

— Och! — powiedziała Louise, wreszcie mogąc odetchnąć. — Dzięki Panu Bogu!

Mężczyzna skrzywił się. — Hrabia zawsze płaci rachunki, skąd te wątpliwości?

— Nie, nie, pan mnie źle zrozumiał! — wyrzuciła z siebie Louise, obejmując z ulgą Bernadette i panią Poole.

Ruth i Brutus wymienili spojrzenia i wrócili do swoich cichych zajęć.

— Myślałyśmy, że to złe wieści o naszym ojcu. Jest teraz we Francji i bałyśmy się, że coś się stało.

— A, rozumiem — powiedział mężczyzna, a jego twarz się rozjaśniła. — Nie miałem pojęcia, że mundur kancelisty wygląda tak żałobnie.

— Tu jest ciemno — odrzekła Bernadette. — I wyglądał pan, jakby dużo pan podróżował.

— I owszem — przyznał. — Bo lord Renwick bardzo się palił, żeby rozliczyć się z państwem. Jego wiadomość wymagała pośpiechu, żeby nie mieć zaległości.

— Dobrze mieć rachunki uregulowane — powiedziała Bernadette, przyjmując papiery. — Czekamy na wieści od ojca już od kilku miesięcy, widzi pan, i... w każdym razie dziękuję.

Louise tak pochłonął romans z panem Jacksonem, że zupełnie pozwoliła, by ten niepokojący aspekt ich życia poszedł w odstawkę. — Wypiszę dla lorda Renw... Rennicka pokwitowanie — rzekła.

Owszem, nie były już tak zdesperowane finansowo jak kiedyś, ale ten pokaźny stosik pieniędzy miał opłacić kilka rachunków przypadających między teraz a Nowym Rokiem, i jeszcze sporo zostać.

Zawołała Brutusa, wręczyła mu pieniądze na rachunek piekarni i posłała go z pozwoleniem, by wrócił z bułeczkami z porzeczkami. Do drukarzy wybierze się sama. Będzie tak satysfakcjonujące spłacić wszystko w całości i przed terminem, z małą nadwyżką w podzięce za zlecenia, które jej podsyłali. Rzeźnik był następny na liście, ale odwiedzi go później, razem z garbarzem, który dostarczał skórę, bo nie chciała nosić tyle pieniędzy w jednej sakiewce naraz. Shaun będzie zbyt zajęty tropieniem podpalacza, by chodzić z nią po mieście i regulować należności. A choć zatrudnił kilku weteranów, w miasteczku wciąż było wielu, którzy nie mieli stałego zajęcia ani dochodu.

Resztę pieniędzy włożyła do małej puszki i ukryła pod deskami w sypialni, przesuwając ciężkie łóżko tak, by jedna noga stanęła na ruchomej desce. Nikt tego łatwo nie ruszy — jej samej zajęło to wszystkie siły — a już na pewno nie po cichu!

Tego popołudnia, gdy w sklepie panował spokój, Louise usiadła przy ladzie i odpisywała do Marie, dobierając słowa tak, by brzmieć krzepiąco i pewnie. Pisała, by Marie o nic się nie martwiła, tylko odpoczywała i dochodziła do siebie z jak największą wytrwałością. Dzięki pieniądzom od człowieka Renwicka były teraz na dłuższy czas całkiem na plusie.

Nadgryzając wargę, Louise zastanawiała się, czy wspomnieć o pożarach w Hatfield, które zaczęły się dopiero po wyjeździe Marie. Uznała, że lepiej nie. I tak nic by z tym nie zrobiła poza martwieniem się, będąc tak daleko. Oczywiście Louise nie miała zamiaru wspominać, że podpalacz mógł próbować spalić ich rodzinny sklep z książkami.

A to także znaczyło, że właściwie nie miała powodu wspominać o panu Jacksonie. Choć jak miałaby w ogóle ubrać w słowa to, jak bardzo jego ciągła obecność w miasteczku na nią działa? Nie była pewna, czy nawet lord Byron potrafiłby napisać dość z serca płynący wiersz, by oddać takie uczucia.

Marie mogłaby uznać, że Louise postradała zmysły, gdyby spróbowała. Podpisała list, posypała go piaskiem, by wysuszyć atrament, i zapieczętowała.

— Ruth, popilnujesz lady przez kilka minut? Skoczę tylko do Czerwonego Lwa nadać ten list — powiedziała.

— Tak, panno Louise — odparła posłusznie Ruth. Dziewczyna wciąż wyglądała na zdenerwowaną za każdym razem, gdy Louise prosiła ją, by przejęła pieczę, ale kiedyś musiała się przecież nauczyć. Na szczęście Brutus zawsze siadał wtedy za ladą razem z nią, żeby Ruth nie musiała radzić sobie sama.

Na zatłoczonym dziedzińcu gospody Louise zastała pana Jacksona rozmawiającego z jednym z weteranów, których zatrudnił do pomocy — chudym, śniadym mężczyzną o niefortunnym imieniu Riot Jones. Skrót od Sobriety, wyjaśnił jej Shaun; pan Jones pochodził z walijskiej rodziny metodystycznej. Nie mówił zbyt płynnie po angielsku, ale Shaun wciąż ją zaskakiwał i przyznał, że całkiem dobrze mówi po walijsku.

Riot Jones uchylił kapelusza grzecznie na widok Louise i umknął z mrukliwym: — Bore da, panno.

— Dzień dobry — odparła grzecznie, próbując sobie przypomnieć, czy mieli w sklepie rozmówki walijskie. To naprawdę bardzo ładnie brzmiący język.

— A cóż cię tu sprowadza? Choć Riot właśnie mówił, że widział cię dziś rano w całym miasteczku: u rzeźnika, piekarza i świecarza — Shaun uśmiechnął się do niej z góry.

— Cóż, do piekarza poszedł Brutus, ale ja odwiedziłam rzeźnika i drukarza — uśmiechnęła się. — Miałyśmy gościa.

Kancelistę od hrabiego Renwicka, który uregulował należność za książki, które dostarczyła moja siostra Marie.

— Tę z Kumbrii, która się poturbowała? — To Shaun wręczył jej wczoraj list od Marie, widział, jak jej twarz posmutniała, i słyszał jej niepokoje.

— Właśnie tę. Troszkę się martwiłyśmy, że nie dostaniemy pieniędzy, dopóki nie wróci, ale hrabia wszystko zorganizował, więc bardzo mi zależało, żeby porozliczać rachunki. — Machnęła listem. — A teraz muszę to odesłać do Marie, żeby ją uspokoić, że wszystko u nas w porządku i nie ma się czym martwić.

— Bardzo dobrze.

Louise zauważyła zmarszczone czoło Shauna; wydawał się nieco rozproszony, choć szedł z nią do okienka pocztowego.

— Wszystko w porządku, panie Jackson? — zapytała.

Shaun zawahał się, po czym pochylił się i wyszeptał głosem przeznaczonym tylko dla niej: — Był kolejny pożar.

Louise natychmiast chciała wypytywać, ale wokół było zbyt wiele uszu. Podała list urzędnikowi pocztowemu, a potem wsunęła dłoń pod ramię Shauna i stanowczo poprowadziła go z powrotem do księgarni. Na jego twarzy pojawił się półuśmiech, gdy z nią szedł.

— Jaki pożar? — syknęła Louise, gdy drzwi księgarni bezpiecznie się za nimi zamknęły, a ona rozejrzała się, by sprawdzić, czy są sami, prócz Ruth i Brutusa. — Pani Poole nic nie słyszała...

— Sam dopiero co się dowiedziałem. Źle. Odległa chatka.

Po jego minie i po tym, że wciąż mówił bardzo cicho, Louise zrozumiała, że tym razem dom nie był opuszczony.

— Emerytowany nauczyciel i jego żona, państwo Flyte —

Shaun powoli potrząsnął głową, patrząc jej w oczy. — Przykro mi, że przynoszę złe wieści.

Oczy Louise zaszły łzami. Pamiętała to małżeństwo; pan Flyte uczył przez lata wielu chłopców w miasteczku alfabetu i był stałym klientem księgarni. Jego żona to przemiła pani, która działała w kilku komitetach w miasteczku razem z panią Poole. — Nie zdołali wyjść? — wyszeptała.

Najlżejsze kiwnięcie głową potwierdziło to, czego Louise najbardziej się obawiała. Szloch zatrzymał się w jej gardle i odruchowo oparła się o Shauna po pociechę. Jego ciepłe ramiona delikatnie otuliły jej barki i wciągnęła w płuca jego siłę. — To nie w porządku. Po prostu nie — powiedziała.

— Wiem — odrzekł zachrypniętym głosem. — Dopadnę łotra, który to zrobił. Wybacz język.

Pojawili się Ruth i Brutus, wpatrując się w nich, a ona łagodnie przekazała im wiadomość. — Jeśli musicie pójść do domu, zrozumiem — powiedziała życzliwie. Byli jeszcze dziećmi; takie tragedie to wstrząs.

— Moja mama może potrzebować pocieszenia — powiedziała Ruth, a jej oczy napełniły się łzami. Biedna dziewczyna pewnie sama potrzebowała otuchy.

— Tak, twoja mama będzie cię potrzebowała, a sądzę, że twój ojciec będzie musiał przygotować nabożeństwo za państwa Flyte. Brutusie, byłby pan aniołem i odprowadził pannę Ruth do domu?

— Oczywiście, panno Louise.

Nie wyglądał na tak zasmuconego jak Ruth, bo pewnie nie znał tych nazwisk tak dobrze. — Domyślam się, że był pan zbyt młody, by mieć pana Flyte'a za nauczyciela?

— Nie miałem go, ale myślę, że Benjamin mógł go znać.

Panno Louise, kiedy odprowadzę pannę Ruth, czy mogę wrócić tutaj potem?

— Jeśli pan tak chce. Może po powrocie rozmieszamy świeży klej, żeby zająć sobie ręce?

Chłopak był wyraźnie zachwycony, ale bardzo się starał, by nie uśmiechać się ze swojej osobistej pomyślności w takiej chwili.

Shaun odsunął się od Louise, a ona odczuła dotkliwie brak jego ciepłej, uspokajającej obecności.

— Mogę odprowadzić pannę Ruth, jeśli chcesz? To po drodze do chatki Flytów. Muszę obejrzeć miejsce. Wezmę ze sobą pana Jonesa.

To oznaczało koniec ich objęcia na teraz, co napełniło Louise wstydem, że doświadczyła czegoś wspaniałego w wyniku czegoś tak strasznego.

Zrobienie dużego gara śmierdzącego kleju będzie dokładnie taką pokutą, jaką powinna odbyć.

Ruth dygnęła. — Dziękuję, panie Jackson.

— Ma pani solidniejsze buty, panno Millings? — zapytał, spoglądając na jej stopy. — Nie wyglądają na dość ciepłe o tej porze roku.

Spojrzała na niego zaskoczona, że zwrócił uwagę na tak drobny szczegół, i powiedziała: — Mam grube skarpety.

— No dobrze — skinął głową, żegnając Brutusa i Louise.

Wyszedł ze sklepu z Ruth i pewnie nie wróci, dopóki starczy mu światła dziennego. Louise westchnęła z lekką tęsknotą. — Brutusie, muszę powiedzieć Bernadette i pani Poole, a potem zaparzymy herbaty. Wrócę na dół za pół godziny, ale proszę wołać od razu, jeśli ktoś wejdzie do sklepu, dobrze? A potem zabierzemy się za ten klej.

— Mogę posiedzieć przy ladzie i poczekać — powiedział,

unosząc książkę z wypożyczalni, którą czytał. — To przednia przygoda i właśnie dochodziłem do najlepszych fragmentów.

— Świetnie — odparła i weszła po schodach do kuchni z podniosłym obowiązkiem przekazania strasznych wieści.

Gdy wspinała się po schodach, do głowy wskoczyło jej francuskie słowo na schody. *L'escalier*. Pan Jackson miał rację w swojej przepowiedni; sprawca, kimkolwiek był, bardzo już wszystko *eskalował*.

Cieszyła się, że to pan Jackson prowadzi śledztwo, ale mimo to przebiegł ją lodowaty dreszcz na myśl, że ten głąb kapuściany, co podpalał, przeszedł do morderstwa.

ROZDZIAŁ 10

Zgromadzenie w środku zimy

Minął tydzień od tragicznego pożaru w chacie Flytów, a para została już spokojnie pochowana. Shaun szykował się na paskudne kazanie w kościele i obawiał się, że wikary pokusi się o zawoalowany atak na kobiety z rodziny Baxter. Zamiast tego, w niedzielę Reverend był jakby przygaszony. Mówił o pożarach, co sprawiło, że Shaun natychmiast się wyprostował i nastawił uszu. Niestety, szybko zjechał na naukę o ogniu piekielnym, który czeka tych, co ulegają pokusie, co Shaun uznał za coś, co można śmiało zignorować.

Hatfield od feralnego pożaru było miejscem raczej żałobnym, ale kilka dni później mieszkańcy zdawali się odnajdywać odrobinę sezonowej radości, gdy zbliżały się święta Bożego Narodzenia.

Jedząc posiłek w Red Lion, zauważył, że wszyscy mówią o balu, który miał odbyć się następnego wieczoru.

— Idzie Pan, Panie Jackson? — zapytał Hugh Fox, jeden z ludzi, których zatrudnił. Shaun siedział w jadalni i dzielił posiłek ze swoją trójką, tą pyszną zupą, która była przepisem od matki Louise.

— Może zatańczy Pan z panną Baxter — powiedział z przekąsem brat Hugh, John, a Riot Jones roześmiał się, najwyraźniej doskonale rozumiejąc, w jakim kierunku to zmierza, mimo że rozmawiali po angielsku.

Humor Shauna przygasł. — Nie wiem, czy dama taka jak ona w ogóle się pojawi. — Od razu zaczął wyobrażać sobie, jak to by było tańczyć z Louise. Dawno nie tańczył, a choć matka nauczyła go dobrze, pani Jackson była ostatnią kobietą, z którą mógł tańczyć, nie czując się przy niej jak olbrzym.

— Śmiałym szczęście sprzyja — powiedział Hugh z uśmiechem. — Czemu jej Pan nie zapyta?

— A czemu wy trzej nie przestaniecie wtykać nosa w moje życie osobiste i nie pójdziecie znaleźć tego cholernego podpalacza? — W reprymendzie nie było serca, nawet gdy powtórzył ją po walijsku dla Riota, a wszyscy trzej posłali mu szerokie uśmiechy. Riot i John udawali, że zaczynają tańczyć reela, gdy wychodzili, a Shaun parsknął cicho śmiechem. Byli dobrymi ludźmi, a teraz skrajnie lojalnymi wobec niego i Lorda Ferndale'a. Hugh i John nawet zaczęli mówić o tym, że zostaną, jeśli na wiosnę dostaną długoterminową pracę na farmach, choć Riot wciąż chciał wrócić do Wrecsam. Shaun obiecał opłacić mu podróż, kiedy już złapią podpalacza.

Skończywszy zupę, Shaun spostrzegł, że nogi niosą go z powrotem do księgarni. — A nie, spryciulo — powiedział, schylając się, by zgarnąć czarną kotkę, gdy próbowała przemknąć mu między nogami. Zamerlała, kiedy podrapał białą plamkę w kształcie serca na jej piersi, już dobrze do niego przywykła.

Louise uśmiechała się do niego zza lady w sposób, który sprawił, że sam miał ochotę zamruczeć, i odstawił Crafty, przechylając głowę i przyglądając się Louise z namysłem. — Czy to nowy szalik, panno Baxter? Nie widziałem, żeby Pani go wcześniej nosiła. Bardzo Pani w nim do twarzy. — To był ładny kolor, śliczna szmaragdowa zieleń.

— Och. Dziękuję! — Dotknęła go. — Nie nowy, ale dziś wygrzebałam go z dna szuflady i postanowiłam założyć. Siostra, Marie, wydziergała go w zeszłą zimę.

— Podkreśla zieleń Pani oczu. — Oparł się o ladę, wpatrzony w owe piękne oczy, i dodał z nadzieją: — Zastanawiałem się... w Red Lion wszyscy mówią o jutrzejszym balu Midwinter Assembly. Czy Pani się wybiera? A może to tylko dla pospólstwa, jak...

— Ależ skąd! — Louise rozpromieniła się. — Wstęp kosztuje dwa szylingi od osoby, więc wcale nie jest to dla pospólstwa, choć niektórzy odkładają, by pójść. Opłata idzie na fundusz komitetu szpitalnego, widzi Pan, a pani Poole oczywiście zasiada w komitecie, więc my, Baxterowie, obowiązkowo się stawiamy.

— Ach! — O pani Poole i komitetach słyszał już wszystko. Jego gospodyni, pani Bell, była znakomitym źródłem lokalnej wiedzy. Nie miała nic prócz dobrych słów o pani Poole i pannach Baxter, choć dość kręciła nosem na to, że pan Matthew Baxter puścił się do Francji na wyprawę po książki, zostawiając dziewczęta same, choć te wydawały się nad wyraz zaradne.

— Czy Pani zamierza iść? — zapytała Louise, odrobinę nieśmiało.

— Tylko jeśli obieca mi Pani ze mną zatańczyć.

Zarumieniła się prześlicznie. — Cóż, rzadko tańczę.

— A to dlaczego? Taka piękność jak Pani powinna mieć zalotników ustawionych w kolejce do tańca! — Shaun patrzył z fascynacją, jak rumieniec Louise jeszcze się pogłębia, aż niemal zrobiła się purpurowa.

— Cóż, ja... to nadzwyczajnie miłe, że Pan tak mówi, Panie

Jackson. — Przyłożyła dłonie do policzków, najwyraźniej na próżno próbując je schłodzić. — Nikt nigdy nie powiedział mi nic podobnego.

— Nie pojmuję czemu, jest Pani najładniejszą dziewczyną w tym mieście.

— Ja... ja... jestem wyższa od wszystkich tutejszych mężczyzn. — Wymamrotała to jakby pod nosem, nie mogąc mu spojrzeć w oczy.

— Na pewno nie jest Pani wyższa ode mnie, a ja z honorem poproszę Panią do tańca tyle razy, ile mi Pani pozwoli.

Zaśmiała się — chyba z niedowierzaniem — po czym olśniła go jasnym uśmiechem. — Sądzę, że dwa razy to maksimum, na jakie pani Poole przymknie oko, inaczej odeśle mnie prosto do łóżka.

— Zatem dwa razy — nie chciałbym, żeby miała Pani kłopoty z panią Poole. Pierwszy taniec? I jeszcze jeden później.

Louise chętnie się zgodziła, a Shaun wyszedł na ulicę sprężystym krokiem.

***

Aż iskrząc z podniecenia, Louise szykowała się do tego balu znacznie dłużej niż do letniej zabawy. Śliczna suknia uszyta na ślub Estelle nadawała się doskonale. Choć korciło ją, by upiąć włosy jak zwykle — oszczędnie i praktycznie — siedziała, wiercąc się cała, podczas gdy Bernadette i Rosie krzątały się wokół, podkręcając i upinając jej kosmyki.

Efekt był doprawdy uroczy, gdy spojrzała w lustro. — Dziękuję wam obydwu. Sama bym tego nie zdołała.

— A my dziękujemy, że pozwoliła nam Pani spróbować takiego upięcia — odparła Rosie z lekkim dygnięciem. —

W magazynie znalazłyśmy inne fryzury, marzymy, by je wypróbować... jeśli by nam Pani pozwoliła.

— Brzmi zbyt kusząco, by odmówić — powiedziała Louise, ciesząc się, że pokojówka mówi już więcej niż dwa słowa na raz. Może pozwolenie jej na grzebanie we włosach zrobiło swoje?

— Uszczypnij policzki — poradziła Bernadette. — O tak. To daje różany rumieniec.

Pani Poole roześmiała się i dodała: — Nie potrzeba jej, i tak już promienieje.

Gorąco rozlało się po twarzy Louise, ale wyszczerzyła się do nich wszystkich. — Muszę przyznać, że czuję się całkiem ładna. Dziękuję, że mi dogadzacie.

W Red Lion powitało je morze znajomych twarzy, w tym Lord Ferndale i panna Yates.

— Ogromnie się cieszę, że Państwo są, i że wyglądacie tak dobrze — powiedziała Louise, witając ich.

— Nigdy nie opuszczam assembly, to zbyt ważne — oznajmiła panna Yates. — Włosy ma Pani boskie, jak i całą postać.

Louise była oczarowana komplementem. — Serdecznie dziękuję, panno Yates, to dla mnie wiele znaczy.

Lord Ferndale dodał: — Za nic w świecie bym tego nie przegapił.

Bernadette zapytała o jego zdrowie i miała dla niego kolejną butelkę toniku. — Jak z kaszlem?

— Zapomniałem, że go miewałem — odparł, jeszcze nie przyjmując butelki. — Nawet nie skończyłem poprzedniej. Proszę zachować dla kogoś, komu bardziej się przyda.

— Byle był Pan pewien — rzekła Bernadette. — Proszę uważać w zimne noce.

— Przestań się nad nim rozczulać, to moja robota — uciął z czułością, zerkając na siostrę.

Muzycy nastroili instrumenty i zagrali parę krótkich taktów, dając znać, że zaraz rozpoczną się tańce.

Niedaleko muzykantów stali ich kuzyni, Joshua i Phoebe. Ku zaskoczeniu Louise, stał z nimi Benjamin.

Z pewnością był stanowczo za młody na assembly, choć wzrost dodawał mu lat.

— Uch, patrz, kto przyszedł — mruknęła Bernadette, gdy obie bardzo się starały nie patrzeć. Kilka młodszych panien z Hatfield trzepotało wachlarzami i chichotało, zerkając w stronę Benjamina. Najwyraźniej nie miały pojęcia o jego skłonnościach do dręczenia słabszych.

Do Louise podszedł jeden z miejscowych farmerów, pan Stratforth. Był również wysoki, choć nie aż tak jak pan Jackson. Uśmiechnął się i rzekł: — Jest Pani najładniejszą dziewczyną dzisiejszego wieczoru, panno Baxter. Czy mogę prosić do tańca?

Louise rozpromieniła się na komplement i odparła: — To bardzo miłe, dziękuję, lecz pierwszy taniec mam już obiecany. Może następny?

— Dziękuję uprzejmie — skinął pan Stratforth. — Wielce zobowiązany.

Jakby to zaplanował, tłum się rozstąpił i Shaun Jackson ruszył ku niej spacerkiem, z wyciągniętą dłonią, by ująć jej rękę.

O rany, jak on się wypiął! Miał na sobie inny surdut niż zwykle, granatowy, a pod nim kamizelkę w nieco jaśniejszym odcieniu. Czyżby kupił je specjalnie na tę okazję?

— Zdaje się, że ten taniec jest mój, panno Baxter?

Louise uśmiechnęła się i splotła dłonie z jego, gdy tancerze ustawiali się do country reela.

Jak na tak postawnego mężczyznę, był uosobieniem gracji i lekkości. Jego pewność siebie ogarnęła Louise, która po raz pierwszy w życiu poczuła się ładna i lekka; niemal elegancka.

Przez całe życie czuła się jak niezgrabny olbrzym, blada przy swoich ładniejszych, drobniejszych siostrach. Dziś wieczorem, tańcząc z Shaunem Jacksonem, mogła uchodzić za królową balu. Wirowała, klaskała i uśmiechała się tak szeroko, że miała wrażenie, iż twarz pęknie jej na pół.

Gdy set dobiegł końca, Shaun skłonił się jej i podał ramię, kiwając głową w stronę stołu z poczęstunkiem. Rozgrzana tańcem, Louise pomyślała, że szklanka ponczu będzie w sam raz, i ujęła jego ramię, mrucząc podziękowanie.

Kroki jej zwolniły, gdy Phoebe wpadła im w drogę, stanęła naprzeciwko z założonymi rękami i łypała na Louise spod cienkiego noska. A przynajmniej próbowała. Ponieważ Phoebe była dużo niższa, wyglądała po prostu śmiesznie z głową odchyloną za bardzo do tyłu, jakby za chwilę miała się przewrócić.

Shaun tylko skłonił głowę z uprzejmym: — Dobry wieczór, pani Baxter. Miło znów Panią widzieć.

— Panie Jackson. — Phoebe zmierzyła go wzrokiem od stóp do głów z pogardliwym uśmieszkiem. Odsunęła się, lecz gdy Louise przechodziła obok, Phoebe powiedziała dość głośno: — Musimy koniecznie podnieść opłatę za wstęp na assembly, skoro byle hołota myśli, że może się tu pokazywać.

Hołota! Louise aż się zagotowała. Jak ona śmie!

— Proszę ją zignorować — szepnęła do Shauna. — Phoebe to straszna snobka nawet w najlepsze dni.

— Mówiono o mnie znacznie gorsze rzeczy. — Wzruszył ramionami, szczerze niewzruszony. — Nie zaprzątam sobie głowy takimi uwagami, chyba że idą w parze z groźbami przemocy.

— Często Panu się to zdarzało? — zapytała z ciekawością.

— Wystarczająco często — odparł tylko, podając jej szklankę ponczu.

Wtedy podeszła Bernadette, uśmiechnięta, a Shaun zapytał, czy już tańczyła.

— Jeszcze nie. — Bernadette pokręciła głową.

— Skoro Pani siostra pozwala mi tylko na dwa tańce z nią, czy mogę poprosić o jeden z Panią? — rzekł.

Bernadette zawahała się, zadzierając do niego wzrok, a Shaun zaśmiał się cicho. — Mogę być duży, panno Bernadette, ale przyrzekam, że nie jestem niezdarą. Nie nadepnę Pani na palce.

Spojrzała trochę zawstydzona i wyciągnęła dłoń. — W takim razie z przyjemnością z Panem zatańczę, Panie Jackson.

Louise uśmiechnęła się, gdy Bernadette posłała jej przez ramię iskrzące, zadziorne spojrzenie, idąc z Shaunem ustawić się do drugiego setu. Bernadette początkowo była wobec Shauna niemal trochę lękliwa, może przez jego posturę, ale przez ten czas, odkąd regularnie przychodził do księgarni i był niezmiennie uprzejmy oraz czarujący, ociepliła do niego stosunek.

Oczywiście droczyła się z Louise o jej zainteresowanie od pierwszej chwili. Louise sączyła poncz i patrzyła, jak tańczą, czując przyjemną satysfakcję.

— Pani Jackson tańczy doskonale, Pani Jackson jest lekki w tańcu jak na olbrzyma — powiedziała pani Poole, stając obok Louise.

— Istotnie — zgodziła się radośnie Louise.

— Nie chcę psuć tego uśmiechu, ale pani Wellworth zwróciła mi przed chwilą uwagę, która nie jest pozbawiona sensu.

— I jaką to? — Oczy Louise zmrużyły się. Pani Wellworth była jedną z przyjaciółek kuzynki Phoebe. Jakim jadem znów truła Phoebe?

— Co my właściwie wiemy o panu Jacksonie, tak naprawdę?

Louise już otwierała usta, żeby powiedzieć, że przecież całkiem sporo, gdy pani Poole łagodnie dodała: — Takiego, co nam powiedział sam.

Louise zesztywniała, wciąż z otwartymi ustami, i odwróciła głowę, by spotkać spojrzenie pani Poole. Starsza pani wyglądała na szczerze zaniepokojoną.

— Nawet nie wiemy, czy to jego prawdziwe nazwisko — zauważyła pani Poole. — Ani czy rzeczywiście pochodzi z Yorkshire. Ten jego akcent pojawia się i znika jak wiatr.

Nie wiedziała, co powiedzieć. Nie wiedziała, co myśleć. — Ma wykształcenie gentlemana — wyrzekła w końcu, trochę otępiała.

— Tego mu nie odmówię — przyznała pani Poole. — I zdolności językowe. Po francusku mówi niemal tak dobrze jak Pani, a po walijsku najwyraźniej radzi sobie co najmniej przyzwoicie z panem Jonesem.

Louise spojrzała na salę, gdzie Shaun życzliwie uśmiechał się do Bernadette, tańcząc. Gardziła sobą za to, że w ogóle dopuszcza taką możliwość, ale prawdą było, iż nikt w Hatfield nie wiedział nic pewnego o Shaunie Jacksonie.

— Zatrudnił go Lord Ferndale — powiedziała na głos. — Może przedstawił Lordowi Ferndale'owi referencje?

— I to jest bardzo słuszna uwaga, Louise. Jestem pewna, że Lord Ferndale by je sprawdził. — Pani Poole skinęła głową. —

Może porozmawiam z panną Yates... — Odpłynęła, zostawiając Louise samą z myślami.

— Dobry wieczór raz jeszcze, panno Baxter — odezwał się głos, a ona przywołała grzeczny uśmiech dla pana Stratfortha, farmera, który wcześniej prosił ją do tańca. — Czy byłaby Panna wolna do następnego setu?

— Akurat jestem — odparła. Nie przyszło jej do głowy żadne dobre usprawiedliwienie, by odmówić, a gdyby odmówiła, nie mogłaby dotrzymać obietnicy drugiego tańca dla Shauna. Pomimo wątpliwości, jakie mogła zaszczepić w niej pani Poole, Louise wciąż pragnęła tego drugiego tańca z Shaunem.

Louise była w połowie tańca z panem Stratforthem, gorączkowo układając w myślach dyskretne pytania, które mogłaby zadać Shaunowi, by dowiedzieć się o nim więcej, gdy zorientowała się, że pan Stratforth dość niedyskretnie sugeruje, iż gotów jest wziąć żonę. I że upatrzył ją sobie na kandydatkę.

— Żona nie musiałaby gotować ani sprzątać — wyjaśniał. — Mam kucharkę i dwie pokojówki.

— To... hm, dogodnie — powiedziała Louise, niepewna, jak powinna zareagować.

— Wykształcona żona byłaby skarbem. Pomagałaby mi pisać listy do innych hodowców. Prowadziła rodowody bydła. Mam trzy czempionowe buhaje i mam mnóstwo próśb o ich usługi.

— To doprawdy szczęście. — Phi, już użyła tego słowa, a i temat trochę nie na miejscu jak na assembly. Był wprawdzie farmerem, nawet jeśli najwyraźniej bardzo zamożnym.

— Mam sto dziesięć akrów — powiedział z dumą. — Najlepsze pastwiska w Hertfordshire, z dobrą wodą nawet w suszy; nasze krowy nigdy nie przestały dawać mleka, nawet w najgorszych latach.

— To... — nie powie znowu szczęście, — Opatrzność.

Uch! Znaczyło to samo! Jak się wymknąć z być może najnudniejszej rozmowy, jakiej kiedykolwiek doświadczyła?

— Mieszkamy tylko jakieś trzy mile od miasta. Kupiłbym żonie kucyka i bryczkę, jeśli miałaby rodzinę w Hatfield, którą chciałaby odwiedzać, może...

— Jakże to hojnie. — Louise wpadła nagle na myśl i musiała powstrzymać chichot. *Miesiąc temu nie miałam nawet cienia zalotnika. A teraz wygląda na to, że mam dwóch!*

Tańcząc, dostrzegła Shauna po drugiej stronie sali, jak rozmawia z Lordem Ferndale'em. Jednak oczy Shauna były utkwione w niej, a jego wyraz twarzy był... Louise nie była pewna, jak go nazwać, ale z pewnością nie wyglądał na zadowolonego.

Czy on jest zazdrosny? Myśl była tak zaskakująca — nikt nigdy jeszcze o nią nie był zazdrosny! — że potrzebowała chwili, by poukładać własne uczucia.

Może to całkiem miłe, że ktoś — że *Shaun* — czuje o nią zazdrość. Louise uśmiechnęła się szczęśliwie, a biedny pan Stratforth, który właśnie z nadzieją wyliczał jej imiona swoich ulubionych jałówek, o mało nie zaplątał się we własne nogi.

Cóż za uroczy wieczór. A do tego jeszcze jeden taniec z Shaunem w perspektywie! Louise zdecydowanie odsunęła na bok wszelkie wątpliwości co do niego — niech to diabli, że Phoebe szerzy podłe plotki — i postanowiła dobrze się bawić.

ROZDZIAŁ 11
Boże Narodzenie
w Ferndale Hall

Śledztwo, jak na gust Shauna, trwało stanowczo zbyt długo. Bawił się znakomicie na zabawie i tańcząc z Louise, a gdy jego. Ludzie zameldowali, że tej nocy nie odnotowano nowych pożarów, poczuł ulgę — lecz następnego wieczoru kolejna stodoła stanęła w ogniu, tym razem ucierpiały konie i stajenny, którego musiał opatrywać doktor Rasley. To właśnie spłoszone konie zbudziły stajennego; inaczej doszłoby do kolejnej śmierci w miasteczku.

Shaun złożył najnowszy raport Lordowi Ferndale i panu Baxterowi, sędziemu pokoju, i odniósł wrażenie, że choć baron jest zdecydowany drążyć sprawę, sędzia wydawał się nie zainteresowany postępami. Shaun wiedział jednak więcej o animozjach między dwiema gałęziami rodziny Baxterów i rozumiał, że mężczyzna najpewniej nie chciał słuchać o niczym, co miał do powiedzenia Shaun, z powodu jego jawnego zainteresowania Louise.

— Lampa sztormowa, mówisz? — zapytał Lord Ferndale.

— Tak, znaleźliśmy potłuczone szkło na zgliszczach. Taki sam rodzaj odłamków jak w chacie Flyte'ów. Myślę, że powinniśmy popytać, czy ktoś ostatnio nie kupował dodatkowych lamp.

— Mój stajenny musiał ostatnio taką kupić — powiedział Lord Ferndale. — Bo jedna nam zginęła. Nie połączyłem tych faktów...

Joshua Baxter rzekł: — Wątpię, żeby podpalacz pokazywał się jawnie i kupował je sam. A i sama — jeśli już o tym mowa.

— Sama? — odezwali się jednocześnie Shaun i Lord Ferndale.

— To równie dobrze może być kobieta! — odparł pan Baxter. — Nie wykluczajmy niczego. Ot, choćby panna Bernadette chodzi nocą z lampą sztormową!

Shaun był jak najbardziej za otwartą głową, ale to już było zbyt wiele. — Panna Bernadette pomaga chorym kobietom i położnicom. Chcesz, żeby po nocy potykała się po ciemku? Żeby zrobiła sobie krzywdę?

— Straciłeś obiektywizm — wytknął pan Baxter.

— Przecież ona jest drobniutka! — Shaun aż nie mógł uwierzyć, że to w ogóle podlega dyskusji. To był absurdalny pomysł.

Joshua przycisnął temat: — A możesz poświadczyć, gdzie była w noce pożarów?

— Przynajmniej za jedną mogę ręczyć — za tę noc, kiedy znalazłem wysokiego, chudego mężczyznę kręcącego się pod księgarnią z krzesiwem. Na pewno nie goniłem drobnej kobiety.

Joshua przewrócił oczami i powiedział: — Zachowaj otwarty umysł, jak to mawiają.

Lord Ferndale odchrząknął i rzekł: — A teraz, mój drogi panie, jestem pewien, że wkrótce nastąpi przełom. Tymczasem, panie Jackson, jakie ma pan plany na Boże Narodzenie?

— Pewnie będę patrolował miasteczko — odparł odruchowo.

— Bardzo bym pragnął, żeby przyjechał pan do Ferndale Hall i spędził je z nami.

To go zamurowało. — Ależ skąd, nie mógłbym się narzucać.

— To żadna uciążliwość! Skoro nie ma pan tu rodziny, niech pan dołączy do mojej; będą z nami również siostry Baxter, które uważam dziś za swoje wnuczki.

Louise też tam będzie?

Joshua teatralnie wyjął złoty zegarek na dewizce i rzekł: — To już ta pora? Mam kolejne spotkanie.

Skinęli głowami i życzyli mu powodzenia. Ferndale brzmiał szczerze; Shaun powiedział to przez zęby.

Zastanawiające, że Lord Ferndale uważał siostry Baxter za rodzinę, ale już nie ich kuzyna. Choć Shaun przyznał w duchu, że sam też nie paliłby się, by zaliczać Joshuę do krewnych, nawet jeśli więź byłaby o wiele bardziej namacalna.

Gdy zostali we dwóch, Shaun powiedział: — W takim razie, mój lordzie, byłbym zaszczycony.

— Wybornie! — rzekł Lord Ferndale z błyskiem w oku. Wyglądało na to, że staruszek swata, a Shaun nie miał absolutnie nic przeciwko spędzeniu większej ilości czasu w bliskim sąsiedztwie Louise.

— A teraz — dociekał Lord Ferndale. — Proszę mi opowiedzieć coś więcej o pańskich perspektywach.

Na miłość boską, jakiż on był bezpośredni!

Shaun odpowiedział na poważne pytania jasno i bez wahania: — Los był dla mnie łaskawszy niż dla większości. Mam do dyspozycji około dwadzieścia tysięcy funtów i planuję w przyszłości kupić własną posiadłość albo duży dom w mieście. Byłbym w stanie utrzymać żonę i rodzinę w komforcie.

— W takim razie dlaczego wynajmuje pan pokój u pani Bell?

— Z pośpiechu i dla wygody, nie z konieczności. Musiałem zająć się sprawą podpalacza, zwłaszcza po jego groźbie, że spali księgarnię. Pani Bell spełniała moje natychmiastowe potrzeby, a jej lokalizacja jest dla mnie szczęśliwa, bo widzę księgarnię z okna sypialni. Ma to dodatkowy plus — ukrywa mój rzeczywisty majątek przed mieszkańcami miasteczka. Proszę, by na razie zachował pan tę wiedzę między nami; mogłaby zabarwić opinie o mnie i podsycić plotki.

Lord Ferndale dotknął palcem boku nosa i rzekł: — Zrozumiano.

❧

W południe w Wigilię Bożego Narodzenia Louise, Bernadette i pani Poole zamknęły księgarnię i były gotowe z podróżnymi torbami. Fornal Lorda Ferndale powitał je życzeniami świątecznymi i ruszyły w wygodną drogę do Ferndale Hall. Louise myślała o ich siostrze, Marie, w jeszcze zimniejszym klimacie, i gorąco miała nadzieję, że radzi sobie z hrabią Wymagającym najlepiej, jak potrafi. Przynajmniej z listu wynikało, że Marie czuje się dobrze i jest w dobrym nastroju, a Louise liczyła, że wkrótce nadejdzie kolejny. Aż ją ściskało, by móc opowiedzieć siostrze o panu Jacksonie.

Minęły sielski zagajnik i łąkę, gdzie krowy stłoczyły się pod grupą świerków, i parsknęła śmiechem na wspomnienie dość flegmatycznej deklaracji pana Stratfortha, że jest gotów na żonę. Louise w ogóle nie umiała sobie siebie wyobrazić jako żony farmera. Ani trochę. Chociaż może gdyby pan Jackson rzeczywiście zajął się rolnictwem...

Przez całą drogę do Ferndale Hall sypał deszcz ze śniegiem, a trakty były wyboiste i mokre, ale podróż była krótka i kamienie grzewcze w podnóżku wciąż trzymały odrobinę ciepła, gdy dotarły na miejsce.

Kamerdyner, pan Thorne, powitał je serdecznym uśmiechem i skierował do saloniku. — Pani Sykes właśnie podała herbatę — powiedział.

— Jak miło — odparła z oczekiwaniem Louise. Gdy tylko zorientowała się, kto jeszcze jest w pokoju, wyrwało jej się zaskoczone: — Och!

Bo oto obok panny Yates i Lorda Ferndale siedział nikt inny, jak Shaun Jackson.

— Już jesteście! — zawołała panna Yates, a panowie wstali z miejsc, by je powitać.

Lord Ferndale rzekł: — Witam was wszystkie. Mam nadzieję, że nie zmarzłyście zanadto w powozie?

Louise, nagle oniemiała na widok Shauna tutaj, wolała się nie odzywać. Pani Poole wypełniła pauzę i powiedziała: — Jest pan zbyt hojny. Było ciepło i wygodnie. Dziękujemy.

Pan Thorne wszedł i odsunął krzesła dla nowo przybyłych, a pani Sykes nalała więcej herbaty.

— Znacie oczywiście pana Jacksona — powiedział Lord Ferndale. — Nie mogłem zostawić go samego na Święta, skoro pani Bell wyjechała do siostry do St Albans, a że już się znacie, pomyślałem, że stworzymy wesołe towarzystwo.

Louise dostrzegła błysk w oku Lorda Ferndale i zastanowiła się, czy ich samozwańczy dziadek nie dodał pani Bell odrobiny zachęty, by odwiedziła siostrę, i w ten sposób nie zaaranżował tej sytuacji. Doskonale wiedziała, jak sprytnie urządził romans Estelle i Felixa. Nie żeby miała jakiekolwiek zastrzeżenia.

— Oczywiście, panie Jackson, miło pana widzieć — powiedziała Louise. — Gdybym wiedziała, że pan tu będzie, zabrałabym więcej książek.

— Moja biblioteka będzie musiała wystarczyć — rzekł Lord Ferndale.

— Pańska biblioteka to cud, mój lordzie, ale nie jestem pewna, czy ma pan wiele powieści przygodowych, które pan Jackson woli — zauważyła Louise.

— Powieści przygodowe, tak? — Lord Ferndale zamyślił się i postukał w brodę. — Kilka się znajdzie, jestem pewien. Czy zechciałby pan pójść ze mną poszukać, panie Jackson?

— Z największą chęcią, mój lordzie. Po tym, jak nacieszymy się wyborną herbatą, którą podała pani Sykes?

Lord Ferndale roześmiał się: — Ależ oczywiście, sir. Jestem pewien, że dżentelmen pańskiego pokroju potrzebuje regularnego paliwa. Podałaby mi panna Louise keks?

***

Mimo że jedyną członkinią rodziny obecną przy niej była Bernadette, Louise spędziła Boże Narodzenie wprost cudownie. Myślami wracała do biednej Marie, uwięzionej w mroźnej Kumbrii w towarzystwie okropnego hrabiego Wymagającego, i szeptała kilka modlitw za ojca, który-wie-gdzie we Francji, ale przez większość czasu była zbyt zajęta, by rozpamiętywać nieobecnych. Zwłaszcza Estelle, która z Felixem w Irlandii z pewnością miała wspaniały czas.

Ferndale Hall okazało się uroczym miejscem na świętowanie — pełnym dobrego nastroju i jeszcze lepszego jedzenia. Po wspaniałej świątecznej kolacji z pieczoną gęsią ze wszystkimi dodatkami i tyloma przystawkami, że nawet pan Jackson nie miał w żołądku dość miejsca, by wszystkich spróbować, towarzystwo przeniosło się do salonu i rozegrało całe mnóstwo gier, śmiejąc się bez ustanku.

— Cóż — powiedział Lord Ferndale, gdy śmiech ucichł po końcowej, hucznej rundzie kalamburów — pragnę wam podziękować za to, że uczyniliście z tych Świąt jedne z najweselszych, jakie Ferndale Hall widziało od wielu lat.

— Oby tak dalej! — zawołała radośnie panna Yates, unosząc kieliszek sherry.

— I bardzo liczę, że będziecie z nami także w przyszłe Święta, kiedy mój wnuk z uroczą małżonką już wrócą, a może dołączy też kochana Marie i wasz ojciec, moje drogie — Lord Ferndale obdarzył Louise i Bernadette życzliwym uśmiechem.

— Za nieobecnych przyjaciół — Shaun uniósł kielich wina do toastu, a wszyscy do niego dołączyli, wznosząc kieliszki i powtarzając słowa. — I choć nie wiem, czy będę tu za rok, Lordzie Ferndale, pragnę raz jeszcze podziękować za tegoroczne zaproszenie. Bawiłem się prześwietnie, choć muszę zwrócić uwagę na jedno nader rażące przeoczenie w pańskich przygotowaniach.

Lord Ferndale zatrzymał kieliszek w połowie drogi do ust, zaskoczony. — Przeoczenie?

— Istotnie — rzekł Shaun z wyraźnym błyskiem w oku, zerkając na Louise. — Obejrzałem cały dom i nie zdołałem znaleźć ani jednej gałązki jemioły w Ferndale Hall.

Zapadła chwila osłupiałej ciszy. Louise westchnęła zaskoczona, a potem absolutnie wszyscy wybuchnęli śmiechem.

Czy on... czy on właśnie zasugerował, że... chciałby mnie pocałować pod jemiołą?

— Cóż, przepraszam za to przeoczenie, panie Jackson — powiedział Lord Ferndale, zanosząc się ciepłym śmiechem. — Dopilnuję, by moja służba nadrobiła to w przyszłe Święta, jeśli zechciałby pan znów do nas dołączyć — już teraz ponawiam zaproszenie!

— Bardzo liczę na to, że będę mógł skorzystać z pańskiej hojności, Lordzie Ferndale — odparł Shaun z ciepłem, wciąż patrząc na Louise.

Panna Yates wydała z siebie dziwny odgłos i Louise zerknęła w jej stronę akurat w chwili, gdy kieliszek sherry wysunął się z dłoni panny Yates i roztrzaskał o podłogę, a sama dama osunęła się na ramię Bernadette.

Wszyscy zesztywnieli poza Bernadette, która z zadziwiającą szybkością przeszła do działania. Odciągnęła krzesło z panną Yates, by zrobić więcej miejsca, po czym zdecydowanym ruchem potarła ją po mostku.

Dama zakaszlała i zachłysnęła się powietrzem, szeroko otwierając oczy, po czym zaczęła przepraszać.

Louise odetchnęła z ulgą.

— Zemdlała pani — powiedziała Bernadette. — Wstrzymywała pani oddech?

Dłoń panny Yates zamajtała przy piersi i ta pokręciła głową.

— Już, już — rzekła pani Poole. — Wszystko w porządku.

— Próbowałam nie kaszleć — wyjaśniła panna Yates, po czym zaśmiała się z siebie. — Trochę sherry poszło nie w tę stronę i... och, stłukłam mój ulubiony kieliszek. Dobrze mi tak.

— Ma pani kaszel? — twarz Bernadette wypełniła troska.

Panna Yates pozwoliła sobie na lekkie odchrząknięcie

w chusteczkę. — Ależ skąd, och, narobiłam zamieszania. Nie chciałam psuć chwili kaszlem, więc wstrzymałam oddech i teraz dopiero wszystko popsułam.

Serce Louise aż się ścisnęło na wyznanie drogiej przyjaciółki. — Niczego pani nie popsuła, ale chcemy się upewnić, że wszystko w porządku.

Po kilku spokojnych oddechach panna Yates zapytała: — Boli mnie klatka piersiowa, czy upadłam i zrobiłam sobie krzywdę?

— To moja sprawka — przyznała Bernadette. — Nauczyłam się tego od położnych: dają niemowlętom niewielki energiczny masaż pośrodku klatki, by je pobudzić, jeśli od razu nie płaczą.

Panna Yates roześmiała się i rzekła: — Rozumiem, czemu niemowlę od tego płacze!

Uczucie ulgi zalało Louise, gdy przenieśli się na miejsca przy oknie, a pokojówki posprzątały szkło i rozlane sherry.

Louise, Bernadette i pani Poole nie spuszczały panny Yates z oczu tego wieczoru i następnego dnia. Panna Yates półgębkiem protestowała przeciwko takiej trosce, a do drugiego dnia świąt nowość bycia w centrum uwagi całkiem jej się przejadła.

— Musicie wracać zgodnie z planem. Czuję się zupełnie dobrze, przestańcie się nade mną rozczulać.

— Na pewno? — zapytała jeszcze raz Louise. — Możemy wysłać Bernadette po więcej specyfików do domu. Czegokolwiek pani potrzeba.

Panna Yates zacisnęła dłonie w piąstki i wsparła je na biodrach, zadzierając głowę do Louise, jakby ta była wielkim utrapieniem. — Jestem zdrów jak ryba! Wesołych Świąt!

Louise roześmiała się, po czym pochyliła się, by czule pocałować staruszkę w policzek. Tak się do panny Yates przywiązała — niemal jak do rodziny z krwi, a do niektórych nawet bardziej, biorąc pod uwagę Joshuę i Benjamina. — Wesołych Świąt również pani, panno Yates.

ROZDZIAŁ 12

Z powrotem do pracy

Podróż powozem Ferndale'ów z powrotem do Hatfield była, zdaniem Louise, stanowczo za krótka. Shaun wracał z nimi do miasteczka i ona chłonęła każdą chwilę spędzoną z nim, z Bernadette i z panią Poole, rozmawiając i czując się w ich towarzystwie całkowicie swobodnie.

— Byłem pod wielkim wrażeniem twoich umiejętności, panno Bernadette — powiedział Shaun. — Pannie Yates dopisało szczęście, że byłaś na miejscu. Tak szybko sprowadziłaś ją do przytomności.

— Prawdę mówiąc, nie byłam pewna, czy to zadziała — odparła Bernadette. — Mieliśmy szczęście, że to nie było nic poważnego.

— Ale mnie nastraszyła — powiedziała pani Poole. — Przez te wszystkie lata była dla mnie taka dobra.

— W każdym razie — rzekł Shaun — będę stosował tę metodę nacierania klatki piersiowej w przyszłości, gdyby zaszła potrzeba.

— A pomyśleć, że starała się nie robić zamieszania — powiedziała Louise.

— Jak to? — spytał Shaun.

— Powiedziała, że odrobina sherry „poszła nie w tę stronę", kiedy skomentowałeś brak jemioły. Wstrzymała więc oddech, żeby nie zakaszleć i... i tak zrobiło się z tego widowisko.

— To było zabawne — powiedziała pani Poole. — Mina jego lordowskiej mości, kiedy powiedziałeś, że coś jest nie tak. Był przekonany, że popełnił błąd!

Wspomnienia Louise różniły się jednak od wspomnień pani Poole. Jak pamiętała, Shaun patrzył wtedy na nią z czułością, od czego jej brzuch robił ten cudowny fikołek. Tak samo jak teraz, gdy na nią spoglądał.

Powóz zwolnił i dojechali do księgarni. Shaun pomógł im wysiąść i ponaglił Bernadette oraz panią Poole, by weszły do ciepłego wnętrza.

Na chodniku czekał Riot Jones i podszedł do Shauna, gdy powóz znów potoczył się dalej. Jeden z panów Fox także był w pobliżu i również podbiegł do Shauna. Louise chciała uciec przed zimnem do środka, ale ciekawość ją zżerała, o czym też mogą rozmawiać, zwłaszcza że Riot wspomniał właśnie konkretnie o księgarni.

Shaun skinął głową, podziękował swoim ludziom za czujność i poprosił, by monitorowali sytuację do końca dnia.

— O co w tym chodzi? — zapytała Lousie, gdy obaj mężczyźni wycofali się pod arkadę.

Shaun się uśmiechnął. — Dobre wieści. Poprosiłem moich ludzi, żeby mieli oko na księgarnię, bo sam nie mogłem, skoro byłem u Ferndale'ów. Wtedy nie wiedziałem jeszcze, że ty też tam będziesz. Teraz cieszę się podwójnie, bo sklep przez większą część trzech dni był pusty, choć mówili, że Rosie wytrwale przychodziła co rano nakarmić koty.

— Wiem, że powinnam ci podziękować, ale... to mi nie daje spokoju. Księgarnia jest moją odpowiedzialnością. Chociaż... powinnam była wpaść na pomysł, żeby wynająć ludzi do pilnowania, dopóki nas nie było. Mamy teraz na to środki... — Urwała, czując, że sama sobie przeczy. — Dlaczego nie jestem zadowolona? Powinnam. Myślę, że najpierw powinieneś był mnie zapytać albo uprzedzić, co planujesz.

Twarz Shauna posmutniała. — Przekroczyłem granicę. Proszę, wybacz mi.

— To było bardzo troskliwe — wtrąciła pospiesznie, nie chcąc, by czuł się winny. — O rety, obiecałam sobie, że nie popełnię błędów Estelle i nie będę się sprzeczać z moim ukochanym, a jednak proszę!

— Twoim ukochanym? — powtórzył Shaun.

— Nie chcę się kłócić. Ale to jest jakieś nie w porządku.

Shaun szeroko się uśmiechnął. — Podoba mi się myśl, że jestem twoim ukochanym.

— Ale jestem na ciebie zła! — powiedziała Louise. — I nie lubię, że mnie rozzłościłeś, ani że czuję tę złość. Chciałabym, żeby te uczucia sobie poszły.

Wskazał drzwi sklepu. — Wejdźmy do środka? Tabliczka od paleniska wisi, to chyba dobry znak.

Świetny pomysł. Przynajmniej będzie zła w cieple, zamiast zła i zmarznięta.

W środku pani Poole rozniecała ogień, a Bernadette zapalała lampy.

— Podłóg jeszcze nie sprawdzałyśmy pod kątem wnętrzności — powiedziała Bernadette. — Pomyślałyśmy, że wszystkie miłe zajęcia weźmiemy dla siebie, a to zostawimy wam.

Zuchwała!

Louise patrzyła pod nogi, kiedy z Shaunem przeszli do działu wypożyczeń i podjęli swoją napiętą rozmowę.

— To całkowicie moja wina — powiedział Shaun. — Jestem przyzwyczajony działać samodzielnie, a potem zdawać raport z efektów. Przekroczyłem granicę i powinienem był najpierw zapytać cię, czy mój pomysł to odpowiedni plan działania.

— Jesteś taki dobry — powiedziała Louise. — I... myślę, że najbardziej jestem zła na siebie, że nie miałam dość rozsądku, by upewnić się, że budynek jest bezpieczny, biorąc pod uwagę to, co się wydarzyło.

Shaun zbliżył się i odgarnął za ucho zbłąkany kosmyk. Od tego dotyku przeszły ją przyjemne, ciepłe dreszcze. Bardzo mile widziane dreszcze.

Przeczuwając pocałunek, powiedziała: — Przykro mi, ale jemioły też nie mamy.

— Możemy udawać, że jest — odparł, pochylając się bliżej.

Serce Louise o mało nie stanęło z oczekiwania.

Drzwi frontowe gwałtownie się otworzyły, a dzwonek wypadł ze śrub i potoczył się po podłodze.

Louise i Shaun odskoczyli od siebie.

— Gdzie, do diabła, pani była? — wrzasnął Joshua, wpadając do sklepu z Benjaminem tuż za sobą.

— Proszę wybaczyć! — Louise wyprostowała się na całą swoją wysokość. — Proszę mi tu nie używać takiego języka! — Zmierzyła Joshuę gniewnym wzrokiem. — I niby dlaczego to pana obchodzi? To nie tak, jakby pan i Phoebe mieli nas zaprosić na wigilijną kolację, prawda?

Za jej plecami Shaun wydał z siebie dźwięk, który mógł być parsknięciem, ale Louise była niemal pewna, że to jednak śmiech.

Usta Joshuy klekotały, jakby nie miał pojęcia, co powiedzieć, więc Louise postanowiła wykorzystać przewagę.

— Szczerze mówiąc, to nie pańska sprawa, gdzie Bernadette i ja spędziłyśmy święta, a dodam, że Brutus doskonale wiedział, gdzie byłyśmy, więc gdyby pan kiedykolwiek porozmawiał ze swoim średnim synem, już by pan to wiedział!

— Pani reputacja dotyczy nie tylko pani — wykrztusił Joshua, wreszcie znajdując powód, by nas dziś besztać. Twarz miał czerwoną, a pierś mu się nadymała. — Pani zachowanie na Zimowym Zgromadzeniu okryło hańbą cały ród Baxterów. Nie zdziwi mnie, jeśli całe Hatfield, ba, całe hrabstwo Hertfordshire odwróci się od tego interesu! To błogosławieństwo, że pani ojciec nie musi być świadkiem pani upadku.

— Męczą mnie już pańskie teatralne popisy, Kuzynie — powiedziała Louise, biorąc głęboki oddech. — I pańskie ledwie zawoalowane groźby. Gdybym odmówiła tańca, z pewnością oskarżyłby mnie pan o dąsy. Gdybym nie przyszła, zarzuciłby pan zaniedbanie obowiązków wobec miasta. Dzień, w którym zjawi się pan z dobrymi wiadomościami, będzie takim szokiem, że zapewne zemdleję!

Z dudniącym w uszach tętnem poczuła, że ulżyło jej po tym, jak podała mu odrobinę jego własnego, niedorzecznego lekarstwa.

— A akurat — zabulgotał Joshua i zaczął się jąkać — p-powodem, dla którego przyszedłem, było p-przekazanie pani łaski. Po zgromadzeniu farmer Stratforth poprosił mnie o pozwolenie na zaloty do pani.

Świat na moment się zachwiał. Louise zastanawiała się, czy rzeczywiście nie padnie z wrażenia.

Joshua obdarzył ją paskudnym uśmieszkiem, jakby sądził, że ma przewagę. — Jeszcze nie podjąłem decyzji.

Benjamin, najwyraźniej nie dostrzegając Shauna w cieniach regałów za Louise, postąpił ku niej kilka groźnych kroków... i wdepnął w kałużę mysich wnętrzności.

— Fuj, co to jest? — krzyknął Benjamin z obrzydzeniem, gwałtownie się cofając.

Shaun wtedy naprawdę parsknął śmiechem i wysunął się, by stanąć u boku Louise. Joshua chyba też go nie zauważył, bo odskoczył pół kroku, a na wciąż czerwonej twarzy pojawiło się zaskoczenie.

— To jeszcze nie koniec! — ostrzegł Joshua, kiwając palcem w stronę Louise, ale już się cofał.

— Koniec czego? Nie potrzebuję pańskiego pozwolenia, by chodzić, gdzie chcę i kiedy chcę! — warknęła Louise, śmiertelnie zmęczona wtrącaniem się kuzyna.

Joshua zatrzymał się w progu, jego wzrok na moment błysnął w stronę Shauna, po czym zwycięsko się uśmiechnął.

— Przynajmniej do jednej rzeczy jestem pani potrzebny, panno, pod nieobecność pani ojca. Jeśli zechce pani wyjść za mąż, będzie pani potrzebować mojego pozwolenia.

I tym ostatnim ciosem znów trzasnął drzwiami.

Louise stwierdziła, że trzęsą jej się ręce. Zaciskała i rozluźniała pięści kilka razy, próbując wypuścić złość.

— Wszystko w porządku? — spytał cicho Shaun po chwili.

— Nigdy w życiu nie uciekłam się do przemocy, ale o, mam ochotę spoliczkować go tak mocno, że niemal to czuję — powiedziała przez zaciśnięte zęby.

— Doskonale rozumiem to uczucie. — Jego dłonie spoczęły na jej ramionach i zaczęły powoli masować, a ona poczuła, jak część gniewu i napięcia z niej spływa. — Dlaczego on tak pani nie znosi? Wiem, że chodzi mu o budynek, ale z tego, co mówiłaś o fideikomisie, wygląda na to, że i tak w końcu go przejmie, gdy pani ojciec odejdzie. Czy on jest aż tak bez grosza, że potrzebuje wypchnąć panią z miasta wcześniej?

— Wręcz przeciwnie, to jeden z najbogatszych ludzi w Hatfield — odparła Louise gorzkim śmiechem. Powinna była odwrócić się do Shauna, ale jego duże, ciepłe dłonie łagodnie masujące jej ramiona były tak przyjemne, że nie chciała, by przestawał. — Tylko że on i Ojciec nigdy nie patrzyli sobie w oczy, a fideikomis stanowi też, że nasza gałąź rodziny musi prowadzić w tym budynku działający, dochodowy interes, by go utrzymać. Definicja „dochodowego" jest jednak... dość luźna. Kuzyn Joshua uważa, że powinien nas nie tylko utrzymywać, ale pozwolić Ojcu dać nam sowite posagi, żebyśmy „pięli się w górę" czy coś w tym guście. Ojciec — i wszyscy my, dodam — się z tym nie zgadzamy.

— A ponieważ Joshua Baxter jest miejscowym sędzią pokoju, prawo stoi po jego stronie — podsumował Shaun.

— On jest w Hatfield prawem. Nie naciskał tylko dlatego, że musiałby zapłacić, by wnieść sprawę do Sądu Kanclerskiego w Londynie, a jest na to zbyt skąpy. A teraz od miesięcy nie mamy od Ojca żadnych wieści, ale książki wciąż przychodzą... — Louise nagle odkryła, że po policzkach płyną jej łzy, i zaczerpnęła głęboko powietrza, by je powstrzymać.

— Ciii. — Shaun objął ją, obrócił ku sobie, przyciągnął i po prostu trzymał.

Louise wtuliła twarz w jego szyję i przez kilka cudownych chwil pozwoliła, by to ktoś inny był silny, choć raz. — Damy sobie radę — powiedziała w końcu, przytłumionym głosem. — Finanse trochę nam się chwiały, bo Ojciec wziął wielką pożyczkę na wyjazd do Francji, ale mąż Estelle, pan Yates, jest taki kochany — spłacił kilka rat z góry, a w dodatku przychodzą bardzo cenne książki i świetnie się sprzedają. A teraz przyszły pieniądze od hrabiego Dema-Renwicka, to znaczy, jesteśmy całkiem na plusie.

— A nawet jeśli, nie daj Boże, coś stało się twojemu ojcu, pan Yates i lord Ferndale dopilnują, żeby reszta z was była zabezpieczona — powiedział Shaun.

— Tak. — Pociągnęła nosem i odsunęła się, by na niego spojrzeć, a on uniósł dłoń i kciukiem delikatnie starł łzy z jej policzków. — Damy sobie radę — powtórzyła, tym razem pewniej, bardziej do siebie niż do niego.

— Nie mam najmniejszej wątpliwości, że nawet gdyby nikt nie miał ci pomóc, poradziłabyś sobie, Louise Baxter — powiedział cicho. — Jesteś naprawdę niezwykła, wiesz?

Uśmiechnęła się do niego nieśmiało, zastanawiając się, czy może teraz ją pocałuje, ale znów im przerwano — tym razem okrzykami zgrozy Bernadette, która zeszła ze schodów i zobaczyła dzwonek leżący na podłodze.

— Już to pani naprawię — powiedział Shaun, puszczając Louise i podnosząc dzwonek. Ona objęła się ramionami, czując brak jego ciepła, westchnęła i poszła po szufelkę i szmaty, żeby posprzątać wnętrzności, które Benjamin rozmazał po połowie podłogi, wychodząc ze sklepu.

— Dlaczego oni zawsze muszą wszystko jeszcze pogorszyć? — lamentowała Bernadette, ogarniając wzrokiem chaos. — Jak nie jedno, to drugie!

Zeskrobując wnętrzności z podłogi, Louise westchnęła z porozumieniem. — Mam już dość użerania się z nimi. Ojciec niech wraca jak najszybciej.

— A ty, Pyzo! — Bernadette chwyciła podlotka kota, gdy przemknął jej przy stopach. — Ty łobuziaku!

— Za to dobry kocur na myszy — zauważył Shaun z cichym śmiechem. — Jeśli wciąż tu będzie, kiedy dorobię się własnego domu, z chęcią go wezmę.

To znów rozgrzało Louise od środka; kolejny dowód, że Shaun myśli o długim pobycie w Hatfield. Skończył naprawiać dzwonek i pożegnał się wesoło, mówiąc, że musi jeszcze porozmawiać ze swoimi ludźmi. Louise miała wrażenie, że to nie tylko jej wyobraźnia podpowiadała, iż jego ostatnie spojrzenie było pełne tęsknoty za pocałunkiem, którego wciąż nie udało im się skraść.

ROZDZIAŁ 13

POŻAR!

Życie w Hatfield miało swój rytm, który Shaun zaczynał naprawdę sobie cenić. Przez nieustanny ruch dyliżansów — nawet o tej porze roku, kiedy rozsądni ludzie unikali podróży, jeśli tylko nie były absolutnie konieczne — w Red Lionie zawsze pojawiały się nowe twarze, a po mieście kręcili się przyjezdni. Pod tą krzątaniną kryli się jednak ludzie stateczni i pracowici.

Co nie znaczy oczywiście, że wszyscy byli bez skazy. W miasteczku było co najmniej czterech notorycznych pijaków, których regularnie wywalano z Red Liona albo ze Swana za wszczynanie bójek z niczego niepodejrzewającymi przybyszami, ale od dawna krążyła wieść, że lord Ferndale wynajął Shauna i jego ludzi, by schwytać podpalacza, i z tego, co mówiono, drobna przestępczość w Hatfield zauważalnie spadła, odkąd cała czwórka zaczęła swoje regularne nocne patrole.

Podpalacz, niestety, wciąż pozostawał na wolności. Shaun był bardziej niż kiedykolwiek przekonany, że to miejscowy — ktoś, kto znał zaułki i podwórza miasteczka i był dość sprytny, by wymykać się patrolom. Z miasteczka wychodziło kilka dróg, a przy wąskich traktach stały niezliczone odosobnione farmy i chaty. Właśnie tam podpalacz najczęściej uderzał. Niemal każdej nocy stodoła albo stajnia stawała w ogniu, a często nikt się nie orientował, dopóki pomarańczowa łuna nie rozświetliła nieba i budynku nie dało się już uratować.

To było tylko kwestią czasu, aż ktoś kolejny zginie, pomyślał ponuro Shaun, gramoląc się do łóżka nad ranem. Każdy pożar do tej pory wybuchał między dziewiątą a północą, więc był w miarę pewien, że o trzeciej może się zdrzemnąć, niczego nie przegapiając.

Ledwie wpadł w ten półsen, kiedy mięśnie zaczęły się rozluźniać, a ciało powoli ogrzewało się pod kołdrą po spędzeniu niemal całej nocy na zimnie. Głośny trzask w jednej chwili postawił go na równe nogi.

— Co do diabła? — wyskoczył z łóżka, chwytając spodnie i wpychając stopy w buty. Brzmiało tak, jakby dźwięk dobiegł od strony księgarni. Nie tracił czasu na wyglądanie przez okno — z łoskotem zbiegł po drewnianych schodach i szarpnął drzwi.

Na parterze księgarni były tylko dwa małe okna, ale nawet w ciemności, z drugiej strony ulicy, mógł dostrzec, że jedno jest wybite, a w środku tli się podejrzana pomarańczowa poświata.

— POŻAR! — ryknął, pędząc przez ulicę i tłukąc pięścią w drzwi. — POŻAR! LOUISE!

Dopadł do wybitego okna i zajrzał do środka, zastanawiając się, czy zdoła się przecisnąć przez wąską szczelinę, ale ledwo mieściła się tam jego głowa, o ramionach nie było mowy. — LOUISE! — Zawył jej imię jeszcze raz i tym razem usłyszał odpowiedź, której towarzyszył łoskot biegnących stóp.

Zatrzęsły się drzwi i Shaun dopadł do nich akurat, gdy

Bernadette je otwierała. Spojrzała na niego zbladła jak kreda, ale Shaun nie miał czasu na nic, tylko przemknął obok niej i ruszył ku źródłu pomarańczowej łuny.

Zastał Louise na czworakach, jak okładała ogień tym, co rozpoznał jako jej gruby zimowy płaszcz. Miała go już w połowie przygaszonego, a parę solidnych depnięć Shauna i kilka kolejnych wymachów płaszczem stłumiło ostatnie żarzące się iskry.

Shaun przez moment był wdzięczny, że wąskość okna sprawiła, iż lampa, którą podpalacz wrzucił do środka, wylądowała akurat w jednym z nielicznych miejsc, gdzie nie było książek — w niewielkiej niszy z dwoma fotelami i starym wełnianym dywanem na podłodze. Dywan się tlił, ale nie chciał się porządnie zająć; to głównie płonący olej z lampy powodował pomarańczową poświatę.

Louise klęczała na dywanie, ściskając przypalony płaszcz w dłoniach. Miała na sobie gruby szlafrok narzucony na koszulę nocną, ale bose stopy i włosy rozsypane po ramionach jasno mówiły, że spała twardo, kiedy doszło do ataku.

— Uważaj, gdzie stajesz — ostrzegł Shaun, gdy wstała; na podłodze leżały odłamki szkła z rozbitej lampy naftowej, która zdawała się być znakiem rozpoznawczym podpalacza.

Z zewnątrz dobiegały krzyki i do środka wszedł stajenny z gospody; pan Thomas był człowiekiem rozsądnym i Shaun zdążył się już zorientować, że ma słabość do pani Poole. Thomas przystanął, by sprawdzić, jak miewa się starsza pani, która stała skulona z Bernadette przy drzwiach, obie wyglądały na trochę oszołomione, po czym podszedł do Shauna.

— Niedobra sprawa — mruknął Thomas, a Shaun skinął głową.

— Musimy zabudować to wybite okno. Ma Pan deskę, która by pasowała?

— Aye, myślę, że coś się znajdzie.

Do sklepu wchodzili już kolejni — karczmarz, pan Haye, a za nim pobladły Riot Jones.

— Myśleliśmy, że już za późno na atak! — powiedział Riot szybkim walijskim.

— Ten drań rozgryzł nasz rozkład patroli — odparł ponuro Shaun w tym samym języku, a Riot zbladł jeszcze bardziej.

Louise podeszła do kontuaru i wróciła z szufelką i szczotką, klęknęła z powrotem i zaczęła zmiatać rozbite szkło.

Pan Thomas wrócił z kilkoma deskami, garścią przypadkowych gwoździ i młotkiem, i we dwóch z Shaunem zabrali się do zabijania wybitego okna.

— Moglibyśmy zrobić do nich wewnętrzne okiennice — powiedział zamyślony Shaun. — Żebyś mogła je otwierać w dzień i zamykać na noc. Zrobię to jutro, jeśli chcesz, Louise.

Riot parsknął rozbawiony. — *Louise* już, tak?

Shaun nagle uświadomił sobie, że kompletnie zapomniał mówić do niej „panno Baxter". W jego myślach była Louise niemal od chwili, gdy ją poznał, a kiedy zobaczył ogień w księgarni, krzyczał jej imię raz po raz i teraz...

Patrzyła na niego bardzo dziwnie, a on stał z młotkiem i kilkoma zapasowymi gwoździami zaciśniętymi w pięści.

I wtedy Shaun zorientował się, że w pośpiechu, by do niej dotrzeć, nie pamiętał, by chwycić koszulę.

Riot śmiał się z niego bez żenady, panu Thomasowi też drgały wargi, a nawet pani Poole, gdy minął ją już największy szok, patrzyła na niego z błyskiem w oku i figlarnym uśmieszkiem.

— Ja... — Shaun nie wiedział, gdzie się podziać. — Ja... najmocniej przepraszam, Lou... panno Baxter... Ja tylko... — Podał młotek panu Thomasowi i czym prędzej się wycofał, czując na sobie jej wzrok przez cały czas.

Musiałem ją nieomal przyprawić o zawał, zrugał się w myślach, uciekając z powrotem do pani Bell, mijając tłum gapiów, którzy zbiegli się, by zobaczyć, o co tyle hałasu. I całe szczęście, że było oczywiste, iż stał na zewnątrz księgarni, gdy wybuchł pożar, bo w tym stanie niechętnie odziany zapewne zostałby dziś zaciągnięty przed pastora i zmuszony do naprawienia czci Louise Baxter.

Nie żeby miał coś przeciwko temu, ale doprowadzenie pod przymusem do ołtarza w atmosferze skandalu zdecydowanie nie było sposobem, w jaki chciał prowadzić to zaloty.

Do cna zawstydzony, Shaun wrócił do pani Bell, by ubrać się jak należy. Choć czuł się głupio i jak ostatni dureń, rozumiał, że śmiech — choć kierowany pod jego adresem — był też wyrazem ulgi, że wszyscy są cali i księgarni nic się nie stało.

A najbardziej cieszył się, że Louise nie ucierpiała. Przynajmniej fizycznie. Miał nadzieję, że to zdarzenie nie będzie ją prześladować nocami i nie sprawi, że ta wspaniała kobieta zacznie bać się ludzi.

Była najodważniejszą kobietą, jaką kiedykolwiek spotkał.

W swoim pokoju zerknął w małe lusterko i sam siebie przeraził. Włosy sterczały mu na wszystkie strony po spaniu, a w spodniach pominął guzik. Co za obraz nędzy! Ale pośpiech to wróg elegancji.

Ubrany porządnie, przeciągnął szczotką po włosach i usiadł wysoko w łóżku, żeby przez resztę nocy mieć księgarnię na oku.

Determinacja pulsowała mu w żyłach, gdy ślubował, że dorwie podpalacza. Nie spocznie, dopóki go nie powstrzyma.

Było oczywiste, że podpalacz celowo bierze na cel księgarnię i Louise.

Pomyślał jeszcze chwilę i zaczął się zastanawiać... czy jego serce i umysł tak pochłonęła Louise, że przeoczył właściwy cel? Czy to panna Bernadette była tu prawdziwą ofiarą, a on to przeoczył?

Nie, to chyba niemożliwe. Bernadette pomagała ludziom, a oni odwdzięczali się jej wypiekami i płodami rolnymi — o ile mógł to ocenić. Celowanie w Bernadette miało jeszcze mniej sensu. Czy kogoś uraziła albo odrzuciła? To możliwe. Może odtrącony adorator nie pogodził się z jej decyzją i wyładowywał złość na miasteczku?

Mieszał życie z akcją romansów. Żadna z jego teorii dotyczących Bernadette nie trzymała wody.

Jedynymi, którzy publicznie sprzeczali się z Baxterami, byli pastor Millings — z ambony — i ich kuzyn Joshua. Millings z pewnością nie miał sił na takie wyczyny, a Joshua był zbyt niski i krępy.

Może to jakiś żołnierz, który wrócił bez perspektyw? Zdesperowani ludzie zrobią wszystko dla pieniędzy — a Louise mówiła mu, że Joshua jest jednym z najbogatszych w miasteczku. Czy Joshua płacił komuś, by zamienić ich życie w piekło?

Przeszedł go chłód na myśl, że tej nocy podpalacz wykorzystał ich ruchy i grafik patroli. Ufał Riotowi i braciom Fox, ale czy istniała szansa, że coś chlapnęli jakiemuś koledze po fachu?

Prędzej czy później podpalacz się potknie, a Shaun będzie tam, by go schwytać i oddać w ręce sprawiedliwości. To tylko kwestia czasu.

ROZDZIAŁ 14

Kolejna skrzynia

Louise ziewnęła i potarła zmęczone oczy, schodząc następnego ranka na dół, by wpuścić Rosie.

— Wyglądasz na wyczerpaną — powiedziała służąca. — Słyszałam, co się stało. Pomogę posprzątać na dole.

Louise wcale nie dziwiło, że Rosie wie o wczorajszej nocy. Pewnie już pół Hatfield wiedziało, a za parę dni w kościele wszyscy będą mieć pełną wiedzę.

Louise znów potarła oczy i wychrypiała: — Dzień dobry. — Po wczorajszym ataku nie mogła zasnąć całe wieki. Nawet gdy wszyscy, którzy pomagali, wrócili do domów, a ona, pani Poole i Bernadette wypiły po łyczku brandy, żeby uspokoić nerwy, sen wciąż nie przychodził.

Za każdym razem, gdy zamykała oczy, natychmiast je otwierała. Nie dlatego, że wciąż widziała ogień, lecz dlatego, że widziała kuszący tors Shauna Jacksona.

Nagle przypomniała sobie, by spojrzeć pod nogi, czy nie zostały jakieś makabryczne pamiątki po Crafty i Pie. Zostały, więc mruknęła coś o przyniesieniu szufelki do popiołu i ścierki.

— Zrobię to za panią, panno Louise — powiedziała Rosie.

— Jest pani zbyt dobra — odparła Louise, a oczy jej zaszkliły się łzami. Rosie była dla nich prawdziwym skarbem, a odkąd ona i Bernadette uczesały Louise na zabawę, służąca stała się wobec niej znacznie serdeczniejsza.

Przyszła Bernadette i zapaliła lampy, za nią zaraz pojawiła się pani Poole z rozpałką i krzesiwem, by rozpalić ogień w małym piecyku. Umieszczała ogień tam, gdzie jego miejsce, z daleka od czegokolwiek łatwopalnego i osłonięty solidną kratą.

Mimo to na widok płomieni Louise początkowo miała nerwowe tiki.

Tak łatwo było zbywać Shauna jako nadopiekuńczego, kiedy przepędził podpalacza. Ale teraz tamten wrócił i zadał cios. Chybiony, ale jednak cios. Czy odważy się na więcej?

Drzwi sklepu otworzyły się, dzwoneczek zabrzęczał. Wszedł mężczyzna, którego nagi tors odebrał jej wczoraj w nocy jakąkolwiek szansę na ponowne zaśnięcie, z skrzynią książek na ramieniu.

— Dzień dobry, panno Baxter — powiedział z całą należytą formalnością wobec obecnych.

Gdy Louise uspokoiła serce i odpowiedziała mu pozdrowieniem, czekała, aż przywita się z innymi. Ku jej zdumieniu nic takiego nie nastąpiło. Księgarnia zamilkła. Louise odwróciła się i zrozumiała, że wszyscy cichutko się ulotnili, jak tylko Shaun wszedł.

Gorąco buchnęło jej na twarz na myśl, że celowo zostawili ją samą z Shaunem.

Shaun powiedział: — Ta skrzynia właśnie przyjechała, więc pomyślałem, że ją wniosę.

— Proszę, postaw ją przy ladzie, przyniosę łom — odparła Louise, starając się brzmieć rzeczowo.

Z radością rozpoznała pismo na etykietach jako rękę ojca. Podważając górne deski i gdy gwoździe wyskakiwały, błagała w duchu Pana, by ojciec tym razem dołączył notkę lub list.

— Mam nadzieję, że udało się pani odpocząć wczoraj w nocy po ataku.

Wyciągnęła ostatnie gwoździe i odłożyła łom. — Ani oka nie zmrużyłam.

— U mnie to samo — odparł. — Zaczynam się zastanawiać, czy to nie jakiś żołnierz i czy Hugh albo John nie dali się namówić, żeby coś chlapnąć? Zatrudnili też jeszcze paru ludzi i musieli im powiedzieć, o których godzinach robimy obchody. Niewiele by trzeba, żeby podpalacz wydedukował, kiedy nie patrolujemy.

— Cóż, o tym zastanawialiśmy się od początku. — Wierzch skrzyni wypełniały szmatki, ulubiony sposób ojca na bezpieczne pakowanie książek. Same w sobie były doskonałe do zbierania „prezentów" Crafty i Pie. Louise wyjęła szmaty i podniosła pierwszą książkę. — Ale szczerze mówiąc, większość z nich wyjeżdża i wraca do domu. Myślę, że niewielu zostało w miasteczku od pierwszego ataku.

— A co, jeśli to żołnierz, dla którego Hatfield to właśnie dom? — odparł Shaun. — Muszą być ich dziesiątki.

Louise przyznała mu rację. — Ale wtedy dlaczego miałby mieć taką żądzę niszczenia własnego miasta? — zapytała.

Shaun westchnął, oparł się o ladę i skrzyżował ramiona na piersi. Tej pysznej, szerokiej piersi, którą widziała w całej jej nagiej okazałości poprzedniej nocy. Nie był wykuty jak greckie posągi, które widziała na rycinach, raczej masywny, z ciemnymi włosami kędzierzącymi się na szerokim kobiercu na klatce i zbiegającymi strzałką w cienką linię aż do pasa... i zapewne niżej.

Pamięć o tym zapiekła ją rumieńcem. *Nie powinnam o tym myśleć.* Spróbowała skupić się na tym, co mówił — coś o mężczyznach, którym rozum złamały wojenne okropieństwa.

— I sądzisz, że jedynym objawem tak złamanego umysłu byłaby skłonność do podpaleń? — zapytała sceptycznie.

— Ja... nie wiem — przyznał Shaun. — Panno Baxter... Louise...

Sposób, w jaki wypowiedział jej imię, przeszył ją dreszczem, i Louise musiała na moment przestać sortować książki, bo zaczęły jej drżeć ręce.

— Tak? — wydusiła cicho, cienkim głosem.

— Myślę, że powinna pani wyjechać.

— Słucham?! — *Myślała, a właściwie miała nadzieję, że zapyta, czy może ją pocałować, a on z czym wyjechał?*

— Z księgarni. Już dwa razy była pani celem. Trzy, jeśli liczyć, że poluzowała się tabliczka przeciwpożarowa. Sądzę, że pani, Bernadette i pani Poole powinny się wyprowadzić, dopóki podpalacz nie zostanie schwytany. Lord Ferndale z radością was ugości, jestem pewien...

— Absolutnie nie! — Louise była przerażona samą sugestią. Położyła dłonie na biodrach i zmierzyła Shauna groźnym spojrzeniem. — Ferndale Hall jest za daleko. Nie byłybyśmy w stanie otwierać księgarni. A jeśli księgarnia nie będzie otwarta, kuzyn Joshua będzie mógł twierdzić, że nie prowadzimy działalności w tym budynku!

— Zatem gdzie indziej, bliżej — zaproponował Shaun. — The Red Lion — państwo Haye bardzo panie cenią, na pewno znaleźliby pokoje...

— Zachowujesz się niedorzecznie — odrzekła Louise stanowczo. — To jest mój dom. Nigdzie się nie wybieram.

— A ty jesteś uparta! — Wyglądał niemal błagalnie. — Twoje bezpieczeństwo, twoje życie, jest tu najważniejsze.

— Nie wyprowadzę się i koniec.

Shaun powoli pokręcił głową, a usta zaciął mu cienki pasek. — Ta rozmowa jeszcze się nie skończyła.

— Owszem, skończyła.

Przerwał im — znowu! — pan Thomas, wchodząc z naręczem drewna, a Louise ze smutkiem pomyślała, że wspaniała okazja, by pobyć z Shaunem sam na sam, może nawet zostać pocałowaną, znów pójdzie na marne.

Przez następną godzinę mężczyźni krzątali się przy konstruowaniu wewnętrznych okiennic do małych okien na parterze. W dzień można je było otwierać, by wpuścić trochę światła, ale nocą dało się je zaryglować, by zapobiec kolejnym atakom.

Usunięcie prowizorycznych desek sprawiło, że mroźny wiatr wył przez wnętrze, ale nie było na to rady.

Louise usiadła za ladą i postanowiła napisać do Marie. Musiała wspomnieć o pożarze, ale gryzła się w policzek, zastanawiając się, jak to ująć. Marie była za daleko, by móc pomóc, a jeszcze zrobiłaby sobie krzywdę, gdyby próbowała pędem wracać do domu, zanim jej kostka całkiem by wyzdrowiała. „Nic strasznego, tylko podpalenie od faceta, który wciąż jest na wolności i według Shauna bierze nas na cel" — to z pewnością wprowadziłoby Marie w panikę.

Trzeba by też wyjaśniać Shauna Jacksona, przez którego Louise połowę czasu nie wiedziała, co jest grane!

W końcu coś napisać musiała, więc zdecydowała się na ogólniki i zapewniła, że wszystko jest pod kontrolą, a reszta Hatfield nad nimi czuwa.

Brutus i Ruth przyszli, by odkurzyć półki, które wymagały

nieco więcej pracy niż zwykle, bo wczorajszy pożar mógł zostawić na nich sadzę lub ślady oleju. Gdy przybył szklarz, zrobiło się jeszcze ciaśniej niż zwykle. Zmierzył okno i usunął odłamki szkła tkwiące w ramie. Louise zapłaciła mu z góry, a on obiecał, że nowe szyby będą wstawione w ciągu tygodnia.

Bernadette pojawiła się z koszem ziół i mikstur, ciepło opatulona przed pogodą. — Wrócę późnym popołudniem — powiedziała do Louise.

Shaun skinął jej na powitanie i rzekł: — Chwileczkę. Weź ze sobą Riota albo któregoś z braci Foxów dla bezpieczeństwa.

Bernadette zmarszczyła brwi. — Doceniam gest, ale, ech, mężczyzna podróżujący ze mną narobiłby więcej kłopotu.

Louise spojrzała na Shauna, który wyglądał jeszcze bardziej stanowczo niż wtedy, gdy sugerował wyprowadzkę z księgarni. Podeszła do niego, ujęła go pod ramię i odciągnęła na bok. — O co chodzi? — zapytała cicho.

Shaun zerknął na Bernadette, która stała przy drzwiach i najwyraźniej jeszcze nie zamierzała wyjść. Spojrzał z powrotem na Louise i równie ściszonym tonem odpowiedział: — Myślałem o tym. To, że księgarnia została dwa razy obrana za cel, każe mi się zastanawiać, czy to ktoś z urazą do którejś z was. Bernadette chodzi sama... i jest drobniutka.

W dołku żołądka Louise osiadł chłód.

— Przychodzi ci do głowy ktoś, kto mógłby mieć do niej żal? Odtrącony zalotnik, na przykład? — zapytał Shaun.

Nie odtrącony zalotnik — przynajmniej Louise nie przychodził nikt taki do głowy — ale z pewnością byli w miasteczku mężczyźni, którzy mogli uważać, że mają z Bernadette rachunki do wyrównania. Allan Jefferies, który tak bardzo chciał poślubić Sally Lewis, że wsadził jej dziecko do brzucha wbrew jej woli... a Bernadette dopilnowała, by do ślubu jednak nie doszło. I Allan był tylko najświeższym imieniem, które przyszło na myśl.

Nie zamierzała o tym wszystkim mówić Shaunowi, nie bez rozmowy z Bernadette. Każda kobieta w miasteczku wiedziała, co potrafią zioła Bernadette, i nawet Phoebe Baxter nie pisnęłaby o tym żadnemu mężczyźnie. Kobieta, która ośmieliłaby się złamać ten kod, mogłaby się przekonać, że w chwili największej potrzeby żadna akuszerka nie przyjdzie z pomocą.

— Pójdę z tobą, Bernadette — powiedziała Louise. — Daj mi chwilkę, tylko chwycę płaszcz. — Swoim dobrym zimowym płaszczem zdusiła ogień i teraz musiała używać cieńszego, który musiał wystarczyć mimo mrozu. Leżał tuż za ladą, a Louise wzięła przy okazji list do Marie. Potem zawołała do Ruth i Brutusa, by popilnowali sklepu.

Shaun zmarszczył brwi na widok Louise i Bernadette. Najmłodsza z sióstr Baxter przełożyła koszyk do drugiej ręki, dalej od jego spojrzenia. Louise posłała mu promienny uśmiech i wręczyła list do Marie. — Mógłby pan wrzucić go do najbliższej poczty?

— Oczywiście — odparł odruchowo i choć wciąż wyglądał na zdezorientowanego, nie zadał więcej pytań.

I dobrze. Sprawy Bernadette to sprawy kobiet. Mężczyźni nie muszą o nich wiedzieć.

Następnego dnia powóz z Ferndale podjechał pod księgarnię około południa. Brutus i Ruth czuli się już na tyle pewnie, by pilnować sklepu, żeby Bernadette, Louise i pani Poole mogły odwiedzić Ferndale Hall, a Rosie też zeszła, by posiedzieć z młodzieżą na wypadek, gdyby potrzebowali kogoś nieco starszego i pewniejszego siebie do pomocy.

Riot Jones czuwał przed sklepem, stojąc na ulicy i kiwając głową przechodniom. Louise zdziwiło, że nie było z nim Shauna, spojrzała więc w stronę domu pani Bell, czy nie obserwuje ulicy z okna.

Powód nieobecności Shauna stał się jasny, gdy dotarły do Ferndale Hall. Oto był ich obrońca, pogrążony w rozmowie z lordem Ferndale.

Shaun szeroko się uśmiechnął, kiedy ją zobaczył. — Spotykamy się ponownie. — Ujął jej dłoń i z wielką ogładą się nad nią skłonił.

— Zastanawiałam się, czemu nie widziałam pana dziś rano — powiedziała Louise, uświadamiając sobie w tej samej chwili, że nie tylko się zastanawiała, ale była rozczarowana. Przywykła już do tego, że wpadał jako pierwszy, często zanim zdążyła skończyć zdrapywanie „pamiątek" Crafty i Pie.

— Musiałem skonsultować się z lordem Ferndale. Chłopaki, których zatrudniłem, robią, co mogą, ale to duże miasteczko i jeszcze większa okolica do objęcia. Potrzebujemy większej straży, a nasza sikawka jest przestarzała... są teraz dostępne znacznie lepsze modele.

— I lord Ferndale za to zapłaci? — Louise zerknęła na starego barona, który uśmiechał się serdecznie, słuchając paplaniny pani Poole.

— Aye. Powiedział, że to taniej niż odbudowywać kolejne stodoły, a ludzi i tak nie da się opłacić, żeby ich zastąpić. — Twarz Shauna spoważniała.

— To święta prawda. — Louise nagle uświadomiła sobie, że pannny Yates nie ma w salonie, by je powitać. — Gdzie jest panna Yates, lordzie Ferndale? — zapytała.

— Florence nie czuła się dziś rano najlepiej. Przysłała ze służącą wiadomość, że zje śniadanie w łóżku. — Lord Ferndale wyglądał na nieco zaniepokojonego. — Brakowało mi jej uśmiechu przy śniadaniu, rzadko tak zostaje na górze.

Bernadette zerwała się na równe nogi, a Louise wraz z panią Poole poszły za nią prosto na górę, nie czekając ani chwili. Wszystkie były bardzo przywiązane do tej kochanej starszej pani, i jeśli mogły cokolwiek zrobić, by ulżyć jej dolegliwości, nie było czasu do stracenia.

— Halo, moje drogie! — Panna Yates podniosła wzrok z radosnym uśmiechem, kiedy niemal wpadły do jej sypialni. Zamiast leżeć blada i słabowita, siedziała przy oknie, w pełni ubrana, z filiżanką herbaty pod ręką.

— Lord Ferndale mówił, że nie czuła się pani dobrze? — odezwała się Bernadette, nieco zdyszana po biegu po schodach.

— Och, Arthur, zawsze robi zamieszanie. — Panna Yates pokręciła głową z wesołym chichotem. — Uderzyłam palcem u nogi w nocnik i pomyślałam, że dam mu odpocząć, zamiast schodzić na dół przez chwilę!

— Florence! — jęknęła pani Poole, chwytając się za serce. — Ależ nas pani nastraszyła.

Panna Yates zachichotała i wskazała ręką na szezlong naprzeciwko. — Moje drogie, naprawdę, siadajcie. Poślę po Anne z herbatą i ciastem.

— A pani pozwoli mi obejrzeć ten palec — powiedziała stanowczo Bernadette. — Na wypadek, gdyby to było coś więcej niż stłuczenie.

— Dobrze, dobrze. — Panna Yates pozwoliła Bernadette obejrzeć stopę i poruszać palcem, podczas gdy pozostałe usiadły. — A teraz, Louise. — Rzuciła jej filuterny uśmieszek. — Jak spodobał ci się nasz inny gość dziś rano? Widziałam, że pan Jackson przed chwilą przybył. Cóż za dorodny mężczyzna.

— Myślę, że stajnie dzierżawne wypożyczyły mu konia pociągowego, wielkie bydlę, na którym wjechał dziś rano! — Panna Yates uśmiechnęła się znacząco. — Nie zdziwiłabym się, gdyby wkrótce kupił sobie konia, przy tej ilości jeżdżenia po okolicy. Zdaje mi się, że Arthur ma ładnego konia myśliwskiego, którego zamierza sprzedać i który uniósłby ciężar pana Jacksona; wspomnę mu o tym.

Pani Poole powiedziała to, co pomyślała Louise: — Nie jestem pewna, czy to mieści się w budżecie pana Jacksona.

Panna Yates wybuchnęła śmiechem. — Nie w jego budżecie? Dobry Panie Boże, Alison, nie mówiłam ci jeszcze? Arthur wypytał go o sytuację. Ten człowiek ma przyzwoitą fortunę!

Usta Louise rozwarły się ze zdumienia.

Panna Yates spojrzała na nią z szerszym uśmieszkiem. — Aż nadto, by kupić porządny majątek... i utrzymać żonę.

Rumieniec Louise, który już bladł, znów buchnął jej na policzki, gdy wszyscy spojrzeli na nią i zachichotali.

— Och, z prawdziwą przyjemnością opowiem o tym Phoebe Baxter, kiedy zobaczę się z nią w przyszłym tygodniu na zebraniu Komitetu Hatfield Gardens — powiedziała pani Poole, wyraźnie uradowana, gdy służąca panny Yates wniosła herbatę.

— W końcu dostała się do jakiegoś komitetu? — zapytała Bernadette.

— Tak, po śmierci naszej drogiej pani Flyte, niech spoczywa w pokoju, zwolniło się miejsce — potwierdziła panna Yates, po czym zwróciła się z powrotem do pani Poole: — I koniecznie powiedz jej, ile tego jest. — Panna Yates upiła łyk herbaty i uśmiechnęła się, wyglądając zupełnie jak Crafty po dorwaniu się do śmietanki. — Dwadzieścia. Tysięcy. Funtów.

ROZDZIAŁ 15

Gdzie jest dym

Frustracja zżerała Shauna, że podpalacz tak długo pozostawał na wolności. Gdy nadeszła kolejna niedziela, towarzyszył braciom Fox na katolickim nabożeństwie w St Peter's, żeby sprawdzić, czy wypatrzy kogoś o podobnej sylwetce do podpalacza, którego tamtej nocy pogonił sprzed księgarni.

Mógł opisać sprawcę swoim ludziom, ale był pewien, że gdyby go zobaczył, od razu by go poznał. O ile mógł stwierdzić, dotąd tylko on widział tego łotra — i to wcale nie najlepiej, bo w ciemnościach.

Jeden z mężczyzn w kościele zdawał się pasować, ale gdy się odwrócił, Shaun szybko pojął, że jest zbyt stary, bo miał przy sobie laskę. Zdecydowanie nie był to wysportowany młodzieniec, którego ścigał.

Po nabożeństwie gawędził z braćmi Fox w drodze z powrotem do Red Lion.

— Ma konia? Tak się porusza? Musi, co nie. Odległości, jakie pokonuje... kawał drogi jak na piechura — zapytał Hugh.

— Słuszna uwaga — powiedział John. — Powinniśmy sprawdzić, czy czegoś nie brakuje w stajniach.

Ta wiadomość postawiła Shauna na baczność. Podpalacz z nimi igrał, zmieniał nawyki, żeby utrzymać ich w niepewności, kiedy znowu uderzy.

Chytry jak lis.

Pożegnał braci i wrócił do swojego pokoju u pani Bell, żeby przespać kilka godzin. Wbił gwóźdź w świecę, mniej więcej pół cala od góry, tak by, gdy wosk stopnieje podczas wypalania, gwóźdź odpadł i uderzył o blaszany świecznik, budząc go.

Stało się to jego rutyną: czuwać całą noc nad księgarnią, rano zajrzeć do Louise, a potem złapać parę godzin snu za dnia, gdy po ulicach kręciło się zbyt wielu ludzi, by podpalacz mógł zrobić cokolwiek niezauważony.

Co drugi wieczór gdzieś wybuchał pożar. Stodoła albo stary domek na obrzeżach miasteczka, ale za każdym razem po innej stronie Hatfield. Doprowadzało to do szału strażaków-ochotników, bo oni też nie spali. Biegali wszędzie, najpierw szukając ognia, a potem próbując go stłumić, zanim rozprzestrzeni się dalej. W dzień również czekała ich robota, a przez brak snu wielu z nich popełniało błędy albo doznawało urazów.

To z kolei zajmowało doktora Rasleya znacznie bardziej, niż był do tego przyzwyczajony, i on także robił się opryskliwy. Miasteczko zwyczajnie nie funkcjonowało tak, jak powinno, przy takiej dozie niepewności i strachu.

W drodze, by sprawdzić, co u Louise, następnego ranka, zobaczył Riota przed księgarnią — jak zwykle na warcie. Czy było z jego strony samolubne, że chciał strzec Baxterów, podczas gdy inne budynki stawały w płomieniach?

— Dzień dobry, Panie Riot — powiedział. — Doceniam

pańską sumienność, ale w dzień nie trzeba pilnować księgarni. Jestem pewien, że w biały dzień, przy tym całym ruchu na ulicy, nic im nie grozi.

— Dzień dobry, Panie Jacksonie — odparł Riot z lekkim rumieńcem. — Panna Louise... Baxterowie są dla pana ważni, więc dla mnie także.

Shaun poczuł, jak wstydliwy żar wspina mu się na twarz. Czy był teraz aż tak czytelny? Naprawdę tracił wyczucie, odkąd tak długo nie rozwiązał żadnej sprawy. — Doceniam pańską troskę i jestem pewien, że Baxterowie także.

W czasie gdy rozmawiał z Riotem, obok przeszedł wysoki mężczyzna i wszedł do księgarni. Shaun odwrócił głowę, by za nim spojrzeć, i po chwili z żalem stwierdził, że choć wzrost się zgadza, to mężczyzna ma zbyt szerokie barki i stąpa płasko, inaczej niż szczupły, zwinny podpalacz. *Nie ten, kogo szukam.*

Było w nim jednak coś znajomego i Shaun przez moment próbował sobie przypomnieć, gdzie go już widział.

Na zabawie! Właśnie. To był ten farmer, który tańczył z Louise — i rozśmieszył ją.

A teraz wchodził do księgarni.

Tam, gdzie była Louise.

Shaun odszedł, choć Riot był w pół zdania, pozostawiając Walijczyka w osłupieniu.

Pan Stratforth — Shaun przypomniał sobie już jego nazwisko — opierał się o ladę i uśmiechał się do Louise, kiedy Shaun pospiesznie wszedł za nim do księgarni. Spojrzenie Louise przemknęło do Shauna i skinęła lekko głową w geście, którego Shaun zdążył się już nauczyć: „Jestem z klientem, podejdę do ciebie za chwilę".

Przez moment stał niezręcznie, niepewny, co ze sobą zrobić. Właściwie nie wiedział nawet, dlaczego tak popędził za farmerem do środka. Nie sądził ani przez chwilę, by Louise groziło niebezpieczeństwo. Nie ze strony tego niezdary, który nieporadnie pytał, czy ma w sprzedaży książki o hodowli bydła mlecznego. Już mu się cisnęło na język uszczypliwe pytanie, czy człowiek ten nie wie, jak dbać o własne krowy, ale Louise nie podziękowałaby mu za bycie niegrzecznym wobec płacącego klienta.

Louise przyniosła książkę i pokazała ją panu Stratforthowi, ich głowy pochyliły się zbyt blisko siebie jak na gust Shauna. Nie mógł na to patrzeć. W końcu odwrócił się i wyszedł ze sklepu, zanim powiedziałby albo zrobił coś głupiego.

— Zazdrość to paskudna rzecz — rzucił Riot, a Shaun odwrócił się do zbyt przenikliwego Walijczyka plecami i potupał w dół ulicy.

Nim się spostrzegł, stanął przed sklepem, do którego rzadko zaglądał — pasmanterią, w której panie z Hatfield kupowały materiały, wstążki i różne inne drobiazgi. Sklep miał większą witrynę niż większość i Shaun zatrzymał się, przyciągnięty czymś na wystawie. Po chwili popchnął drzwi i wszedł.

— Czy mogę panu pomóc, panie Jackson? —

Wytężał pamięć o imieniu właścicielki; spotkał ją kilka razy w kościele. Pani Brownlee? Tak.

— Dzień dobry, pani Brownlee. Ja... ten płaszcz w witrynie. Czy on jest na sprzedaż? —

— Owszem, jest. — Kobieta uśmiechnęła się do niego. — Niewiele sprzedajemy gotowej odzieży, ale czasem szyję coś pokazowego.

— Wygląda na dość długi... —

— Łatwiej skrócić zbyt długie niż rozczarować panią, że za krótkie! — pani Brownlee zachichotała soczyście.

— Zastanawiałem się, czy byłby dość długi dla panny

Louise Baxter. — Przyjrzał się płaszczowi, gdy pani Brownlee zdjęła go z manekina i podała mu. Gruba, porządna wełna, praktyczny ciemnoniebieski kolor, kilka guzików z masy perłowej z przodu i rozcięcia, przez które dama mogłaby wysunąć dłonie, by z nich korzystać.

— Myślę, że tak właśnie może być — odparła z rozbawieniem pani Brownlee.

— Jej płaszcz został zniszczony w pożarze księgarni tamtej nocy — wyrzucił szybko Shaun. — Pomyślałem... żeby go jej zastąpić.

— To bardzo hojnie z pana strony, panie Jackson. Jaki miły gest. Jestem pewna, że mogę panu zejść z ceny, zważywszy... —

— Był pewien, że może. Utargowali krótko, po czym wyciągnął z kieszeni monety i odliczył uzgodnioną sumę. Pani Brownlee owinęła płaszcz w brązowy papier i związała sznurkiem.

Z pakunkiem pod pachą ruszył z powrotem ulicą, mając nadzieję, że ten durny farmer wziął już książkę i poszedł.

Skinął ponownie Riotowi, gdy się minęli. Do tego czasu dotarła już Rosie i również przywitała Riota radosnym — Bore da — co wywołało u Walijczyka szeroki uśmiech.

Kiedy wszedł do księgarni, liczył, że pana Stratfortha dawno już nie będzie. Nic z tego. Farmer i Louise żywo dyskutowali, a gdy Shaun wszedł, Louise od razu powiedziała: — Powinien pan opowiedzieć panu Jacksonowi wszystko, co pan pamięta. —

Z pakunkiem pod pachą Shaun stał, gdy farmer relacjonował swoją historię.

— Chłopak był prawie tak wysoki jak ja — zaczął farmer. — Przyłapałem go, jak próbował coś rzucić na dach. Podbiegłem i zawołałem, żeby się pokazał, to zawrócił i przyłożył mi w głowę. Miał jakąś pałkę. Uwalił mnie na miejscu! Jak się ocknąłem, jego już dawno nie było, a dach się palił. Inni musieli zobaczyć płomienie, bo szybko się zebrali i ugasiliśmy. Szkód co niemiara, ale nie tak źle, jak mogło być. —

Krew w żyłach Shauna zastygła. Zazdrość poszła w niepamięć, odłożył pakunek na ladę i zaczął wypytywać farmera dalej.

— Udało się panu dobrze mu się przyjrzeć? —

Pan Stratforth pokręcił głową z powagą. — Niestety nie. Miał na sobie płaszcz z kapturem i ten zasłaniał mu sporą część twarzy. Ale to był mężczyzna, poznałem po linii szczęki i po wzroście — prawie jak ja! Szczupły, ale silny. Jak mnie trafił, to zemdlałem i nie widziałem, w którą stronę uciekł. —

Shaun wypuścił ciężko powietrze. Podpalacz stawał się coraz groźniejszy — nosił broń, żeby obezwładniać ludzi, a przy odpowiedniej sile mógł nawet zabić.

— Jak się ma pańska głowa? —

— Boli, nie zaprzeczę. Chłopak był silny. —

— Powinien się pan pokazać doktorowi Rasleyowi, może pan potrzebować laudanum, żeby to przetrwać. —

Wtedy weszła Bernadette z małą butelką z korkiem w dłoni. — Proszę bardzo, panie Stratforth. Będę wdzięczna, jeśli zwróci pan butelkę, gdy już będzie po wszystkim. —

— Wielkie dzięki, panno Bernadette. I pani również, panno Louise, za podpowiedź z nalewką pańskiej siostry. Słyszałem, że Rasley pracuje od świtu do nocy, leczy poparzonych i innych pokiereszowanych przez tego łotra, wybaczcie dosadne słowo. Młoda panna Bernadette też pewnie ma pełne ręce roboty z pomaganiem ludziom. —

— Lubię pomagać ludziom — powiedziała Bernadette z zadowoleniem.

— Cóż, to na pewno pomoże — rzekł farmer, żegnając ich wszystkich.

Weszła Rosie, przywitała się, a potem weszła po schodach, by zacząć pomagać pani Poole przy sprzątaniu.

Shaun przeszukiwał myśli, zastanawiając się, czy istnieje jakiś związek między pożarami, Bernadette a doktorem. Wydawało się to niemożliwe, ale niczego nie mógł wykluczyć.

Czy ludzie szli do Bernadette zamiast do zacnego doktora? Odkąd zaczęły się pożary, on sam miał pełne ręce roboty. To nie mógł być sam doktor — był za niski i krępy, nie wspominając o wieku. Wcale nie tak wysoki, by trafić pana Stratfortha w bok głowy, ani dość zwinny, by potem uciec. Może jednak wynajął kogoś do brudnej roboty, żeby podnieść własne notowania w oczach mieszkańców?

Doprowadzał się tymi teoriami do obłędu. Analizowanie rachunków i lewej księgowości było o wiele prostsze i szybsze do rozwikłania!

Pakunek na ladzie leżał tam, gdzie go położył. Na litość, gdzie podziała się jego koncentracja?

— Ach, mam coś dla ciebie — powiedział, podając Louise pakiet.

— Och! — Jej zaskoczenie sprawiło mu czystą radość. Ostrożnie rozwiązała sznurek i rozłożyła brązowy papier. — O mój Boże! — powiedziała, unosząc płaszcz. Po chwili podeszła bliżej lampy na ścianie, by przyjrzeć się mu lepiej. — Jest przepiękny! —

— Zniszczyłaś swój dobry płaszcz, a ten, w którym chodzisz, jest stanowczo za cienki. Gdybym lepiej wykonał swoją pracę, miałabyś nadal stary, żeby cię grzał. —

— Jesteś bardzo uprzejmy — powiedziała, promieniejąc, gdy trzymała płaszcz przed sobą.

Widział, że upewnia się, czy ramiona są dość szerokie, zanim go włoży.

— Jeśli nie będzie leżał idealnie, pani Brownlee chętnie go dopasuje — zaproponował.

Louise przytuliła zwinięty płaszcz do piersi na moment.

— Pomóc ci go założyć? —

Zarumieniła się rozkosznie i skinęła głową.

Przytrzymał go dla niej, a ona wsunęła najpierw jedną rękę, potem drugą, i poprawił płaszcz na jej ramionach. Z tak bliska poczuł zapach lawendy i cytryn i o mało nie przestał trzeźwo myśleć.

— Leży znakomicie — powiedziała. — I będzie mi bardzo ciepło. — Obróciła się powoli, by mógł nasycić wzrok jej widokiem.

Przykleił dłonie do boków, by powstrzymać się od wyciągnięcia ich ku niej.

ROZDZIAŁ 16

Kolejny pożar

Niedziela znów nadeszła niepostrzeżenie. Shaun czekał przed księgarnią, by odprowadzić Louise, Bernadette i panią Poole do kościoła.

Louise miała na sobie nową pelerynę, w której wyglądała niemal królewsko. Gdy podał jej ramię, spojrzała na niego z promiennym uśmiechem. — Zapomniałam zapytać, ale nie przyszedłeś w zeszłym tygodniu ani do kościoła, ani do Ferndale Hall. Byłeś na patrolu?

— W pewnym sensie — odparł. — Bracia Fox są katolikami, więc poszedłem do ich kościoła, żeby sprawdzić, czy ktoś odpowiada opisowi podpalacza.

— Rozumiem, że bez skutku?

— Zupełnie bez skutku. To doprawdy frustrujące.

— Opis pana Stratfortha brzmi bardzo podobnie do twojego, więc mam nadzieję, że jest tylko jeden podpalacz, a nie dwóch — powiedziała Louise.

Shaun nagle się zatrzymał. — Dlaczego sam na to nie wpadłem?

— Ale przecież nie ma dwóch, to ten sam wysoki mężczyzna, prawda?

Znów miał ochotę kopnąć się w kostkę za to, że jest takim gamoniem. Tak skupił się na Louise, że zapomniał, jak wykonywać swoją pracę. Może jednak było ich dwóch, dlatego potrafili tak szybko przemieszczać się po miasteczku. Być może jeden z nich zawsze miał pałkę, a nie że to nowa okoliczność?

Postanowił wykorzystać czas w kościele, by modlić się o odpowiedzi, bo dotychczas niezawodne metody przestały działać.

Zastali państwa Ferndale w dobrym zdrowiu przed kościołem, a powitanie było serdeczne. Gdy panie rozmawiały z panną Yates, on zdał lordowi Ferndale relację z najnowszych wydarzeń.

— Choć nie przepadam za panem Baxterem — wyznał Shaun — jest sędzią pokoju, więc przekazuję mu informacje. Nie traktuje tego tak poważnie, jak powinien. Kolejni ludzie mogą zginąć, a doktor Rasley wygląda na wyczerpanego.

Doktor właśnie szedł w ich stronę, a za nim Joshua, Phoebe i Benjamin Baxter; chłopak powłóczył nogami, skulony z zimna, z rękami głęboko wsuniętymi w kieszenie.

— Straszne rzeczy, te pożary — powiedział dr Rasley.

— Istotnie — przytaknął lord Ferndale. — Ale nie mam wątpliwości, że pan Jackson jest o krok od przełomu i wkrótce zostaniemy oszczędzeni tego niemal nocnego terroru.

Ton lorda Ferndale brzmiał pewnie, w wyraźnym kontraście do niepowodzeń Shauna.

Joshua zganił Benjamina: — Przestań się garbić, chłopcze! — Potem przerwał rozmowę i zwrócił się do lorda Ferndale: — Czy nie moglibyśmy porozmawiać o czymś bardziej krzepiącym w dzień Pański?

— Tak, racja — powiedział dr Rasley, lecz tonem jasno pokazującym, że wcale nie zgadza się z Joshuą. — Broń Boże, byśmy mieli okazywać troskę o naszych współmieszkańców.

Benjamin mruknął coś, co zabrzmiało jak: — Dobrze na tym wychodzisz.

Twarz dr. Rasleya spłonęła rumieńcem i podniósł głos. — Trzymaj język za zębami! Jak śmiesz tak odzywać się do starszych!

Shaun musiał kaszlnąć, by stłumić śmiech, gdy Benjamin prychnął i odwrócił się na pięcie. Kiedy wchodzili do środka, Joshua zganił go ponownie: — Wyprostuj się, na miłość boską, i patrz na mnie, kiedy do ciebie mówię!

A więc Joshua jednak potrafił zganić najstarszego syna. Twarz Benjamina poczerwieniała z wściekłości, ale chłopak milczał. Kłopoty się tam gotują, pomyślał Shaun. Benjamin już teraz był wyższy od ojca, mimo zgarbionych pleców. Jeszcze parę lat i trochę mięśni, a Joshua będzie miał nie lada kłopot, jeśli chłopak postanowi się postawić.

Louise dotknęła ramienia Shauna i poprowadziła go do ławki państwa Ferndale, by usiadł z nimi — przyjemności, której za nic by sobie nie odmówił. Siedzenie u jej boku i dzielenie się modlitewnikiem było cudowne, taka mała chwila spokoju, w której mógł zapomnieć o wszystkim, co tak ciążyło mu na sercu. Jej twarz była spokojna w plamkowanym, kolorowym świetle wpadającym przez witraż za ołtarzem i zatracił się w patrzeniu na nią podczas jednostajnego kazania proboszcza, aż nagle zaskoczyła go, wstając — uświadomił sobie, że kazanie nareszcie dobiegło końca.

Pośpiesznie podniósł się i on, a Louise posłała mu rozbawione spojrzenie. Wiedziała, że nie słuchał, ale czy wiedziała, że gapił się na nią cały czas? Zapiekły go uszy, miał nadzieję, że nikt nie zauważył, lecz rozbawione spojrzenie Bernadette rozwiało te złudzenia.

Zostali zaproszeni do Ferndale Hall na niedzielny obiad, a powóz państwa Ferndale miał ich potem odwieźć. Około połowy doskonałego posiłku Shaun uświadomił sobie, że zaczyna myśleć o Yatesach i Baxterach jak o swojej rodzinie. Właściwie nawet lepiej niż rodzina; jego ojciec zawsze był zajęty bankowością, a matka — cicha, nieobecna duchem, zbyt pochłonięta własnymi sprawami, by szczególnie przejmować się Shaunem. Tutaj lord Ferndale bezustannie interesował się, co porabia, a panna Yates i pani Poole z zapałem go matkowały, powtarzając, że koniecznie musi wziąć jeszcze plaster pieczonej wieprzowiny albo spróbować marchewek pieczonych w miodzie.

Ja tego chcę. Chcę tego wszystkiego.

Najbardziej jednak chciał Louise — rozpromienionej, uśmiechniętej, gdy z dumą opowiadała pannie Yates o swojej nowej pelerynie.

Podpalacz jednak sprawiał, że Shaun zaczynał się czuć jak nieudacznik. Czy lord Ferndale przychyli się do jego starań o rękę Louise, jeśli nie złapie sprawcy? Musiał to doprowadzić do końca, i to szybko, żeby mógł porządnie zająć się zalotami do Louise z pełną uwagą, na jaką zasługiwała.

* * *

Droga powrotna do Hatfield upłynęła w miłej atmosferze, mimo że w trakcie podróży zaczął sypać śnieg, więc Shaun nie przeciągał pożegnań z paniami. Odprowadził je bezpiecznie do księgarni, pomachał odjeżdżającemu powozowi, po czym ruszył do Czerwonego Lwa, by znaleźć swoich ludzi, którzy właśnie kończyli ciepły posiłek przed wyjściem na patrole.

— Idź się przespać, szefie — powiedział pogodnie Hugh Fox. — Pogoda parszywa, a podpalacz nie lubi zimna ani mokrego.

To prawda; jak dotąd tylko raz doszło do pożaru w noc, gdy sypał śnieg albo padał deszcz. Najpewniej podpalacz zostanie dziś w domu, w cieple i suchości własnego łóżka, pewnie zadowolony z siebie na myśl o strażnikach przemarzniętych do szpiku kości.

— Będę z wami patrolował do północy — ustąpił Shaun.

Tej nocy obowiązek objeżdżania okolicy przypadł Hugh i Johnowi; stajnia znała ich już dobrze i na rachunek lorda Ferndale dostarczyła parę porządnych koni. Bracia Fox ruszyli w padający śnieg z latarniami, a Shaun i Riot przez chwilę dzielili między sobą ulice, które mieli obchodzić.

Przy padającym śniegu Hatfield było dziś ciche, chyba że stało się tuż pod jednym z dwóch zajazdów; nawet tam jednak gwar z izby wydawał się przytłumiony, pomyślał Shaun, dreptając obok Łabędzia, z pięściami głęboko wsuniętymi w kieszenie ciężkiego płaszcza, żeby nie zmarzły.

Nikogo nie było na ulicach. Jedyny raz, gdy zobaczył kogoś innego, to Riota na drugim końcu ulicy, gdy ich trasy się skrzyżowały. Walijczyk pomachał mu i poszedł dalej.

Skręcił za róg i maszerował dalej, a jego buty wybijały na kocich łbach znajomy rytm, wryty mu w duszę po latach marszów przez kontynent.

Zegar kościelny wreszcie wybił północ i Shaun postanowił zakończyć obchód po obecnej trasie. Mijał właśnie pogrążoną w ciemności księgarnię i skręcał, by przejść przez ulicę do pani Bell, kiedy daleki dźwięk kazał mu stanąć i odwrócić się.

Czy to było krzyczenie?

— Pożar! — usłyszał gdzieś na zachodzie i krew mu zmroziło.

Dom stał już w ogniu, kiedy Shaun dobiegł tam na złamanie karku, bez tchu. Riot był już na miejscu; walił w drzwi i krzyczał do sąsiadów po angielsku i po walijsku, żeby wychodzili, nim ich domy też zajmą się ogniem.

— Ktoś jest w środku? — krzyknął Shaun.

— Nie wiem! — odkrzyknął Riot. Jego angielski się poprawiał, ale w stresie zdarzało mu się zapominać. — Nie dało się wejść!

Shaun widział dlaczego. Dom był starym domkiem z grubym, strzechowym dachem, który już płonął wesoło. Płomienie buchały z każdego okna, a żar był tak silny, że musiał szybko się cofnąć, kiedy spróbował podejść bliżej.

Drzwi frontowe były zamknięte, więc pobiegł na tył domku. Małe tylne drzwi również były mocno domknięte. Nigdzie nie widział rozbitej szyby i zaczął się zastanawiać, czy to na pewno podpalenie, a może tym razem jakaś awaria pieca albo inny wypadek.

Zajechała rozklekotana sikawka wraz z kilkoma mężczyznami ze straży pożarnej; pospiesznie rozwijali wąż, spuszczając go do studni, i zaczęli pompować.

— Skupcie się na domach sąsiadów — zawołał do nich Shaun. — Tu już za późno.

Hugh Fox nadjechał cwałem, zeskoczył z konia i stanął obok Shauna, patrząc, jak płomienie wzbijały się coraz wyżej.

— Święta Mario, Matko Boża — mruknął Hugh. — Wiesz, czyj to dom?

Shaun pokręcił głową, a w żołądku zakotłował mu strach.
— Czyj?

— Doktora Rasleya.

— Och. — Shaun nie zwykł kląć, ale uznał, że okoliczność do tego uprawnia. — Cholera.

— Miejmy nadzieję, że był u chorego…

Stali w milczeniu, obaj wiedząc, że to mało prawdopodobne. Stary doktor rzadko wychodził po zmierzchu, zostawiając nagłe przypadki nocne akuszerkom.

Dopiero nad ranem ogień wreszcie dogasł i niewiele zostało już do spalenia. Shaun odesłał Riota i braci Foxów, sam zaś ostrożnie wszedł wciąż dymiącą ruinę, modląc się, by spróchniała deska nie zapadła mu się pod stopą i nie zrzuciła go do jakiejś niewidocznej piwnicy.

Kilka minut później wyszedł z powrotem i pokręcił głową, z posępną miną. — Nikt nie mógł nic zrobić. Dajcie temu ostygnąć, zanim wejdziecie zbierać to, co zostało.

Nie czekał na ich ciche przytaknięcia, tylko odszedł, ze zmęczenia zgarbiony, z jedną myślą w głowie.

Chciał zobaczyć Louise. Zobaczyć jej uśmiech, zanurzyć się w jej spokojnej, pewnej obecności. Nogi same zaniosły go prosto do księgarni i do środka, gdzie podniosła na niego wzrok, z żalem w oczach.

— Słyszałaś już — powiedział twardo.

— Że dom doktora Rasleya spłonął i nikt go nie widział? Tak.

— Znalazłem go w środku. Najwyraźniej wciąż spał w łóżku, kiedy dym go udusił.

— Och, Shaun. — Wstała, obeszła ladę i objęła go, a on przycisnął się do niej, jakby była kotwicą w sztormie, wtulił twarz w jej włosy i wypuścił z gardła niski jęk frustracji i bólu.

— Muszę zobaczyć się z lordem Ferndale — powiedział po chwili, odzyskując nieco panowania nad sobą.

— Oczywiście. — Odstąpiła kroczek, spojrzała na niego, po czym uniosła dłonie i ujęła jego twarz, najwyraźniej nie zważając na sadzę i swąd dymu. — Znajdziesz podpalacza, Shaun. Wiem, że znajdziesz. A to nie jest twoja wina. Jego zbrodnie? Nie są twoją winą.

Ona zawsze zdawała się wiedzieć, co powiedzieć, by postawić go do pionu, pomyślał Shaun, wychodząc z księgarni i kierując się do stajni po konia.

Dopiero w połowie drogi do Ferndale Hall uderzyło go to z całą mocą.

Nazwała mnie Shaunem.

***

Lorda Ferndale przeraziła wieść o doktorze Rasleyu, lecz zaraz potem stary baron spoważniał i zamyślił się, stukając palcem w dolną wargę.

— Choć to tragiczne, nadarza się sposobność, na którą czekałem od dawna — powiedział lord Ferndale. — Doktor Rasley miał... powiedzmy, *przestarzałe* poglądy. Wiem, że on, akuszerki i aptekarz, a nawet panna Bernadette, mieli poważne spory o to, jak leczyć pacjentów. Sam też różniłem się z nim filozoficznie. Kilka razy zderzyliśmy się na posiedzeniach rady miasta.

Shaun skinął głową, doskonale świadom tego ostatniego. Choć doktor Rasley nie był może jednym z najbliższych popleczników Joshuy Baxtera, to obaj zwykle się zgadzali, a Joshua zdawał się wręcz lubować w sprzeciwianiu się każdej propozycji lorda Ferndale.

— Myślę więc, że to znakomita okazja, by sprowadzić nowego lekarza z mojego wyboru. — Lord Ferndale spojrzał na niego wprost. — I sądzę, że byłby pan idealnym reprezentantem. Pojechałby pan dla mnie do Londynu i odwiedził Medical and Chirurgical Society, panie Jackson? Przy okazji mógłby pan zamówić tę nową sikawkę.

Shaun zawahał się, rozważając. Żadne z tych zadań nie było proste; spotkania i rozmowy z lekarzami zajęłyby kilka dni, jeśli miał wybrać dobrego kandydata. Musiałby zostać w Londynie.

Wstyd mu było, że pierwszą myślą była Louise, a nie to, jak wiele szkód podpalacz może w tym czasie wyrządzić.

— Wiem, że myśli pan o podpalaczu — powiedział lord Ferndale, częściowo trafnie. — Ale pańscy ludzie mają teraz nie mniejszą szansę go schwytać niż pan. Proszę nająć kilku dodatkowych, jeśli pan chce, żeby patrolowali, póki pana nie będzie.

— Nie jestem pewien... — powiedział Shaun. — Czy nie ma pan kogoś w Londynie, kto mógłby się tym zająć, milordzie?

— Pan zna to miejsce, wie, czego potrzebuje Hatfield. Mój człowiek w Londynie nie — odparł lord Ferndale. — Ufam, że zrobi to pan jak należy, panie Jackson.

Na to niewiele mógł odpowiedzieć. Shaun skłonił się, podziękował lordowi Ferndale za zaufanie, wyszedł na zewnątrz i znów wsiadł na konia. Był wyczerpany po nieprzespanej nocy, ale im szybciej dotrze do Londynu, tym szybciej będzie mógł wrócić, więc wrócił do Hatfield, oddał konia do stajni i wstąpił do Czerwonego Lwa, by kupić bilet na najbliższą dyliżansową linię na południe, która odjeżdżała za godzinę. W sam raz, by wepchnąć do torby kilka rzeczy i wpaść do Louise, powiedzieć jej, dokąd jedzie. Może zdrzemnie się w dyliżansie.

Louise była na swoim zwykłym miejscu za ladą, robiła z Brutusem coś, co wymagało bardzo cuchnącego kleju, skóry i starej książki. Gdy zobaczyła, że Shaun wchodzi, wytarła ręce i wyszła zza lady.

— Muszę jechać do Londynu — powiedział bez wstępów. — Lord Ferndale chce, żebym znalazł nowego lekarza i kupił też nową sikawkę.

— Och. — Jej twarz na moment posmutniała, ale uśmiechnęła się zachęcająco. — Dobrze, że lord Ferndale darzy cię takim zaufaniem!

— Mam wrażenie, jakbym go zawodził, bo wciąż nie złapałem podpalacza — przyznał Shaun.

— Wiem. — Położyła mu dłoń na ramieniu, kojąco poklepując. — Ale to nieprawda, przecież to wiesz. Nikt nie mógłby zrobić więcej niż ty. I złapiesz go, wierzę w ciebie.

Spojrzał na jej dłoń i zmarszczył brwi, widząc brudny rękaw. Nie przebrał się przed wizytą w Ferndale Hall, choć lord Ferndale był na tyle uprzejmy, by nie wspominać o sadzy. Naprawdę powinien zmienić ubranie i przynajmniej umyć twarz i ręce, zanim wsiądzie do dyliżansu.

— Muszę już iść. Wsiadam o drugiej, ale chciałem zobaczyć cię przed wyjazdem i powiedzieć, że nie będzie mnie co najmniej kilka dni.

— Rozumiem. — Jej oczy zalśniły. — Dziękuję, że przyszedłeś mi powiedzieć.

— Jestem pewien, że Riot później wpadnie — przekażesz mu? Teraz będzie spał, noc była długa. Lord Ferndale powiedział, że możemy nająć więcej ludzi do patroli, Riot i bracia Fox będą wiedzieli, komu ufać...

Uniósłszy dłonie tak jak wcześniej, ujęła jego twarz. — Nie spałeś. Dlaczego nie poczekasz i nie pojedziesz jutro?

Pokręcił głową. — Im szybciej pojadę, tym szybciej wrócę do ciebie. — Nie zamierzał wypowiadać tych dwóch ostatnich słów, ale same mu się wymknęły, a miękki uśmiech, który rozkwitł na twarzy Louise, sprawił, że cieszył się, iż to zrobił.

— Będę tutaj — powiedziała cicho. — A może, kiedy wrócisz, zaczniesz się rozglądać za porządnym własnym domem?

— Myślę, że tak zrobię. — Trudno mu było oddychać pod wpływem jej spojrzenia. Czy powinien ją pocałować?

Lekki szelest obok sprawił, że oderwał wzrok od Louise akurat na tyle, by zobaczyć Ruth, która wyszła spomiędzy regałów i znieruchomiała na widok jego i Louise stojących tak blisko, z jej dłońmi na jego twarzy. Brutus też gapił się na nich zza lady, z oczami wielkimi jak spodki.

Nas pierwszy pocałunek nie powinien mieć widowni. I pewnie nie powinien się zdarzyć, kiedy jestem taki umorusany — pomyślał Shaun, cofając się o krok i dostrzegając sadzę na palcach Louise, gdy jej dłonie opadły. Nie mógł jednak na tym poprzestać, więc ujął jej dłonie i podniósł je do ust, całując po kolei w kostki najpierw jednej, potem drugiej ręki.

— Wrócę tak szybko, jak będę mógł — przyrzekł.

Niósł w sobie wspomnienie jej uśmiechu przez następne pół godziny pośpiesznego mycia, przebierania się, pakowania i wskakiwania do dyliżansu. Opierając się o burtę, wyglądał przez okno na księgarnię, z nadzieją, że choć na chwilę jeszcze ją zobaczy... i była — stała w drzwiach i machała mu na pożegnanie.

— To pańska żona? — zapytała dociekliwie starsza kobieta siedząca naprzeciw, gdy Shaun z zapałem odmachiwał.

— Nie — odparł Shaun, uśmiechając się szeroko i zapadając w siedzenie. — Jeszcze nie. *Wkrótce* — obiecał sobie.

Załatwi w Londynie sprawy lorda Ferndale, wróci i złapie tego przeklętego podpalacza, kupi dom, by mieć Louise coś realnego i namacalnego do zaoferowania poza własnym sercem, a potem... tak.

Wkrótce.

ROZDZIAŁ 17

Marie wraca do domu

Dwa tygodnie później Louise zganiła się za to, że była samolubna z powodu nieobecności Shauna. Tęskniła za nim aż do bólu, co kontrastowało z jej dumą, że lord Ferndale powierzył zadanie sprowadzenia do miasteczka nowego lekarza właśnie Shaunowi Jacksonowi, i tylko Shaunowi Jacksonowi.

Wiele osób nosiło czarne opaski na ramieniu z szacunku dla doktora Rasleya; wśród nich Louise, Bernadette i pani Poole. Może same nie potrzebowały jego usług, ale reszta miasteczka potrzebowała i wciąż potrzebuje.

W duchu Louise przyznała, że zaczęła się zastanawiać, czy Rasley nie żywił urazy do Bernadette za jej działalność na rzecz kobiet. Ale te kobiety cierpiałyby w milczeniu zamiast iść ze swoimi kłopotami do mężczyzny, więc przecież nie odbierała mu pacjentek.

Mimo to nie mogła przestać roztrząsać, czy doktor Rasley nie był w to wszystko w jakiś sposób zamieszany. Czy to dlatego nigdy nie było go wieczorami, gdy trzeba było pomóc poszkodowanym? Jego gospodyni zawsze mówiła, że śpi.

A jeśli tylko tak jej mówił na wymówkę, a tymczasem całe noce spędzał na podpalaniu?

— Rozpędzam się — mruknęła. Pokręciła głową, wpisując liczby do księgi rachunkowej. Ich zsumowanie wymagało skupienia, którego zupełnie jej brakowało, bo myśli miała zajęte Shaunem i tajemniczym podpalaczem.

Po kilku bezowocnych minutach odsunęła księgę na bok i zostawiła ją do czasu, aż Shaun wróci do domu.

Bernadette weszła z dworu, z twarzą zaróżowioną od zimna. Tuż za nią szedł Brutus, chwycił za drzwi, zanim się domknęły, by dzwonek nie zadzwonił za głośno. Nie chciała brać ze sobą żadnego z wojskowych ludzi Shauna dla ochrony, więc Brutus zgłosił się na ochotnika. Nie był tak wysoki ani tak groźny jak byli żołnierze, a chętnie siedział i czytał, dopóki nie był potrzebny, by odprowadzić Bernadette z powrotem do sklepu.

— Czy to źle, że daję pierwszeństwo rodzinie Allomów, bo płacą pasztecikami z wieprzowiną? — powiedziała Bernadette z uśmiechem.

— Trudno nie mieć ulubieńców — przyznała Louise. — Odłóż mi połówkę, proszę.

Dzwonek nad drzwiami znów zadźwięczał i Louise aż wydała z siebie okrzyk zaskoczenia na widok siostry.

— Marie! — W jednej chwili zapomniała o pasztecikach i wyskoczyła zza lady, by objąć siostrę na powitanie. — Och, Marie, jak się cieszę, że jesteś w domu!

Bernadette z radosnym piskiem dołączyła do powitania.

— Tak bardzo za wami tęskniłam — powiedziała Marie.

— Jak się spisał hrabia D...

Do sklepu wszedł za Marie rosły mężczyzna, choć nie tak wysoki ani barczysty jak Shaun. Zdjął kapelusz, by ich powitać.

— Louise, Bernadette, to jest hrabia *Renwick*. — Marie posłała jej wymowne spojrzenie. — Proszę pana, to są moje siostry, panna Louise i panna Bernadette, a to mój kuzyn, panicz Brutus Baxter, i to panna Ruth Millings.

Wszyscy wykonali należne dygnięcia i ukłony. Hrabia odpowiedział ciepłym uśmiechem, który zmarszczył kąciki jego oczu, i rzekł: — Niezmiernie mi miło panie poznać. Panno Louise, z tego, co rozumiem, zwłaszcza pani winienem podziękowanie za to, że moje książki dotarły w doskonałym stanie.

— To bardzo uprzejme, proszę pana — odparła Louise. — Odetchnęłam z ulgą, kiedy Marie przekazała tę dobrą wiadomość.

Po schodach zeszła pani Poole i powiedziała: — Zdawało mi się, że słyszałam dobre wieści. — Uścisnęła Marie serdecznie. — Tak miło cię widzieć. Jak twoja kostka?

— Bardzo dobrze, całkiem się zagoiła — odparła Marie. — Mam za to podziękować jego lordowskiej mości.

— Panna Baxter była znakomitą pacjentką — powiedział lord Renwick, bawiąc się rondem kapelusza.

— Pozwoli pan, że to wezmę — zakrzątnęła się pani Poole, zabierając mu kapelusz i rękawiczki i kładąc je na ladzie.

To było urocze spotkanie po długiej rozłące i Louise nie mogła się oprzeć myśli, że hrabia Wymagający na żywo wydaje się o wiele życzliwszy niż w korespondencji.

Za hrabią weszło też dwóch chłopców i rozglądali się dokoła z szeroko otwartymi oczami; Marie przedstawiła ich jako synów hrabiego, George'a i Richarda. Louise uznała, że są mniej więcej w wieku Brutusa, i zasugerowała, by Brutus pokazał im sklep, szczególnie półkę z książkami przygodowymi, które chłopcy w tym wieku zdają się szczególnie lubić. Biorąc pod uwagę, ile ich ojciec regularnie wydaje na książki, na pewno mógłby przeznaczyć kilka szylingów na lekturę dla synów!

— Wybierzcie sobie, jakie tylko chcecie — zawołał za nimi hrabia, potwierdzając przypuszczenia Louise, po czym spojrzał z powrotem na Marie, a jego twarz złagodniała. — A gdzie znajdę książki, o które prosiła panna swoje siostry, by mi odłożyły, panno Baxter?

Marie spojrzała na Louise, która się zarumieniła, pamiętając treść wielu z tych książek. — Są w zamykanej szafce pod ladą — przyznała. — Już je panu wyjmę.

Patrząc, jak hrabia i Marie pochylają się razem nad książkami, Louise naszło pewne podejrzenie. Sposób, w jaki Renwick patrzył na Marie, przypomniał jej, jak Shaun patrzył na nią tuż przed wyjazdem do Londynu. Jak patrzył na nią nie raz, kiedy podejrzewała, że może rozważa pocałunek.

Ale przecież hrabia Renwick i jej siostra... nie, to zupełnie niedorzeczne, pomyślała Louise i odsunęła tę myśl.

— Nie mogę uwierzyć, że to hrabia Wymagający — szepnęła Bernadette, podchodząc do Louise, która krzątała się przy porządkowaniu półki biblioteki wypożyczalni.

— Wiem! On jest miły! — Louise zerknęła zza krawędzi półki i znów zobaczyła to spojrzenie, które hrabia posyłał Marie. Ściszyła głos do szeptu. — I myślę, że on może być w niej zadurzony.

— Co takiego! — Oczy Bernadette zrobiły się okrągłe jak spodki i ona też zerknęła zza półki. — No proszę. Patrzy na nią dokładnie tak, jak pan Jackson patrzy na ciebie, masz rację!

W końcu hrabia zakończył wybór książek i zawołał synów, mówiąc z lekkim żalem, że muszą się pożegnać i zjeść posiłek w The Red Lion, zanim udadzą się do swoich pokoi. Rano wyjeżdżali do Eton, dokąd odwoził chłopców do szkoły. George i Richard dołożyli do stosu jeszcze kilka książek, a hrabia zapłacił Marie z pogodnym uśmiechem.

Renwick sięgnął po rękawiczki i kapelusz, po czym nagle zastygł. — A to co? — Kapelusz się przechylił i wyraźnie był nierówny w wadze. Z jego wnętrza podniósł się kot Pie z głośnym „miau" niezadowolenia.

Renwick roześmiał się serdecznie na ten widok. — No proszę, panno Marie, mówiła pani, że potrzebuję kota!

Marie zakryła twarz dłońmi ze zgrozy.

Louise powiedziała: — To jest Pie, pełne imię Pied Piper, i rzeczywiście musimy znaleźć mu dom. To znakomity koci łowca. — Powstrzymała się od opisu upodobania Pie do zostawiania wszędzie wnętrzności wypatroszonych gryzoni. Przynajmniej Crafty miała tyle taktu, by swoje resztki składać w jednym miejscu za ladą.

Rozległ się wesoły śmiech, gdy hrabia delikatnie uścisnął Pie'owi łapę.

— Och, naprawdę możemy go mieć, tato? — zapytał jeden z chłopców — jaśniejszy blondyn; Louise uznała, że to George.

— Hm — zamyślił się hrabia. — Przypuszczam, że mógłbym wracać tędy po wizycie w Londynie. Czy zatrzymałaby go pani dla mnie przez tydzień lub dwa, panno Baxter? — zwrócił się do Marie.

— Oczywiście! Jestem pewna, że będzie miał wspaniałe życie, tropiąc myszy w Alston Castle dla pana. — Marie wyglądała na szczęśliwą i Louise podejrzewała, że to ze względu na perspektywę ponownego spotkania, gdy hrabia wróci. Co takiego się między nimi działo? Będzie musiała zadać siostrze mnóstwo pytań!

— Wpadniemy rano, zanim wyruszymy do Eton — powiedział hrabia, szykując się do wyjścia.

W tym momencie dzwonek zadźwięczał i do sklepu wszedł Shaun.

— Wróciłeś! — zawołała Louise z radością, a Shaun posłał jej szeroki uśmiech, zanim jego spojrzenie padło na Renwicka i rozszerzyły mu się oczy.

— Proszę pana — powiedział.

— Pan! — Renwick wyglądał równie zaskoczonego, choć wyraźnie zadowolonego, i wyciągnął rękę do uścisku. — Bardzo miło pana znów widzieć, panie... — urwał, zerkając na obserwujące ich siostry Baxter.

— Jackson — rzekł Shaun. — Shaun Jackson. I tak, to moje prawdziwe nazwisko.

— Sierżant? — spytał Renwick.

— Właściwie pułkownik, ale teraz jestem na emeryturze.

To była najdziwniejsza rozmowa, jakiej Louise kiedykolwiek była świadkiem! Oczywiste, że obaj panowie się znają, ale równie oczywiste, że Renwick nie miał bladego pojęcia, jak Shaun się nazywa ani jaki miał stopień wojskowy. A „pułkownik" był znacznie wyższy, niż Louise kiedykolwiek podejrzewała.

— O co w tym wszystkim chodziło? — zapytała, gdy Renwick z synami wyszli, a Marie poszła na górę z Bernadette rozpakować rzeczy.

Shaun oparł się o ladę, uśmiechając się do niej, a w kącikach oczu pojawiły się zmarszczki, które zawsze sprawiały, że nogi jej miękły. — Renwick zajmował dość wysokie stanowisko w War Office, nadzorował zaopatrzenie wysyłane po całym Kontynencie. Kilka razy raportowałem mu bezpośrednio, ale jako agent pod przykryciem, regularnie przenoszony do różnych pułków, cały czas zmieniałem tożsamość. Nigdy nie znał mojego prawdziwego nazwiska.

— Iście szpiegowskie historie! — Zdawało się, że bez końca odkrywała w Shaunie coś nowego i wszystko to ją fascynowało. — *Pułkownik*.

— W stanie spoczynku — odparł stanowczo. — Sprzedałem stopień. Zwykły pan Jackson. Albo... Shaun, jeśli wolisz.

Gorąc wypłynął jej na policzki. Tego poranka po pożarze w domu doktora nazwała go Shaunem całkiem nieświadomie. Wyrwało jej się to, gdy zobaczyła go tak wyczerpanego, emocjonalnie i fizycznie do cna wyciskanego.

Dzwonek zadźwięczał, gdy wszedł klient, i Louise w duchu zaklęła na to przerwanie. Czy było jej pisane, by nigdy nie znaleźć z Shaunem chwili sam na sam, żeby powiedzieć mu, co czuje? On cofnął się z uprzejmym uśmiechem, by mogła zająć się klientem, który okazał się podróżnym przejazdem szukającym rzadkich książek. Louise posłała Shaunowi przepraszający uśmiech, uświadamiając sobie, że nie uwinie się z tym szybko.

— Muszę iść pomówić z lordem Ferndale'em — powiedział cicho Shaun. — Wpadnę jutro, pewnie będziesz chciała spędzić wieczór z siostrą, skoro już bezpiecznie wróciła.

⁂

Następnego popołudnia Marie odpoczywała na górze — wyglądała na zupełnie wykończoną po długiej podróży do domu. Pani Poole i Rosie sprzątały, Brutus dostał zadanie odprowadzenia Ruth do domu, a Bernadette poszła z nimi, by zanieść pani Millings tonik na bóle głowy. Shaun przyszedł i stał teraz za ladą, szybko sumując dzienne liczby w księdze.

Louise stała u jego boku w pustym sklepie, a jej dusza rwała się do niego.

— Nagle zrobiło się tak cicho — powiedziała z nutą tęsknoty.

— Przepięknie cicho — odparł, odkładając pióro do kałamarza. Odwrócił się do niej i sięgnął po jej dłoń. — Czas nagli — dodał z uśmiechem pełnym obietnicy.

Jej dłoń w jego dłoni była na właściwym miejscu. Kciuk muskał wierzch jej dłoni i uniósł ją do ust. Oddech Louise zadrżał i w duchu modliła się, by nikt im nie przerwał, nawet koty. Zbliżyła się do niego, a serce zaczęło bić w oczekiwaniu jak oszalałe.

— Czy mam przekręcić klucz w drzwiach? — zapytał.

Pokręciła głową i powtórzyła jego słowa: — Czas nagli — i uniosła ku niemu twarz.

Jego usta musnęły jej usta najdelikatniejszym szeptem, po raz kolejny dowodząc, że ten wspaniały, silny mężczyzna potrafi być lekki i czuły, gdy chwila tego wymaga. Jej dłoń dotknęła jego karku i przyciągnęła go bliżej. Z uniesieniem w sercu i drżeniem ciała pogłębili pocałunek. Nie liczyło się nic poza dotykiem jego warg. Zapach jego skóry drażnił jej zmysły, gdy dłońmi pieściła silne mięśnie karku. Jego ramiona objęły ją w pasie, przytulając ich mocno do siebie.

Louise rozkoszowała się tym pięknym momentem. On odsunął się na sekundę, a ona zaczerpnęła tchu, ale Louise wcale nie miała dość.

Pocałowała go znowu, biorąc go w posiadanie. Teraz należał do niej całkowicie. Jakby kiedykolwiek mogło być co do tego wątpliwości.

A ona należała do niego — całą duszą i sercem.

Odrabiając stracony czas, Louise objęła jego szerokie

ramiona. Jej wargi rozchyliły się z westchnieniem. Odpowiadając jej zapałowi, Shaun musnął językiem brzeg jej ust.

Rozkosz!

Na schodach rozległy się kroki i oboje odskoczyli od siebie.

— Och! — Marie stała na podeście, z oczami okrągłymi z szoku.

Shaun odchrząknął, czerwieniejąc. W gardle Louise zabulgotał śmiech. — Dobrze, że to Marie, a nie kuzyn Joshua!

Shaun nic nie powiedział, ale jego ramiona zatrzęsły się od tłumionego śmiechu.

Marie prychnęła i wróciła na górę.

Mimo że Louise była upojona szczęściem po tym, że wreszcie znalazła chwilę, by pocałować Shauna — i to tak cudownie — zauważyła łzy w oczach siostry. — Wygląda na zasmuconą, lepiej do niej pójdę.

Shaun nie skończył sumowania, ale odwrócił się do Louise i podarował jej jeszcze jeden pocałunek. Odsunął się odrobinę, ich czoła oparły się o siebie. — Jesteś niezwykła.

Louise zachichotała i skradła mu jeszcze jeden szybki całus, po czym sama ruszyła na górę.

Mogłaby chodzić w chmurach. Prawie nie czuła stopni pod stopami, gdy wbiegała po schodach.

Marie siedziała przy stole, opierając twarz na dłoni.

Pani Poole nad nią krzątała się troskliwie. — Prawie nie tknęłaś drożdżówki z porzeczkami.

Ku zgrozie Louise, Marie rozpłakała się, wielkie, ciężkie łzy spływały jej po policzkach. Louise podbiegła i objęła siostrę.

— Och, Marie, tak mi przykro, że wpadłaś na mnie i Shauna, jak się całujemy...

— Chwileczkę, całowałaś pana Jacksona? — zdumiała się pani Poole, ale Louise machnęła ręką.

Marie pokręciła głową, tłumiąc szlochy. — Nie o to chodzi, Lou, ja... ja go kocham, i... i...

— I wróci za kilka dni po Pie'a, więc znów go zobaczysz. — Louise starała się zabrzmieć krzepiąco, ale w duchu się wahała. Od pierwszej chwili, gdy zobaczyła ich spojrzenia, czuła, że coś się dzieje. Skoro ich najstarsza siostra miała zostać baronową, dlaczego Marie nie mogłaby zostać hrabiną?

Renwick rzeczywiście wrócił po kilku dniach, kupił jeszcze parę książek i zabrał Pie'a, ale potem znów wyjechał po jakiejś kłótni z Marie! Marie niemal cały czas przepłakiwała w swoim pokoju, zupełnie niezdolna podjąć zwykłych obowiązków w księgarni. Louise i Bernadette były o nią rozpaczliwie zatroskane.

Shaun był tak zajęty, że Louise ledwo go widywała; przywieziono nową sikawkę strażacką i trzeba było przeszkolić straż w jej obsłudze. Do tego doszedł nowy kłopot: Benjamin Baxter naprzykrzał się Ruth.

Louise już od pewnego czasu martwiła się o Ruth. Córka pastora była cichutka i na ogół jakby nieobecna, rzadko kiedy zdobywająca się choćby na uśmiech. Jej ojciec był okropny, najgorszy typ kaznodziei od ognia i siarki, a matka — zastraszona myszka, która wciąż kładła się do łóżka z bólem głowy, co przy takim mężu nie dziwiło.

Ruth była jednak najpiękniejszą dziewczyną w całym Hatfield, choć miała dopiero czternaście lat. Idealnie jasna, owalna twarz, wielkie błękitne oczy i włosy jak ze złotej przędzy. Nic dziwnego, że młodzieńcy z Hatfield odwracali się za nią na ulicy, ale Benjamin był sprytnym chłopakiem, który zdawał się mieć bez liku czasu i nie miał skrupułów, by zajść dalej niż na samo podziwianie. Co prawda nie naprzykrzał się Ruth w księgarni ze strachu przed Louise i jej łomem, ale potrafił czaić się na zewnątrz, czekając, aż Ruth wyjdzie po sprawunki, i wtedy ją nagabywać. Louise czuła ulgę, że wkrótce wyjedzie do szkoły.

— Niech jedzie do szkoły jak najszybciej — powiedziała ponuro do Marie, która po dwóch dniach płaczu wreszcie wyszła z pokoju i siedziała za ladą, sprawdzając księgę rachunkową.

— Kto jedzie do szkoły? — zapytała Marie bezbarwnie, nawet nie podnosząc wzroku.

— Benjamin!

To zainteresowało Marie. — Dlaczego? — Podsunęła okulary na nosie i wpatrzyła się w Louise. — I dokąd?

— Do jakiejś szkoły w Oksfordzie. Joshua w końcu zrozumiał, że Benjamin nie dostanie uniwersyteckiego wykształcenia gentlemana, jeśli ledwo umie czytać. Znaleźli mu coś w Oksfordzie. Wkrótce wyjeżdża, na szczęście!

Crafty obeszła ladę i wskoczyła na kolana Marie. — No cześć, dziewczyno — wymruczała Marie, tuląc kota. — Tęsknisz za synkiem? — Pociągnęła nosem.

— Jeśli znowu masz zamiar płakać, to lepiej wróć na górę — powiedziała Louise.

Marie posłała jej spojrzenie spod byka, choć oczy jej zaszkliły się łzami. — Bo twoja miłość układa się wspaniale! Mogłabyś mieć odrobinę współczucia.

— Przepraszam. — Było jej przykro; nie chciała być nieuprzejma. Patrząc, jak Crafty daje się tulić — nawet kotka zdawała się litować nad Marie — Louise zawahała się, po czym powiedziała: — Marie, myślę, że powinnaś do niego napisać.

— Do Renwicka? — Marie stłumiła szloch. — Nie ma sensu. On jest hrabią, a ja... tylko sobą.

— Nie jesteś „tylko" nikim. Jesteś Marie Baxter, jesteś

mądra i wyjątkowa, i znacznie ładniejsza, niż ci się wydaje, a on patrzył na ciebie tak, jakbyś zawiesiła na niebie księżyc i gwiazdy. Jego synowie też! — Louise pochyliła się i odgarnęła siostrze mokry policzek z kosmyka włosów. — Twoje serce nie jest już tutaj, prawda?

Marie bezgłośnie pokręciła głową.

— Musisz mu powiedzieć — rzekła łagodnie Louise. — Zaryzykuj, Marie. Powiedz mu, co czujesz. Co masz do stracenia?

— Chyba masz rację... — odparła Marie powoli. — Albo on nie czuje tego samego i już nigdy się nie zobaczymy, albo...

— Albo on też cię kocha i wróci po ciebie. Ale jeśli nie napiszesz, skąd ma wiedzieć, że go chcesz? — spytała Louise rzeczowo, myśląc, że zakochanie najwyraźniej doszczętnie zrujnowało zwykle znakomite zdolności dedukcyjne Marie.

— Masz rację. Masz całkowitą rację! — Marie zerwała się na równe nogi, strącając Crafty, która z oburzonym miałknięciem pognała w siną dal, i pobiegła na górę, zapewne, by zacząć pisać list.

Z westchnieniem Louise podniosła przewrócony taboret i znów usiadła za ladą.

Przynajmniej Shaun pomoże mi z rachunkami — pomyślała z lekkim uśmiechem, zamykając księgę i odkładając ją na później. Czuła się niemal winna, że jest taka szczęśliwa, gdy Marie cierpi, ale miała nadzieję, że miała rację co do sposobu, w jaki Renwick patrzył na Marie. Zdawało jej się, że ten list trafi na bardzo chętnego adresata, a wtedy Marie wyjedzie do Kumbrji na dobre.

ROZDZIAŁ 18

Podejrzani i podejrzenia

Ruth wróciła późnym popołudniem, blada i zmartwiona, z jednym z czeladników z drukarni u boku.

— Co się stało? — żołądek Louise ścisnął się na widok, jak bardzo dziewczyna jest roztrzęsiona.

Czeladnik powiedział: — Panno Louise, pan Black poprosił, żebym dopilnował, by wróciła cała i zdrowa. Pan Baxter robił zamieszanie.

Louise zawołała do pani Poole, by zaparzyła herbatę, zamknęła drzwi sklepu i zaprowadziła Ruth na górę.

— Ten Benjamin to istny szkodnik — powiedziała Louise, gdy usiadły przy stole. — Powinnam była iść zamiast ciebie. Benjamin wie, że nie toleruję złego zachowania.

Wątłe dziecko wtuliło twarz w ramię Louise i powiedziało: — Próbowałam go ignorować, ale nie dawał mi spokoju.

— To mała świnia — mruknęła pani Poole, podając kruche ciasteczka.

— Cóż, z tego, co wiem, jutro wyjeżdża do szkoły — powiedziała Louise. — Więc nie będzie ci już zatruwał życia.

Louise i pani Poole zgodnie skinęły głowami.

Później Louise koniecznie odprowadziła Ruth do domu, po drodze witając wielu życzliwych mieszkańców. Benjamin nie pokazał się, co Louise uznała za szkodę — niosła pod płaszczem łom.

Następnego ranka Shaun wyjaśnił, że spóźnił się bardziej niż zwykle, bo znów w nocy wybuchł pożar i musiał powiadomić lorda Ferndale'a. — Próbowałem też przekazać wiadomość twojemu kuzynowi, ale był zajęty odprowadzaniem syna na dyliżans do szkoły i nawet nie chciał ze mną rozmawiać.

Serce Louise podskoczyło do gardła. — Czy ktoś ucierpiał?

— Nikt. Właściwie nowa sikawka spisała się znakomicie i szybko ugasili ogień.

— Co za ulga — powiedziała, wyciągając ręce po objęcie.

Przytulił ją mocno i dodał: — Jeszcze mnie nie zapytałaś, gdzie to było.

Poczuwszy się winną, że myślała tylko o jego ramionach, a nie o zniszczeniach, spytała niepewnie: — Nie u Ferndale'ów?

— Nie, nie u nich. Tym razem celem był drukarz.

Usta Louise rozwarły się ze zdumienia. — Tyle papieru! — wyszeptała.

— Owszem. Gdyby prasa pracowała, papier zająłby się w okamgnieniu. A tak, akurat skończyli druk i nie było w niej papieru. Świeże ryzy leżały jeszcze w magazynie.

— Dzięki Bogu za drobne łaski — powiedziała Louise.

Shaun ujął jej dłoń, a ona zmiękła pod jego dotykiem. — Pewnie nie spałaś.

— Wyśpię się innym razem. Masz jakąś księgę do sprawdzenia?

Zachwycona, że chce spędzić z nią więcej czasu, Louise

niemal podtańczyła na swoje miejsce za ladą. Nagle stanęła jak wryta, gdy wdepnęła w mysie wnętrzności. Sprzątanie tego natychmiast przywróciło prozę życia.

— To ma sens, że podpalacz wybiera miejsca pełne papieru — zamyśliła się. — Księgarnia i drukarnia. No i oczywiście stodoły ze starego drewna albo pełne siana.

— Ta — przytaknął Shaun.

— Ale czemu atakować ludzi? Zwłaszcza starego nauczyciela z żoną i miejskiego lekarza? Dlaczego krzywdzić tych, którzy całe życie służyli społeczności? — Gdy tylko wypowiedziała te słowa, fala mdłości zapiekła ją w gardle. — Chyba wiem, kto to może być.

Głowa Shauna gwałtownie się odwróciła, oczy rozszerzyły. — Co powiedziałaś?

Miała jego pełną uwagę, więc wyszeptała tak, by nikt nie usłyszał: — Myślę, że to może być Benjamin.

— Twój kuzyn? — w głosie Shauna zabrzmiała troska. — Ten starszy chłopak, który dokucza Brutusowi?

Louise skinęła. — Widziałeś go w akcji?

— Cóż, tak, ale co innego drażnić młodszego brata, a co innego podpalać domy z ludźmi w środku.

— Wiem, ale... wczoraj jeden z czeladników pana Blacka musiał odprowadzić Ruth do nas, bo Benjamin paskudnie ją nękał. A potem tej samej nocy wybuchł pożar właśnie tam.

Szczęka Shauna się zacisnęła, oddech spłycił. — Doktor Rasley zrugał go i przepędził, a niedługo potem...

Louise zakryła usta dłońmi.

Shaun pokręcił głową. — Wydaje się za młody. Myślałem, że chłopcy szkolni mają przecież godzinę policyjną. Mógłbym sobie w brodę pluć, że nie zwróciłem uwagi. Ma odpowiednią posturę jak na mężczyznę, którego ścigałem, ale pomyślałem, że ze względu na wiek... W ciemności nie widziałem jego twarzy.

Louise powiedziała: — Znam go dużo dłużej i też niczego się nie domyślałam.

— Marne to pocieszenie — westchnął ciężko Shaun. — Tak czy siak, chłopak już wyjechał; jego rodzina właśnie go żegnała pod podcieniem Czerwonego Lwa.

— Jeśli to on, to znaczy, że pożary ustaną.

— Logice nie można nic zarzucić — powiedział. — Dobrze, a stary nauczyciel — czy ma jakiś związek z Benjaminem?

— Tak, Brutus mówił, że Benjamin mógł mieć u niego rok czy dwa nauki, zanim przeszedł na emeryturę. Pewnie go poprawił przy klasie czy coś.

Shaun ukrył twarz w dłoniach. — To wciąż mało przekonujący motyw. Ale może chłopak bywa zawzięty. Dobrze go oceniłaś, to pewne.

— I nas obrał na cel trzy razy — powiedziała Louise.

— Owszem. — Shaun pokręcił głową i ciężko westchnął. — A Joshua na pewno nie pała miłością do lorda Ferndale'a, więc Benjamin mógł celować w jego posiadłości. Myślę, że dobrze kombinujecie. Na razie zatrzymajmy to między sobą i zobaczmy, co będzie dalej. Widziałem, jak wyjeżdżał z miasteczka, więc jeśli to on, będziemy mieli spokój od pożarów na dłuższy czas.

Przez następny tydzień podejrzenia Louise wobec Benjamina i pożarów się potwierdzały. Każdego ranka, gdy Shaun zaglądał do księgarni, meldował, że w nocy nic się nie działo. Była to ulga i potwierdzenie, że słusznie podejrzewali Benjamina.

Udowodnić, że mieli rację, było jednak czymś innym — na razie pozostawał niepokojący zbieg okoliczności.

Ogień — lub jego brak — był na ustach wszystkich, gdy w następną niedzielę zebrali się w kościele. Louise toczyła wewnętrzną walkę. Trudno jej było utrzymać to w tajemnicy, ale wiedziała, że musi milczeć, dopóki nie przyłapią Benjamina na gorącym uczynku. A to może potrwać, bo wcześniej niż na Wielkanoc pewnie ze szkoły nie wróci.

Pani Poole odeszła, by dogonić swoje przyjaciółki, a Louise, Bernadette i Shaun rozmawiali z lordem Ferndale'em i panną Yates. Kawałek dalej dostrzegła Riot Jonesa, jak uchyla kapelusza Rosie.

Chmury się rozstąpiły i słońce na moment wyjrzało, ogrzewając zgromadzonych. Chłód wrócił prędko, gdy pani Poole popędziła z powrotem do nich. — Louise, mogę zamienić z tobą słówko?

Ich gospodyni wyglądała blado.

— Chodzi o twojego Shauna i pomyślałam, że powinnaś wiedzieć. Phoebe rozgłasza teorię, że pożary zaczęły się, kiedy pan Jackson przyjechał do miasteczka.

Lód spłynął Louise w żyły. — Nie! — Jej ręce powędrowały do gardła.

— Ja oczywiście jej nie wierzę, ale inni mogą, a... cóż... wiesz, jaka ona jest.

Louise miała już na końcu języka ripostę, że Phoebe oskarża Shauna tylko po to, by odwrócić uwagę od najstarszego syna. Niestety obiecała Shaunowi, że na razie zachowają to w tajemnicy. A czy Phoebe w ogóle wiedziała, co wyczyniał Benjamin? Zapewne nie.

— O rety — powiedziała pani Poole. — Joshua i Phoebe idą na wojenną ścieżkę.

Odwróciwszy się do Shauna, Louise poczuła, jak serce ściska się na widok Phoebe, która maszerowała prosto ku niemu.

Pobiegła z powrotem, by stanąć u jego boku.

— Powinieneś się wstydzić pokazywać tu twarz po całym tym bałaganie, który narobiłeś! — wytknęła Phoebe.

Z twarzą niewzruszoną Shaun skłonił się jednak Joshua i Phoebe. — Miło was widzieć. Czy coś państwa niepokoi?

— No, słuchaj pan, Jackson — powiedział Joshua. — Albo sam się pan zgłosi, albo zaprowadzę pana siłą.

Louise wtrąciła się: — O czym wy mówicie?

— Ten pański tu może i omamił niektórych, ale mnie nie oszuka! — powiedział Joshua. — Przestał w tym tygodniu tylko dlatego, że wie, iż jesteśmy na jego tropie. Nigdy pani nie przyszło do głowy, czemu ten niby taki sprytny śledczy nie potrafi ustalić, kto podpala w małym miasteczku? To on od początku!

— To nieprawda — oświadczyła Louise. — Był w Londynie po lepszy sprzęt przeciwpożarowy, a pożary wybuchały, gdy go nie było.

Phoebe parsknęła pogardliwie. — Pewnie kazał któremuś z leniwych weteranów to zrobić, żeby odsunąć od siebie podejrzenia. Robi z ciebie idiotkę, Louise. I z pana też, lordzie Ferndale — to pan finansuje tę jego akcję. Płaci mu pan za tworzenie własnej armii, podczas gdy to on od początku był winny!

— A jakie ma pani na to dowody, pani Baxter? — zapytał lord Ferndale swoim zwykłym, pogodnym tonem.

Phoebe zawahała się, a Louise natychmiast to wykorzystała. — Wstydź się, Phoebe. Gdyby każdy brał niepoparte niczym podejrzenia za świętą prawdę, gdzie byśmy doszli?

— Widziałem go — wtrącił się inny głos, a Louise odwróciła się ze zdumieniem i zobaczyła za sobą farmera pana Stratfortha. On również marszczył brwi na Phoebe.

— Widział pan pana Jacksona? — zapytała ochoczo Phoebe.

Louise aż zrobiło się słabo. Czy pan Stratforth sprzymierzał się z jej kuzynostwem?

Farmer podszedł i powiedział: — Nie, proszę pani. Widziałem podpalacza tamtej nocy, gdy próbował podpalić mój dom. Był wysoki, ale chudzielec, nic a nic niepodobny posturą do pana Jacksona. Dostałem od niego w łeb, od tego podpalacza. — Pan Stratforth uśmiechnął się krzywo. — Gdyby to pan Jackson mi przyłożył, śmiem twierdzić, że nie stałbym tu teraz i nie rozmawiał z państwem.

— A więc ma pani, pani Baxter — rzekł stanowczo lord Ferndale. — Prawdziwy świadek, człowiek poważany w naszej społeczności, który, ośmielę się zauważyć, nie ma szczególnego powodu, by darzyć pana Jacksona sympatią. — Tu, z niewiadomego powodu, spojrzał na Louise. — I pan Stratforth jasno mówi, że podpalacz nie jest panem Jacksonem.

— Ani żadnym z jego ludzi — dorzucił pomocnie pan Stratforth. — Żaden z nich nie jest tak wysoki jak ten łajdak, który mnie trzasnął.

Louise miała ochotę zakrzyknąć z radości.

Phoebe prychnęła, wyraźnie rozczarowana, ale wraz z Joshuą się wycofała. Szeptali jednak dalej, zerkając na Shauna, i Louise miała paskudne przeczucie, że będą rozsiewać tę złośliwą bzdurę bez względu na wszystko.

Pan Stratforth uchylił kapelusza i odszedł, a Louise dotknęła rękawa lorda Ferndale'a. — Lordzie Ferndale...

— Ile razy mam ci powtarzać, żebyś mówiła do mnie: Dziadku? — uśmiechnął się życzliwie. — Jesteś już rodziną, moja droga!

Był naprawdę najsympatyczniejszym ze staruszków. Uśmiechnęła się do niego czule, ale to, co miała powiedzieć, było zbyt ważne, by dać się rozproszyć. — Dziadku — czy pan Jackson mówił panu, że mamy podejrzanego na oku?

— Louise... — zaczął Shaun, kręcąc głową, ale Louise go uciszyła.

— To ważne. Myślę, że powinien wiedzieć.

Lord Ferndale spojrzał to na jedno, to na drugie. — No już, wyrzućcie to z siebie, któreś!

— Uważamy, że to mój kuzyn Benjamin Baxter — szepnęła Louise.

Kruczosiwe brwi lorda Ferndale'a podskoczyły. — Przecież to tylko chłopak!

— Chłopak z urazą do wszystkich ofiar pożarów — powiedział Shaun z rezygnacją. — Z rodzicami, którzy mu pobłażają, z oknem, przez które łatwo w nocy wyjść i wejść, i z ojcem, który trzyma konia luzem na łące za domem — bardzo łatwo go złapać i założyć uzdę.

Louise spojrzała na Shauna zaskoczona. — Prowadziłeś dochodzenie — powiedziała.

Wzruszył ramionami. — Za to mi płacą.

— Ciekawe, czemu więc na cel wziął pana Stratfortha? — zamyśliła się, nagle zdumiona. Nie potrafiła wymyślić motywu, by Benjamin obrał za ofiarę akurat farmera.

Lord Ferndale i Shaun spojrzeli po sobie, po czym obaj się roześmiali, czym kompletnie zbiły Louise z tropu.

— Och, myślę, że doskonale wiemy, czemu stał się celem tuż po tym, jak tańczył z tobą na Zimowonocnym Zgromadzeniu — powiedział znacząco lord Ferndale. — Chyba rzeczywiście jesteście na dobrym tropie, zwłaszcza że pożary ustały... odkąd chłopak pojechał do szkoły, prawda?

— Istotnie — przytaknął Shaun. — Ale nie mamy dowodów.

— A jeśli teraz wysuniecie kontrzarzut, pan Baxter powie, że oskarżacie niewinnego chłopca, który nawet nie może się bronić, by zrzucić z pana podejrzenia — powiedział lord Ferndale.

Louise zrobiło się niedobrze. Nawet o tym nie pomyślała, ale widziała po twarzy Shauna, że on owszem.

— Jedyne, co możemy zrobić, to poczekać, aż wróci, i sprawdzić, czy pożary znów się zaczną — powiedział Shaun. — Postaram się też znaleźć kogoś w Oksfordzie, kto da mi znać, jeśli zdarzą się tam jakieś nietypowe pożary.

— Obawiam się, że ze szkoły trudniej będzie się wymykać na psoty niż z domu moich kuzynów — powiedziała z przygnębieniem Louise, gdy wracali razem do księgarni. — A jeśli w Oksfordzie nie będzie żadnych pożarów...

— To niczego nie zmienia. Gdy tylko Benjamin tu wróci, będziemy go śledzić dniem i nocą — przyrzekł Shaun. — Złapiemy go, Louise. Obiecuję.

Louise wyglądała, jakby mu nie dowierzała, a Shaun musiał przyznać, że jak dotąd marnie wywiązywał się ze swojego zadania. To Louise zaczęła podejrzewać kuzyna, i choć Shaun nie odrzucał z góry możliwości innego sprawcy, fakt, że pożary ustały natychmiast po wyjeździe Benjamina Baxtera do szkoły, mówił sam za siebie.

— Widziałem dom, który mi się podoba — powiedział, licząc, że zaprosi ją, by obejrzała go z nim.

— Naprawdę? Gdzie?

— Trochę pod miastem... z milę. — To nie była lokalizacja idealna — wolałby dom w mieście — ale posiadłość była ładna. Potrafił się tam zobaczyć, najlepiej z Louise jako żoną, choć w ostatnich dniach była wobec niego jakby bardziej zdystansowana. Wiedział, że martwi się o siostrę Marie, która wróciła z Kumbrii kompletnie przygnębiona, a do tego wiecznie powracała troska o ojca, który od prawie miesiąca nie przysłał żadnych książek. Może Louise nawet nie przyjęłaby oświadczyn, chcąc poczekać na powrót ojca do domu, a także najstarszej siostry, wciąż w Irlandii z mężem.

— Mhm. — Louise jakby straciła zainteresowanie, odwróciła wzrok i uśmiechnęła się do kogoś przed nimi. Dłonie Shauna zacisnęły się na rondzie kapelusza, kiedy zobaczył pana Stratfortha stojącego przy bramce przykościelnej.

Cholerny farmer! Zbyt często bywał w miasteczku jak na człowieka, który powinien być zajęty bydłem, i stanowczo za często zaglądał do księgarni. Czy Louise naprawdę się nim interesowała? Właśnie mu dziękowała, że stanął w obronie Shauna.

— Nie w porządku to, co mówiła pani Baxter — odparł Stratforth. — Musiałem zabrać głos.

To było bardzo przyzwoite z jego strony, choć Shaun zaczynał myśleć o nim jak o rywalu. Zacisnął zęby i uścisnął wyciągniętą dłoń Stratfortha.

— Nieszczególnie martwię się tym, co mówi twoje kuzynostwo — powiedział, gdy Louise znów ujęła go pod ramię i ruszyli dalej. — Jest mnóstwo ludzi, którzy widzieli mnie dosłownie mile stąd w tym samym czasie, gdy wybuchały pożary. Weźmy pożar u drukarza... Tej nocy byłem na najdalszym obchodzie i zatrzymałem się w gospodzie prawie pod St Albans. Z tuzin osób musiało mnie tam widzieć.

— Nie znasz moich kuzynów — odparła Louise, patrząc przed siebie. — Phoebe powie po prostu, że zleciłeś to komuś innemu. Przynajmniej pan Stratforth mógł stwierdzić, że to nie byłeś ty ani nikt z twoich ludzi.

— I będzie w stanie poświadczyć, że Benjamin ma odpowiednią posturę, kiedy przyjdzie pora — zauważył zamyślony Shaun.

— Tak, kiedy przyjdzie pora. — Dotrwali do księgarni, a Louise wypuściła jego ramię. — Dziękuję, że mnie odprowadziłeś — powiedziała, gdy dołączyły do nich jej siostry.

To brzmiało jak zniechęcające odprawienie, jeśli kiedykolwiek takie słyszał. Skłonił się, najpierw Louise, potem jej siostrom i pani Poole. — Do widzenia, panie.

Zgrzyt kół za plecami ostrzegł go, że kiepski moment na przejście przez ulicę; poczekał, aż powóz przejedzie, ale ten zatrzymał się tuż za nim. Wciąż był zwrócony twarzą do sióstr Baxter, widział, jak na twarzy Marie pojawia się zdumienie, a potem zachwyt.

— Renwick! — zawołała i przebiegła obok Shauna, rzucając się w ramiona hrabiego, który właśnie wysiadał z powozu.

ROZDZIAŁ 19

Rozstanie

Koło fortuny obróciło się, obracając w popiół nadzieje Louise na szczęście z Shaunem Jacksonem. Ucieczka Napoleona z Elby i jego triumfalny marsz do Paryża wszystkich zaskoczyły przerażającą szybkością. Tata wciąż był gdzieś we Francji, ale gdzie? Od prawie dwóch miesięcy nie było żadnych listów ani książek, mogła więc tylko mieć nadzieję i modlić się, że znajduje się gdzieś blisko portu, by mógł odpłynąć z niebezpieczeństwa. Sprawdziła w atlasie jego ostatnie miejsce pobytu: Tours. Zdecydowanie zbyt blisko Paryża, jak na jej gust, i bardzo daleko od morza.

Bernadette już krążyła po mieście z koszykiem ziół i toników, więc Louise zostawiła Ruth z księgami i zabrała się do robienia kleju z Brutussem. Zajęcie miało dać tak potrzebne oderwanie.

— Mam ploteczki — oznajmił Brutus z szerokim uśmiechem, mieszając śmierdzący klej.

— O rety, rozmawiałeś z Rosie? — zapytała Louise.

— Nie, to z domu i bardzo mnie ucieszyło. Ale nikomu nie możesz powiedzieć.

— Uroczyście przyrzekam — potwierdziła Louise.

— Dostaliśmy list ze szkoły Benjamina. Mama czytała go tacie i było w nim, że Benjamin nie przyjedzie na Wielkanoc. Nie powinienem był podsłuchiwać. Ale sprawia kłopoty w szkole, więc zatrzymają go tam, gdy reszta chłopców będzie miała przerwę. Mama zostawiła list na stole, więc później go przeczytałem i złożyłem dokładnie tak, jak go znalazłem.

Zwykle Louise zaśmiałaby się serdecznie, lecz dziś nie miała do tego serca. Szukała dyplomatycznej odpowiedzi. — Nie był najżyczliwszym starszym bratem, prawda?

— Cieszę się, że nie wróci na Wielkanoc, wcale na to nie czekałem — powiedział Brutus.

Louise absolutnie się z nim zgadzała, i to z wielu powodów. Odkąd wyjechał do szkoły, w Hatfield nie było ani jednego pożaru.

Shaun wszedł do sklepu wczesnym popołudniem, z ponurą miną. Żołądek Louise ścisnął się na widok jego twarzy.

— Co się stało? — zażądała odpowiedzi, czując, jak serce łomocze jej o żebra.

— Na pewno słyszałaś już wieści, całe miasteczko o tym huczy. Napoleon wrócił, muszę ponownie wstąpić do wojska.

— Jesteś tu potrzebny! — rzuciła z wyrzutem, nagle ogarnięta paniką.

Pokręcił głową i przymknął oczy z frustracji. — Proszę, nie utrudniaj tego bardziej, niż trzeba.

— Zostawiasz mnie? — Obraz jej zamglił się, a oczy zapiekły od niewylanych łez.

— Nie mam wyboru. Wrócę, obiecuję.

Wyjeżdżał do Francji. Najniebezpieczniejszego miejsca na świecie! Słowa — Jak śmiesz! — same wyrwały się z jej ust.

Zacisnęła dłonie w pięści, rzuciła się do przodu i zaczęła go okładać w pierś. — Jak możesz w ogóle myśleć o wyjeździe!

Schwycił ją i przyciągnął do siebie. — Nie mógłbym żyć ze sobą, gdybym nie pojechał. Bracia Fox wskoczyli do pierwszej dyliżansu do Londynu, a Riot właśnie żegna się z Rosie przed sklepem.

— Ale to nie ma sensu. Sprzedałeś swoją stopę oficerską. Oglądałeś dom, żeby się ustatkować! — Niewypowiedziana część brzmiała słabe „ze mną", które powiedziała tylko w myślach. We własnych uszach zabrzmiała rozpaczliwie i żałośnie.

— W Hatfield jest teraz bezpiecznie — odparł. — Nie było pożarów, odkąd Benjamin wyjechał. Miałaś co do niego świętą rację.

Jakoś to, że miała rację, wcale nie poprawiło jej nastroju. Poza tym wiedziała, że Benjamin nie wróci między semestrami.

— Już wiedziałeś? Szkoła Benjamina trzyma go tam, bo broi? — Nie byłoby w porządku okłamywać go w sprawie zagrożenia, jeśli faktycznie już go nie było.

— Wczoraj widziałem grupę uczniów wysiadających z dyliżansu. Benjamina wśród nich nie było. Zacząłem się zastanawiać, czy nie pozostaje sobą.

— To się zgadza — przytaknęła Lousie. Shaun zauważał wszystko. Oczywiście, że tak. Ale niech to szlag, cała sytuacja. Niewrót Benjamina dawał Shaunowi dodatkowe przyzwolenie, by opuścić Anglię, wiedząc, że Hatfield jest bezpieczne.

— Czy przynajmniej mnie pożegnasz pocałunkiem? — zapytał.

Louise skrzyżowała ramiona na piersi. — Nie.

— Nie? — speszył się. — A to czemu?

— Bo jestem na ciebie wściekła, dlatego. Sprzedałeś swoją

stopę! Już wypełniłeś obowiązek wobec króla i kraju. Nic więcej im nie jesteś winien!

Shaun cofnął się o krok i westchnął z frustracją. — Myślałem, że rozstaniemy się w lepszych nastrojach.

— Pomyślałeś źle. A teraz proszę, wyjdź, mam pracę.

Odwróciła się i weszła na schody, powstrzymując łzy, dopóki nie usłyszała dzwonka przy drzwiach sklepu, zwiastującego, że Shaun odszedł.

***

Słowa Louise paliły Shauna kwaśnym ogniem w żołądku. Bardzo ją zranił, ale naprawdę nie miał innego wyjścia, niż ponownie się zaciągnąć i wyruszyć do Francji. Zwyczajnie nie starczało czasu, by wszystko jej wyjaśnić; musiał dziś po południu wsiąść do dyliżansu. Napoleona trzeba było zatrzymać; miał tylko nadzieję, że mu wybaczy, gdy wróci. Kiedykolwiek by to miało nastąpić.

Są sprawy naprawdę aż tak ważne.

Niemniej miał jeszcze kilka minut, by porozmawiać z nowym lekarzem, Glynnem Williamsem, o tym, by miał oko na Louise i Bernadette podczas jego nieobecności. Znalazł doktora kończącego posiłek w Red Lion.

— Obawiam się, że nie mogę zostać — powiedział Shaun, gniotąc kapelusz w dłoniach. — Ponownie wstąpiłem do armii i muszę ruszać.

— Mój Boże, znów mamy wojnę? — zapytał Glynn. — Z kim tym razem?

Twarz lekarza była czystą niewinnością. Jak mógł o tym nie słyszeć? Ale oczywiście nie spędzał całego czasu z weteranami, którzy potrafili mówić tylko o jednym.

— Napoleon uciekł z Elby i sieje piekło — odparł Shaun.

Lekarz wyglądał na przerażonego, najwyraźniej rozumiejąc, jak poważnie się zrobiło. Glynn zapłacił za posiłek i poszedł za Shaunem do pani Bell, żeby ten mógł dokończyć pakowanie.

— Muszę prosić pana o przysługę — powiedział Shaun. — Czy zechciałby pan spojrzeć życzliwym okiem na Louise i Bernadette, kiedy mnie nie będzie?

— Tę jędzę?

Oczy Shauna rozszerzyły się ze zdumienia. Nie takiej reakcji się spodziewał — choć dziś nic nie szło tak, jak się spodziewał. — Louise? — Louise potrafiła być uparta i czasem apodyktyczna — ale jędza? Nigdy.

— Nie ona. Panna Bernadette.

Shaun przerwał pakowanie, zdezorientowany. — Przecież to słodka, cichutka myszka.

— Jest zrzędą — zaprotestował Glynn. — Wtrąca się do ludzi i bawi się lekami, na których się nie zna.

Shaun westchnął i wepchnął ostatnie rzeczy do torby. — Rozmawiałem z panią Bell i z radością odstąpi panu mój pokój. Zaproponowała też przedni salon na pański gabinet.

— Do czasu, aż mój dom będzie gotów?

Shaun pokręcił głową. — Ludzie reperujący dom doktora też się zaciągają. Przez jakiś czas nikt nie będzie kontynuował remontu, chyba że jest pan biegły w ciesiołce?

Glynn westchnął i pokręcił głową z irytacją. — Cóż, jak trzeba, to trzeba. Powodzenia, Jackson. Wróć cały.

***

Louise siedziała za ladą w czarnej rozpaczy. Cała ta pewność, że jej romans jest taki udany, wróciła, by ugryźć ją boleśnie. Ileż to razy pyszniła się i unosiła, wierząc, że uniknęła błędów Marie i Estelle, by znaleźć szczęście bez komplikacji? Zbyt wiele.

Teraz los zadał jej wyjątkowo okrutny cios.

Marie była nieszczęśliwa, to fakt, ale hrabia Renwick wrócił po nią i uciekli razem do Szkocji, i zapewne żyli już w małżeńskiej błogości w jego zamku w Kumbrii. Estelle i Felix wdawali się w głupie sprzeczki, ale doszli do ładu i teraz byli szczęśliwym małżeństwem.

Ona i Shaun byli szczęśliwi od początku, lecz teraz nie wiedziała, czy kiedykolwiek jeszcze zobaczy ukochanego.

Odprawiła go bez choćby jednego pocałunku!

Nie powiedziała mu, że go kocha, była na niego zbyt wściekła. Głupio wściekła i dziecinnie urażona.

Tłukła się w myślach wyrzutami, a jednocześnie czytała każdy okruch strasznych wieści z kontynentu. To było przerażające — Napoleon w niepokojąco krótkim czasie gromadził olbrzymią armię. Tymczasem przywódcy kongresu wiedeńskiego zdawali się niezdolni odłożyć na bok różnic, by powstrzymać tego strasznego Korsykanina.

Za każdym razem, gdy czytała nowy artykuł, całym jej ciałem wstrząsały dreszcze czystej trwogi. A jednak była bezsilna, by przestać czytać gazety, jakby sama wiedza o tym, co się dzieje, w jakiś sposób utrzymywała Shauna przy życiu.

A ich ojcu od miesięcy nie udało się wysłać ani listu, ani tym bardziej kolejnych skrzyń z książkami.

— Dlaczego musiał jechać? — zaszlochała pewnego ranka przy śniadaniu, chowając twarz w dłoniach. — Jeden człowiek niczego nie zmieni, a ja — *my* — potrzebujemy go tutaj!

Bernadette poklepała Louise po ramieniu. One także potrzebowały ojca, a im dłużej trwał jego powrót, tym bardziej narastał strach.

— Może dziś zostaniesz na górze? — zaproponowała łagodnie pani Poole.

— Ktoś musi pilnować lady — pociągnęła nosem Louise.

— Mogę ja — odparła dziarsko Bernadette. — Nie mam teraz tyle pracy, odkąd dr Williams jest w miasteczku. Zostań u siebie i po prostu odpocznij. Wiem, że kiepsko sypiasz.

Louise opuściła dłonie i spojrzała na Bernadette zaczerwienionymi oczami, po czym skinęła głową.

— A wieczorem dam ci napar przed snem i masz go, moja droga, wypić — dodała stanowczo Bernadette.

— Dobrze — przyznała cicho Louise.

— I to śniadanie też zjesz! — dodała pani Poole, podsuwając pod nos Louise talerz z posmarowanymi masłem kranpecjami.

Louise wzięła kranpecję i skubnęła brzeg, a pani Poole i Bernadette wymieniły kolejne zaniepokojone spojrzenie.

— Byłam taka głupia — powiedziała nieszczęśliwie Louise, skubiąc okruszki z krawędzi kranpecji. — Nigdy mu nie powiedziałam, jak bardzo go kocham.

Wyraźnie było widać, że ani Bernadette, ani pani Poole nie mają pojęcia, jak ją pocieszyć. Bernadette wycofała się, by pilnować sklepu, a Louise zmusiła się, by zjeść resztę kranpecji, na zadowolenie pani Poole, po czym uciekła do swojego pokoju.

Powinna była zająć się oprawą książek, by czymś zająć ręce i myśli, ale nie była w stanie zrobić nic poza leżeniem na łóżku i zamartwianiem się.

Crafty weszła, wskoczyła na łóżko, cicho mrucząc, i potarła czubkiem głowy o brodę Louise.

— No witaj, staruszko — wyszeptała Louise, starając się nie pociągać nosem. — Tęsknisz za nim też? Wiem, że go lubiłaś, choć zawsze pilnował, żeby cię nie wypuszczać. — Głaskała kotkę, a Crafty zwaliła się na posłanie i przewróciła na grzbiet, by pokazać brzuch.

Wyraźnie zaokrąglony brzuch.

— Och, Wollstonecraft. — Louise usiadła. — Jak to?

Choć była niezwykłą łowczynią, Crafty tyła tylko wtedy, gdy miała kocięta. Dopiero co udało im się znaleźć dom dla Pie, ostatniego kociaka z poprzedniego miotu! Na szczęście Pie trafiła do najlepszego domu — do Marie i Renwicka.

Gładząc spuchnięty brzuszek Crafty, Louise znów pomyślała o Shaunie... bo Shaun kiedyś powiedział, że weźmie Pie, jeśli młoda kotka wciąż będzie dostępna, gdy on znajdzie dom.

— Może zamiast tego weźmie jedno z tych kociąt — wyszeptała Louise, po czym łzy znów popłynęły rzęsistym strumieniem. — Jeśli w ogóle kiedyś wróci!

Błogosławiona Crafty, nawet nie zamiauczała na protest, gdy jej futerko zaczęło nasiąkać łzami Louise.

***

Nawet w domu nic nie szło po myśli. Pastor Millings był w kazaniach wprost okropny, niewątpliwie podjudzany przez Joshuę i Phoebe; każda niedziela przynosiła nową tyradę, wymierzoną wyraźnie prosto w Bernadette i Louise. Lord Ferndale powiedział nawet kiedyś po cichu do Louise, że doskonale zrozumie, jeśli zechcą sobie darować kościół.

— Moja mama przewróciłaby się w grobie — odparła twardo Louise. — Nie mamy się czego wstydzić, Dziadku. Pastor Millings nic nam nie zrobi.

— Niestety, ja jemu też niewiele mogę zrobić! — Lord Ferndale spochmurniał, po czym życzliwie poklepał ją po dłoni. — Mam nadzieję, że reszta Hatfield jest zbyt rozsądna, by słuchać tych bzdur.

— Nasz utarg nie spadł — powiedziała Louise, choć w duchu zauważyła, że kilka kolesiów Phoebe, którzy zwykli zaglądać, by pooglądać czasopisma o modzie, przestało bywać w sklepie. I tak niewiele kupowali! — Czy otrzymał Pan jakieś listy od pana Yatesa? — spytała, zmieniając temat.

— Owszem... a wy od Estelle? — Lord Ferndale spojrzał na nią z ostrożną miną, a ona rozpromieniła się.

— Owszem. Z dobrą nowiną, że spodziewają się dziecka! — List przyszedł parę dni wcześniej, mała jasna plamka w ponurym czasie Louise.

— Lecz nie mogą jeszcze wrócić, bo biedna Estelle miewa poranne mdłości. Szkoda, że Bernadette nie jest z nimi, jestem pewien, że któryś z jej toników postawiłby twoją siostrę na nogi.

— Jestem pewna, że wkrótce będzie dość zdrowa, by podróżować — powiedziała z optymizmem Louise. — Bernadette twierdzi, że mdłości często ustępują wkrótce po pierwszych poruszeniach.

— Miejmy nadzieję; bardzo bym chciał, by następny Yates urodził się w Ferndale Hall!

Na tę myśl uśmiech powrócił na twarz Louise, a ona przyjęła ramię lorda Ferndale'a, by pójść z nim do powozu i na ich zwykły niedzielny obiad w Ferndale Hall.

⁂

Kilka dni później przyszła kolejna przesyłka, niosąca znacznie mniej przyjemne wieści. Do księgarni wszedł kurier, zapytał o jej nazwisko, po czym wręczył list zaadresowany do Panien

Baxter. Wyglądał podejrzanie urzędowo. Kurier nawet zażądał podpisu potwierdzającego odbiór.

Ciekawa, co też to może być, Louise wzięła nożyk do listów i rozcięła kopertę, wysunęła gruby papier ze środka i rozłożyła. Brwi wystrzeliły jej w górę, gdy czytała. Krzyk uwiązł jej w gardle.

— Wszystko w porządku, kuzynko Louise? — zapytał z niepokojem jakiś głos, a ona uniosła wzrok i zobaczyła wpatrzonego w nią Brutussa. — To... złe wieści?

Nie była w stanie spojrzeć mu teraz w twarz, nie z tym listem w ręku. Potrząsając spazmatycznie głową, zdołała tylko wychrypieć, by popilnował lady, po czym rzuciła się biegiem na schody.

— Louise! — Pani Poole uniosła wzrok znad wykrawanych przy kuchennym stole bułeczek. — Blada jesteś jak prześcieradło, co się stało?

— Bernadette — wysapała Louise, niezdolna zebrać myśli. Czy siostra była w domu?

— Wyszła...

Louise uciekła od zatroskanego spojrzenia serdecznej gospodyni, desperacko pragnąc zostać sama. W swoim pokoju opadła na brzeg łóżka i przeczytała list jeszcze raz, ledwie pojmując, co tak naprawdę głosił.

Dziwny pisk zwrócił jej uwagę i rozejrzała się zaintrygowana. — Co to było?

Pisk rozległ się znowu, spod łóżka. Kucając, Louise zajrzała na pudła i kufry trzymane pod spodem, po czym zaczęła wysuwać je jedno po drugim.

— Och, nie! — wrzasnęła, dokonując kolejnego potwornego odkrycia.

Crafty okociła się pięcioma wrzeszczącymi kociętami...

w pudle z pięknym materiałem, który panna Yates podarowała im na ślub Estelle. Materiałem, który Louise odkładała na własną suknię ślubną.

— Co się stało? — zapytała pani Poole, stając w progu pokoju, po czym spojrzała na pudło na podłodze. — Och... bieda.

— Louise? — zawołała z kuchni Bernadette, brzmiąc niespokojnie.

Louise podniosła pudło, próbując powstrzymać łzy. Zaniosła je do kuchni i postawiła na stole.

— Ojej, ojej. To już po tym — powiedziała pani Poole, a Louise ugryzła się w język, by nie warknąć.

Przy Bernadette był dr Williams, wyglądając na winnego — i słusznie. To on wypuścił Crafty na jej fatalną noc namiętności z miejscowym kocurem! Louise nawet nie wiedziała, czemu tam był, ale czym prędzej się ulotnił, ku jej uldze. Dłużej nie zdołała powstrzymać łez — osunęła się na krzesło przy stole i wybuchnęła beznadziejnym szlochem.

Bernadette objęła ją ramieniem i próbowała pocieszać, ale nie znała jeszcze najgorszej wieści, którą Louise miała do przekazania. Starając się wziąć w garść, Louise wsunęła dłoń do kieszeni i wyciągnęła list, który tam schowała, gdy rozproszyły ją kocięta Crafty. Przesunęła go przez stół do Bernadette i spotkała wzrok siostry.

— Z Sądu Kanclerskiego w Londynie. Zrobił to kuzyn Joshua, ’Dette. Poszedł do Sądu Kanclerskiego i... i powiedział im, że ojciec zaginął we Francji, pewnie nie żyje, a my dwie prowadzimy interes.

— Prowadzenie interesu przez kobiety nie jest nielegalne. Prawda? — Bernadette wyglądała niepewnie.

— Jest, jeśli nie jesteśmy pełnoletnie, a żadna z nas nie jest.

Inaczej było, gdy były tu Estelle i Marie, ale ja nie skończę dwudziestu jeden lat aż do października.

— Więc...? — Bernadette była skołowana.

— Więc kuzyn Joshua poprosił Sąd Kanclerski, by mianował jego, jako naszego najbliższego krewnego w linii męskiej i dziedzica majoratu, zarządcą majątku ojca. Bo *oczywiście* my, kobiety, nie możemy być godne zaufania, żeby nie zniszczyć cennej własności, która i tak do niego przejdzie, kiedy ojca uznają za zmarłego — Louise próbowała przykryć sarkazmem wściekłość i strach, ten sam, który widziała, jak zaczyna malować się na twarzy Bernadette.

— Wygra? — szepnęła Bernadette cienkim głosem, jakby nie mogła wydobyć z siebie normalnej mowy.

— Najpewniej tak! — Louise zacisnęła pięść na stole, myśląc, że Joshua ma szczęście, iż nie stoi teraz przed nią. Podbiłaby mu oko. — Mamy trzydzieści dni, by przedstawić albo ojca, żywego i zdrowego, albo dokumenty prawne od niego, powołujące akceptowalnego zarządcę.

Obie umilkły na kilka minut, usiłując myśleć.

— Mogłybyśmy sfał...? — zaczęła Bernadette.

— Nie przejdzie. — Louise już rozważyła i odrzuciła ten pomysł. Choć miały mnóstwo próbek pisma ojca, by je naśladować, dokument musiałby zostać poświadczony przez adwokata lub sędziego pokoju... a że Joshua był miejscowym sędzią, a mecenas Burton jednym z jego najbliższych sojuszników, byliby bardzo podejrzliwi wobec dokumentu rzekomo poświadczonego przez kogoś innego. Przyłapanie na fałszerstwie tylko dołożyłoby im kłopotów.

— Mogłybyśmy zamknąć księgarnię... — powiedziała Louise, lecz Bernadette już kręciła głową.

— Nie możemy! Pamiętasz? Majorat mówi, że nasza gałąź

rodziny musi prowadzić dochodowy interes w tym budynku, inaczej Joshua dostaje go od razu! Jeśli zamkniemy księgarnię, oddamy mu ją bez walki!

Obie zadrżały, wiedząc, co by się stało. Joshua pewnie urządziłby stos książek na środku ulicy, sprzedał budynek temu, kto da więcej, a je wyrzuciliby z domu, w którym dorastały. Przynajmniej miałyby dokąd pójść, dzięki lordowi Ferndale-'owi, ale myśl, że Joshua postawi na swoim, była nie do zniesienia.

— Potrzebujemy pomocy — powiedziała wreszcie Louise. Przychodziło jej to z trudem, ale nie widziała wyjścia; znalazły się w sytuacji nie do utrzymania, z prawem przeciwko nim.

— Ale jak? Joshua trzyma wszystkie atuty! — Bernadette wyglądała na przerażoną, a Louise musiała przyznać, że sama ledwo panowała nad paniką.

— Nie możemy przedstawić tych dokumentów ani ojca, chyba że się zjawi. Musimy więc zebrać inne dowody... że wbrew temu, co Joshua próbuje dowieść, interes ma się zupełnie dobrze. I — skrzywiła się — obawiam się, że potrzebujemy mężczyzny, by działał w naszym imieniu.

— Lorda Ferndale'a? — podsunęła Bernadette.

— Nie mam wątpliwości, że zaoferuje pomoc, jeśli o nią poprosimy, więc tak. Gdyby tylko pan Yates był w domu, albo lord Renwick był bliżej!

— Napiszę do nich. Do Estelle i Marie w każdym razie — powiedziała Bernadette. — Nie możemy tego przed nimi ukrywać, a zechcą pomóc. Nawet jeśli Estelle nie będzie mogła podróżować, pan Yates mógłby wrócić, a jako nasz szwagier i wnuk barona będzie miał nie mniejsze podstawy, by zostać naszym opiekunem, niż Joshua.

— A lord Renwick tym bardziej, jako hrabia — zamyśliła

się Louise. Mogło jej się to nie podobać, lecz arystokraci z pewnością mieli fory. Hrabia przemawiający za nimi przed Sądem Kanclerskim mógłby skłonić sąd do zastanowienia, zanim przekaże wszystko miejscowemu sędziemu pokoju, zaledwie „dżentelmenowi".

— Napiszę do nich obu jeszcze dziś. A jutro jest środa, kiedy idę do lorda Ferndale'a — powiedziała stanowczo Bernadette. — Zostaw to mnie, Lou. — Położyła delikatnie dłoń na ramieniu Louise i spojrzała na nią poważnie. — Ty masz dość na głowie.

Bernadette zostawiła ją, poszła po przybory do pisania, a potem zeszła na dół, by usiąść przy ladzie i pisać listy. Louise siedziała sama przy kuchennym stole, patrząc, jak kwilące kocięta turlają się po zniszczonym jedwabiu, który niegdyś wart był małą fortunę.

Splamiony, zrujnowany jedwab wydawał się metaforą śmierci wszystkich jej nadziei.

Bez sukni ślubnej.

Bez ślubu.

Bez Shauna.

A może wkrótce i bez wszystkiego innego, co było jej drogie.

ROZDZIAŁ 20

Waterloo

Czekając na bitwę, czekając na wieści, Shaun zajmował się organizowaniem oddziałów najlepiej, jak potrafił. Mniej doświadczeni rwali się, by — Dajmy Boniem u nauczkę — ale starzy żołnierze zachowywali spokój.

A przynajmniej na pozór. Shaun również robił, co mógł, by poskromić nerwy, czekając i czekając dalej u boku armii Wellingtona w Belgii.

Przynajmniej jego umiejętności kwatermistrzowskie okazały się przydatne i trzymały go w robocie. Zbyt wielu doświadczonych piechurów wysłano do Ameryki z karabinami i wyposażeniem na wojnę roku 1812, a z tego, co zostało, składała się zbieranina takich, co się sprzedali i wrócili — jak on sam — żółtodziobów oraz kilku doświadczonych pułków ściąganych w pośpiechu skąd się dało i próbujących się jakoś zgrać, mając mało czasu i zdecydowanie za mało sprzętu. Już samo znalezienie dla każdego żołnierza munduru, karabinu i dość amunicji, by był cokolwiek wart, było nie lada zadaniem — nie mówiąc o ich wszystkich wyżywieniu.

Przyjęto go z powrotem z otwartymi ramionami na jego

poprzedni stopień i zdołał zatrzymać przy sobie braci Fox oraz Riota Jonesa, po prostu upierając się, że są mu potrzebni. Udało mu się nawet nadać im wszystkim stopnie sierżantów, co oznaczało lepsze traktowanie niż większość, wspólny namiot i porządne racje.

Pierwsze wyrzuty dopadły Shauna na statku, gdy przeprawiali się przez kanał. Białe klify Dover malały w oddali, a Shaun stał na rufie. Kilku żołnierzy hałaśliwie zwracało racje do wody. — Karmienie ryb — tak to nazwał kapitan.

Jaką różnicę miał on właściwie uczynić? Przecież nie zamierzał osobiście capnąć Boney'a i zaciągnąć go do Wellingtona za kark, jak to przechwalali się niektórzy głupio młodzi chłopcy. Shaun wiedział lepiej: będzie błoto i krew, a jeśli wierzyć poważniejszym, starszym żołnierzom, to tym razem będzie miał szczęście, jeśli wróci żywy.

Rzucił ostatnie spojrzenie ku odległym klifom, zanim znikły pod horyzontem i zostały tylko wzburzone, szare fale.

— Myślisz o pannie Baxter? — Hugh Fox stanął przy nim i oparł się o reling.

— Aye. — Nie było sensu zaprzeczać. — Zastanawiam się, czy powinienem był ją zostawić. Jeśli mieliśmy rację i Benjamin Baxter był podpalaczem... — Podejrzeniami podzielił się z ludźmi już tygodnie wcześniej.

— Na Wielkanoc nie przyjechał — zauważył Hugh.

— Wygląda na to, że szkoła przejrzała jego temperament. Ale na lato go nie zatrzymają. — Shaun westchnął, patrząc na kołyszące się fale. Trzymał myśl o Louise blisko serca. Przynajmniej wiedziała o Benjaminie, a ostrzeżony — uzbrojony.

Nie mógł się jednak uwolnić od wrażenia, że popełnił błąd. Że może potrzebuje go o wiele bardziej niż Armia Jego Królewskiej Mości.

Dwa miesiące później wątpliwości Shauna tylko się nasiliły, gdy rozejrzał się po zgromadzonych przed nim ludziach. Nie byli gotowi do bitwy. Właściwie byli ledwie przeszkoleni, ale Napoleon nie czekał. Jego Armée du Nord maszerowała ku nim, wedle wszelkich doniesień ponad stukilkadziesiąt tysięcy ludzi, a każdego dnia przybywało kolejnych.

Dni wypełniały ćwiczenia i marsze, czyszczenie broni i przygotowania oraz szarżowanie na słomiane manekiny z bagnetami.

Każdego wieczoru pisał do dowództwa, błagając o więcej amunicji i broni, racji i mundurów. Nie miał pojęcia, czy cokolwiek dotrze na czas, ale musiał próbować. Po wysłaniu raportów pisał do Louise, prosząc o wybaczenie, obiecując, że robi wszystko, by się trzymać z dala od niebezpieczeństwa, i licząc, że to szaleństwo wkrótce się skończy.

Nie spodziewał się, że jego notki do Louise mają jakiekolwiek szanse dotrzeć. Miał tylko nadzieję, że jeśli napisze ich dość dużo, jakaś się przebije. Będzie wiedziała, że wciąż żyje.

Strach, że już nigdy jej nie zobaczy, tkwił mu w gardle jak kamień.

Świat obrócił się w piekło przed świtem następnego dnia, gdy obóz obiegła wieść, że Napoleon odbił z przewidywanego kursu i zajął Charleroi.

— Holendrzy są pod Quatre Bras — powiedział ponuro przełożony Shauna, pochylając się nad mapą rozłożoną na obozowym stole w swoim namiocie. — Ruszamy, by ich wzmocnić.

— A gdzie Prusacy? — zapytał Shaun.

— Ligny, i mają własną bitwę do stoczenia. Zbierz ludzi,

Jackson. Dołączysz do 3. Dywizji, a hrabia Alten powie ci, dokąd maszerować. — Generał wyprostował się i spojrzał Shaunowi prosto w oczy. — Czas stanąć twarzą w twarz z Francuzami. I niech Bóg nas wszystkich zachowa.

Czekał ich długi marsz pieszo; byli poza pozycją przez szybkie, nieoczekiwane manewry Francuzów, a większość 3. Dywizji to była piechota. Shaun maszerował ze swoimi ludźmi, odmawiając jazdy konno, skoro oni nie mogli.

W połowie popołudnia zaczęli słyszeć działa, a wkrótce widać było dym z armat i słychać było nieustanny trzask ognia z karabinów. Shaun widział blednące twarze, konwulsyjne przełykanie śliny, i wymienił spojrzenia z Riotem i braćmi Fox.

— Przejdźcie wzdłuż szyku — powiedział cicho. — Usztywnijcie kręgosłupy tym młokosom. Za Boga, Anglię i króla Jerzego, chłopcy.

— Sir! — zasalutowali i odeszli, a Shaun patrzył za nimi, zastanawiając się, czy zobaczy ich jeszcze przed bitwą.

Albo po niej.

— Louise — wyszeptał do siebie, kładąc dłoń na sercu. Nie miał przy sobie niczego osobistego od niej, nigdy nie poprosił o żaden znak. Co by nie dał za pukiel jej włosów! Miał tylko książkę, tę, którą sprzedała mu pierwszego dnia, wsuniętą w płaszcz nad sercem.

Wątpił, by zatrzymała kulę czy bagnet, ale może przyniesie mu szczęście, choć odrobinę.

Do zmroku było po wszystkim; krótko i ostro, a na polu zostało blisko dziewięć tysięcy zabitych i ogromne rzesze rannych. Francuzi się wycofali — przynajmniej na razie.

Shaun był wyczerpany, brudny i całkiem bez amunicji, ale żył i — co pojął jak cud — nie miał na sobie nawet rysy.

Zbierał resztki swojego pułku, gdy podszedł Riot Jones, bez cienia uśmiechu na walijskiej twarzy.

— Riot, dzięki Bogu — powiedział Shaun, lecz ulga zgasła, gdy zobaczył wyraz jego twarzy.

— Chodź — tylko tyle powiedział Riot, a Shaun poszedł za nim.

Hugh i John Fox leżeli ramię w ramię, tak blisko w śmierci, jak blisko byli w życiu. Jak ocenił Shaun, obu w tej samej chwili zabrał wybuch kuli armatniej.

Za piekącymi oczami zebrały mu się łzy, ale nie pozwolił im popłynąć. Stał chwilę w milczeniu.

— Dopilnuj, żeby ich zabrano — wychrypiał wreszcie do Riota. — Dopilnuj, żeby zabrano wszystkich naszych. — Nie dostaną wiele więcej godności niż zbiorowy grób i pośpieszna modlitwa kapelana za ich dusze, ale lepsze to niż zostać tu jak padlina.

Riot zasalutował w milczeniu, a w jego brązowych oczach błyszczały łzy. Shaun drgnął głową i odwrócił się.

Nie było czasu na żałobę.

Następny dzień był zamazanym ciągiem wyczerpania; nie było czasu na odpoczynek. Shaun spisał nazwiska wszystkich zabitych i rannych w swoim pułku, a gdy przekazał listę kancelistom do wysłania, Wellington rozkazał odwrót z Quatre Bras, by przegrupować się silniejszymi siłami na lepszym terenie. Prusakom nie poszło pod Ligny, mimo przewagi liczebnej, i rozproszyli się. Wellington był zdeterminowany zebrać największą siłę, jaką zdoła, na skarpie Mont-Saint-Jean, a kiedy Książę coś postanowił, było to równie nieuchronne jak świt.

Marsz z powrotem, którym przyszli, był jeszcze gorszy — w strugach ulewnego deszczu. Zmęczeni i w żałobie, Shaun i Riot maszerowali ramię w ramię, zacięci.

Shaun widział straszne bitwy w Hiszpanii, ale niczego, co dorównywałoby Waterloo. Ponad 500 armat i niemal 200 000 ludzi starło się w jednym z najkrwawszych dni, jakie widział świat, a pod koniec Francuzi zostali rozbici — za cenę, od której mroziło krew.

Ogłuszony niemal nieustannym hukiem dział, do szczętu wyczerpany, Shaun błąkał się potem po polu bitwy, szukając swoich ludzi. Zbyt wielu zabitych, liczeni w tysiącach, i jeszcze więcej rannych. Nigdzie nie mógł znaleźć Riota.

Zapadał zmrok, a jęki rannych wokół niego słabły. Wiele głosów mówiło po francusku, ale Shaun stwardniał w sercu i odwracał wzrok, choć nie dołączał do tych, co dbali, by Francuzi już nie wołali. Zbliżała się północ, gdy śpiewny walijski głos zawołał jego imię.

— Riot! — Shaun przeskakiwał przez ciała, aż wreszcie znalazł Riota leżącego w płytkim rowie.

— Zabrało ci, cholera, czasu, co? — Riot był ubłocony, umorusany krwią i Bóg wie czym jeszcze.

— Co cię tak zatrzymało? — Wiedział, że jest źle. Klęknął w błocie i chwycił Riota za dłoń, czując ulgę na siłę jego uścisku.

— Noga. — Riot skrzywił się. — Wp... wpadłem w ten cholerny rów i ją złamałem. Nie mogę wstać.

Uczucie ulgi zalało Shauna. Złamaną nogę Riot przeżyje. — Tylko tyle? — niemal wybłagał.

— Wystarczająco cholerne, co nie!

Shaun parsknął śmiechem, jakby zdjęto mu z barków wielki ciężar. — No chodź. Zabieram cię stąd.

Riot nie był dużym mężczyzną; Shaun znosił z pól bitew większych. Twardy Walijczyk nie wydał z siebie ani jęku, gdy Shaun podniósł go i niósł niemal milę do polowego lazaretu, choć noga musiała go palić jak ogień.

Lekarze padali z nóg, ale jeden spojrzał na belki stopnia na ramionach Shauna i na sierżancki mundur mężczyzny w jego ramionach. — Co mu jest?

— Złamana noga. Chyba czyste złamanie. — Przynajmniej miał taką nadzieję.

— Nastawię, jeśli pan ją usztywni, owinie i z powrotem zabierze — targował się lekarz, a Shaun skinął głową.

— Dam radę.

Lekarz był szybki, ale Riot i tak wrzasnął i zemdlał, kiedy nogę wyprostowano.

— Dla niego najlepiej — rzucił żwawo lekarz. — Tu ma pan łupki i bandaże — dodał, gdy podbiegł młody czeladnik z pakunkiem.

— Dziękuję — powiedział pokornie Shaun, wyciągając ręce po rzeczy. Lekarz spojrzał na jego dłonie, ujął lewą.

— Wiedział pan, że ma dwa złamane palce, pułkowniku?

Shaun zamrugał. — Ja... co?

Nie miał pojęcia, kiedy to się stało, ale teraz, gdy spojrzał, zobaczył, że serdeczny i mały faktycznie odchylają się na zewnątrz pod nienaturalnym kątem.

— Nie bolą? — Lekarz lekko ucisnął.

— A teraz bolą!

— No to przynajmniej nerwy całe. — Lekarz uśmiechnął się blado. — Potrzeba czegoś do zagryzienia?

Shaun zacisnął zęby i pokręcił głową. Dwa okropne chrupnięcia później palce wyglądały prawie normalnie. Shaun wypuścił powietrze, na moment widząc mroczki.

— Jacobs, usztywnij to i pomóż pułkownikowi usztywnić nogę jego człowieka — polecił lekarz, po czym skinął krótko i odszedł.

Młody czeladnik podszedł nieśmiało — nie mógł mieć więcej niż czternaście lat, pomyślał Shaun, niewiele starszy od Brutusa Baxtera. Miał nadzieję, że chłopak był dziś daleko od samej bitwy, choć w jego oczach czaiły się cienie tego, co musiał widzieć przez ostatnie godziny.

— Dziękuję — powiedział cicho, gdy chłopak wsunął między palce dwie cienkie listewki i starannie obandażował dłoń, po czym zwrócił się do Riota. — Jadłeś dziś, chłopcze?

Chłopak pokręcił głową.

— Jeśli pomożesz mi zanieść sierżanta Jonesa do mojego namiotu, jak już mu usztywnimy nogę, każę przysłać ciepły posiłek. Taki, żeby starczyło do podziału.

Mała łapówka została przyjęta z zapałem i chłopak znalazł nosze. Palce Shauna teraz bolały, ale wciąż był w stanie utrzymać swój koniec i we dwóch zanieśli Riota do namiotu Shauna. Shaun dotrzymał słowa, a gdy jedzenie dotarło, Riot już się ocknął.

— Przynajmniej pachnie nieziemsko — mruknął Riot, przyjmując miskę gulaszu i łyżkę, które podał mu Shaun.

— Od trzech dni ledwo coś poza czerstwym chlebem mieliśmy — odparł sucho Shaun. — Lepiej nie pytać, co w tym jest.

— I nie miałem zamiaru. — Riot zabrał się do jedzenia, podobnie jak młody czeladnik, który potem oddał miskę i zniknął w nocy.

Shaun jadł wolniej, niemal zbyt zmęczony, by unieść łyżkę do ust. Gulasz nie był zły, ale tęsknie pomyślał o zupie ziemniaczano-porowej z Czerwonego Lwa, według przepisu matki

Louise, albo o cudownych niedzielnych obiadach w Ferndale Hall, gdzie Louise siedziała obok z oczami rozświetlonymi radością. Dziś była niedziela — a raczej była, bo było już grubo po północy — i myślał tylko o niej, swojej pięknej Louise, daleko od tego piekła śmierci i grozy.

Dość tego.

Wraca do domu.

— Dwa złamane palce? — powiedział generał nazajutrz rano. — Może pan strzelać z karabinu?

— Wątpię — odparł szczerze Shaun. Palce bolały dziś jak diabli i czuł, że są spuchnięte pod bandażami. Lewą ręką ledwo mógł ruszać.

— To lewa, wciąż pan może pisać... pańskie umiejętności przydadzą się u kwatermistrzów, Jackson. Przebazuję pana.

Shaun przełknął protest. Skinął powoli głową. — Jak pan rozkaże, sir.

Riot i tak nie nadawał się do drogi — pocieszał się Shaun, wracając powoli do namiotu — i nie było mowy, by zostawił Walijczyka, który poszedł za nim do piekła i z powrotem.

Prusacy ścigali Napoleona, choć Wellington z pewnością ruszy za nimi, chcąc być obecny, gdy Boney zostanie ostatecznie przyparty do muru. Ale tutaj było tyle do zrobienia; Shaun słyszał o dziesięciu tysiącach rannych, których trzeba będzie jakoś opatrzyć, nakarmić i odesłać do Anglii na rekonwalescencję. Sama logistyka była przytłaczająca.

Cóż, kiedy tylko będzie to możliwe, załatwi sobie i Riotowi miejsca na statku do domu. A gdy wróci do Hatfield, pierwsze, co zrobi, to złoży serce u stóp Louise Baxter i poprosi ją, by została jego żoną.

ROZDZIAŁ 21

Nieszczęścia chodzą parami

D ni mijały Louise w zamglonej samotności. Każdego dnia harowała w księgarni, próbując się do cna zmęczyć, a i tak nie mogła porządnie przespać nocy ze zmartwień. Myśli przeskakiwały jej od jednego lęku do drugiego. Jej ojciec, ohydny plan Kuzyna Joshuy, by sprzątnąć im księgarnię sprzed nosa, a przede wszystkim — Shaun.

Bernadette wydawała się mniej zaniepokojona, upierając się, że mają sprzymierzeńców w osobie lorda Ferndale'a, a także pana Yatesa i lorda Renwicka, którzy z pewnością już spieszą im z pomocą. Lord Ferndale napisał już do swojego pełnomocnika w Londynie, polecając mu przygotować drugi wniosek do Sądu Kanclerskiego o ustanowienie go opiekunem Louise i Bernadette, co przynajmniej ich by chroniło, nawet jeśli nie mógł ochronić księgarni.

Louise zasugerowała przewiezienie części — jeśli nie wszystkich — książek do Ferndale Hall, by je zabezpieczyć, ale lord Ferndale zauważył, że niestety Kuzyn Joshua mógłby ich oskarżyć o kradzież jego własności, gdyby przeforsował swoje w Sądzie.

Pokrzyżowane plany na każdym kroku. Louise stukała piórem w ladę, próbując coś wymyślić. Może gdyby *sprzedały* książki lordowi Ferndale'owi za ułamek ich wartości? Ale księgi rachunkowe dowiodłyby co innego i Joshua powiedziałby, że go oszukały... chyba że spaliłyby księgi... nie. Wszystko w niej od tego pomysłu się kurczyło.

Drzwi z hukiem się otworzyły, dzwonek zerwał się z haczyka i stuknął o podłogę, a Louise westchnęła, przypominając sobie, kiedy ostatnio tak było. Shaun jej to naprawił. Cóż, będzie musiała naprawić sama, jak wszystko inne w tym miejscu. Przygotowała się na kolejne starcie z Kuzynem Joshuą — tylko on potrafił tak gwałtownie wedrzeć się do środka — i kompletnie osłupiała, gdy do środka wbiegła zbladła jak ściana Bernadette.

— Co się stało? — Louise zerwała się na równe nogi, a nagły strach przeszył ją jak piorun.

Bernadette jakby nie mogła wydobyć głosu, jej usta bezgłośnie się poruszały, a całe ciało drżało jak w febrze. Chwyciwszy siostrę za ramię, Louise kopniakiem zatrzasnęła drzwi, wdzięczna, że była sobota i księgarnia była zamknięta. Nikt nie przyjdzie, by im przeszkodzić.

— Usiądź, zanim padniesz, i powiedz, co się stało! — Posadziła Bernadette na stołku za ladą i przykucnęła przed nią, rozcierając między dłońmi jej zimne, trzęsące się ręce.

Louise nie była pewna, ile jeszcze złych wieści zdoła znieść.

— Prz-przeor Millings — wydusiła Bernadette przez zgrzytające zęby.

— Co znowu narobił? — Wzburzenie zalało Louise, wypierając strach. Reverend Millings był przy tym wszystkim zaledwie upierdliwą zawadą, ale jej cierpliwość się kończyła. Może czas dać mu wreszcie porządnie do zrozumienia, co o nim myśli; do tej pory trzymała język za zębami, ale co za dużo, to niezdrowo!

— On... o-on nie żyje.

Louise wpatrywała się w siostrę zszokowana. — *Co* powiedziałaś?

— On — on po prostu padł martwy. Tuż przede mną i Glynnem, to znaczy doktorem Williamsem, krzyczał i nagle runął, a potem zaczął mu lecieć piana z ust i już był *martwy*.

Louise wiedziała, że Bernadette widziała śmierć. Wiele razy. Ale to... ten rodzaj śmierci był czymś innym. I chociaż Reverend Millings nie był im przyjacielem, zobaczenie czegoś takiego tuż przed sobą bez wątpienia wstrząsnęło Bernadette do głębi.

Louise poczuła wyrzut sumienia, że pierwszą jej reakcją była ulga. Koniec z kazaniami o ogniu i siarce wygłaszanymi pod ich adresem z kościelnej ambony — to przynajmniej zdjąłoby jej z ramion mały ciężar.

— Chodź — objęła Bernadette ramieniem i pomogła jej wstać. — Zaprowadzę cię na górę.

Oddawszy siostrę pod matczyną opiekę pani Poole, Louise zeszła z powrotem na dół, zastanawiając się, czy nie powinna pójść na plebanię. Pani Millings zapewne położy się do łóżka, a Ruth... Louise nie miała pojęcia, co zrobi Ruth. Ale jeśli Ruth potrzebowałaby schronienia poza domem, przyjdzie tutaj. Najlepiej będzie zostać na dole i zostawić otwarte drzwi na wypadek, gdyby Ruth przyszła — zdecydowała Louise — i usiadła za ladą, sięgając po czystą kartkę papieru.

Napisze do Marie. Śmierć Reverenda Millingsa była zbyt sensacyjną wieścią, by się nią nie podzielić, a Marie zaznała tyle samo przykrości co one, jeśli nie więcej, choć miała to szczęście, że nie słyszała ostatnich kazań. Tyrada z ambony w niedzielę po tym, jak Marie uciekła do Szkocji, by poślubić Renwicka, niemal wysypała witraże z okien kościoła.

A poza tym, Marie trochę rozumiała, co czuje Louise. Choć daleko, pisała do Louise bardzo życzliwe listy, odkąd Shaun wyjechał na wojnę. Sama przeszła złamane serce, gdy myślała, że Renwick po nią nie wróci; wiedziała, co Louise przeżywa.

Całe szczęście, że nikt nie wszedł przez drzwi, bo gdyby wszedł, zobaczyłby Louise uśmiechającą się, gdy kreśliła słowa — *Brimstone właśnie padł trupem, i to na oczach Dette!* —

Nie znaleziono od razu następcy zmarłego duchownego. Ponieważ następnego dnia była niedziela, poszli do kościoła, jak wielu mieszkańców Hatfield, ale nie było nikogo, kto by poprowadził nabożeństwo. Choć plotka rozchodziła się szybko, wielu nie miało pojęcia, co zaszło poprzedniego dnia.

Wszystko było trochę osobliwe; budynek stał, wszystko wyglądało jak zwykle, ale nikt nie sprawował pieczy. Bernadette powiedziała, że odwiedzi panią Millings później tego dnia. Kobieta najpewniej nadal będzie w szoku. Ruth będzie przy matce, starając się ją pocieszyć. Przez chwilę Louise zastanowiła się, czy obie nie poczuły także ulgi, że on nie żyje.

Kuzyn Joshua nadymał się i przejął dowodzenie, gdy kościół się zapełniał. Podszedł do ołtarza i stanął, jakby wygłaszał mowę w imieniu króla. Louise przewróciła oczami w oczekiwaniu na to, że kuzyn znów umieści się w centrum spraw miasteczka.

Ludziom zajęło dłużej niż zwykle znalezienie miejsc, bo

gwar narastał — dlaczego u przodu stoi sędzia pokoju, a nie Reverend Millings.

— Drodzy mieszkańcy Hatfield, przynoszę straszne wieści — zaczął Joshua. Starał się nadać twarzy surowy wyraz, ale mu nie wyszło.

Bernadette szepnęła: — Wygląda, jakby miał zatwardzenie.

Louise z trudem powstrzymała śmiech.

Całe szczęście Joshua ich nie usłyszał. — Nasz ukochany przewodnik w wierze — intonował — zmarł nagle. Nie znamy jeszcze wszystkich faktów, i niewątpliwie wszyscy jesteśmy w szoku. Ogłosimy okres oficjalnej żałoby i nie będziemy mogli wznowić nabożeństw, dopóki biskup nie przyśle nam następcy.

To wywołało szemranie — ludzie zastanawiali się, jak długo zostaną bez duchownego. Ktoś w pobliżu prychnął: — Do katolików nie pójdę.

Joshua przekazał wieści, ale nie zamierzał ustąpić. — Wzywam wszystkich, by potraktowali to wydarzenie z powagą i oparli się na wierze. Teraz nie czas na puste plotki. — W tym momencie spojrzał prosto na Bernadette i Louise.

Louise przewróciła oczami z rozdrażnieniem. Joshua lepiej by zrobił, gdyby spojrzał na własną żonę, jeśli nie chce, by krążyły puste plotki!

Miasteczko aż huczało od straszliwej wieści, że ich przywódca wspólnoty nie żyje. Louise tak bardzo cieszyła się, że Bernadette nie była sama, kiedy to się stało, bo z plotek, które przyniosły pani Poole i Rosie, wynikało, że niektórzy podejrzewają, jakoby Bernadette miała z tym coś wspólnego. Okrutna pogłoska zapewne puszczona przez Phoebe, podejrzewała Louise, choć nie miała dowodów.

Biskup przysłał zastępczego wikarego tymczasowo, ale był

to drobny mężczyzna, który mówił tak cicho, że nikt nigdy nie poznał jego nazwiska, a już na pewno nie słyszał go nawet w pierwszych ławkach kościoła. Nic dziwnego, że nie miał własnej parafii, pomyślała Louise. Na szczęście lord Ferndale podtrzymał zwyczaj wspólnego obiadu w Ferndale Hall po nabożeństwie.

Byli w połowie pysznego posiłku, gdy panna Yates zapytała: — Ta sprawa z Reverendem jest bardzo przykra. Jak się trzymasz, Bernadette?

— Dochodzę do siebie po szoku. Pani Millings i Ruth też.

— Biedaczka — westchnęła panna Yates. — Choć czy bardzo źle będzie z mojej strony pomyśleć, że mamy teraz większą szansę, by teren plebanii przeznaczyć pod szpital?

— I szybciej niż później będziemy mieli duchownego z głową na karku! — powiedział stanowczo lord Ferndale. — Prebenda jest w mojej dyspozycji. Wkrótce zacznę przesłuchiwać odpowiednich kandydatów i tym razem wybiorę kogoś pozbawionego licznych wad charakteru Reverend Millingsa!

— Może pozwól, żebym i ja go przepytała, bracie — odezwała się panna Yates.

Lord Ferndale otworzył usta, chyba by odrzucić propozycję, lecz zaraz się powstrzymał i spoważniał. — Wiesz, Florence, to znakomity pomysł. Chciałbym poznać *prawdziwe* poglądy nowego duchownego na temat możliwości kobiet, zanim podejmę decyzję nie do odwołania. Tak, ty też będziesz przepytywać kandydatów... a może zaproponujemy, by zajrzeli do księgarni i wybadamy ich zdanie o młodych kobietach w biznesie i o literaturze, którą niektórzy mogliby uznać za błahą.

— Jeden problem rozwiązany, przynajmniej — powiedziała Louise, choć w duchu uważała, że nie rozwiązuje to żadnego z jej własnych.

W połowie czerwca, kiedy lato dało o sobie znać, Benjamin Baxter wrócił do Hatfield na przerwę semestralną i jeszcze tej samej nocy wybuchł pożar.

Louise nie traciła czasu, gdy tylko Rosie wpadła do sklepu z tą wiadomością. Od razu poszła do stajni z dorożkami, wynajęła konia i pojechała do Ferndale Hall.

— Benjamin Baxter wrócił — powiedziała, gdy lokaj pan Thorne wprowadził ją do jadalni śniadaniowej.

— O, wielkie nieba — podniósł wzrok znad talerza lord Ferndale.

— I już był pożar.

— Oczywiście, że był.

— Czy ktoś ucierpiał? — zapytała z niepokojem panna Yates.

— Jeszcze nie, ale to zapewne tylko kwestia czasu. Skoro pana Jacksona i jego ludzi już nie ma... — Louise wzruszyła ramionami, walcząc z bólem, jaki niosły te słowa. Nie miała od Shauna żadnej wiadomości, a wieści były przerażające: Napoleon zgromadził potężną armię, doniesienia o szokujących bitwach i poległych przeraziły wszystkich.

— Nie mam kogo wyznaczyć do pilnowania go! — Lord Ferndale rozłożył bezradnie ręce. — Przynajmniej nie na cały okręg. Może tylko w miasteczku...

Louise wpadł do głowy pomysł. — A gdyby nie miał konia?

Lord Ferndale zmarszczył brwi. — Konia twojego kuzyna?

— Joshua i tak rzadko na nim jeździ — Louise zaczęła krążyć, porządkując myśli. — Co jeśli... koń zostałby... ukradziony?

— Nie narażę żadnego z moich ludzi na koniokradztwo, a ty sama tym bardziej nie będziesz się w to mieszać! — ostro uciął lord Ferndale. — Twój kuzyn mógłby kazać cię zesłać, gdyby cię złapano!

Tego z pewnością nie chciała, i nie zamierzała też narażać ludzi lorda Ferndale'a. — No dobrze, a gdyby z jakiegoś powodu na koniu nie dało się jeździć? — Wpadła jej do głowy myśl. — Kowal!

— Pan Hollick? — spytała panna Yates. — A cóż z nim?

— To porządny człowiek, a z Kuzynem Joshuą nie są w przyjaźni. Jego żona jest bardzo wdzięczna Bernadette, odkąd 'Dette pomogła jej przejść przez gorączkę połogową. Jestem pewna, że pomoże.

— Czasowa kulawizna — zgadł lord Ferndale. — Cóż, to sprytne, Louise. Doskonale. Napiszę ci bilecik do pana Hollicka z prośbą o pomoc.

— A może dzięki temu ograniczymy wyczyny Benjamina do miasteczka, gdzie łatwiej go będzie złapać! — Louise aż zakręciło się w głowie z nadziei.

Panna Yates z zapałem przytaknęła. — I nie zapomnij, kochanie, bardzo wyraźnie podkreślać, że skoro podpalacz wrócił, to *nie mógł* być nim pan Jackson.

Louise zesztywniała. Nawet o tym nie pomyślała, ale oczywiście! Po chwili nieco przygasła. — Co z tego, że oczyścimy jego imię, jeśli on już nie wróci? — powiedziała z goryczą.

— No już, kochanie, nie wolno ci tak myśleć — panna Yates ujęła jej dłoń i posadziła ją przy stole. — Panie Thorne, proszę przynieść Louise herbaty i talerz tostów. Usiądziesz, zjesz porządne śniadanie, a Arthur w tym czasie napisze liścik do pana Hollicka. — Posłała lordowi Ferndale wymowne spojrzenie.

— Istotnie, zabieram się za to natychmiast — lord Ferndale porzucił niedojedzone śniadanie i udał się do gabinetu.

Pół godziny później Louise znów była w siodle, wracając do Hatfield, i zaraz po przybyciu poszła do kowala, pana Hollicka, który uważnie wysłuchał, co miała do powiedzenia, przeczytał liścik lorda Ferndale'a, po czym cisnął go do paleniska.

— Najlepiej, żeby nie został po nim żaden ślad — zagrzmiał z błyskiem w oku. — Proszę to zostawić mnie, panno Louise. Załatwię to, kiedy Baxterowie będą jeść obiad... zawsze punkt szósta, u nich jak w zegarku. Koń będzie kulał, jeśli chłopak spróbuje dziś gdzieś na nim jechać — stuknął znacząco młotem o dłoń. — A jak spróbuje tu gdzieś podpalić... cóż, ludzie będą patrzeć.

Czuła się o wiele lepiej, gdy wracała do księgarni, ale ledwie otworzyła drzwi, Bernadette, tuląca zapłakanego Brutusa, podniosła wzrok i powiedziała: — Gdzie *byłaś*?

— W Ferndale Hall — odparła Louise, obejmując wzrokiem potężny siniec na twarzy Brutusa i zaciskając pięści w niemym gniewie. — To zasługa twojego brata?

— Jest wredniejszy niż kiedykolwiek — pociągnął nosem Brutus. — Mogę tu zostać, proszę? Proszę, nie każcie mi wracać do domu...

— Dostaniesz pokój Marie — zdecydowała Louise bez wahania. — Widział go już doktor Williams, Bernadette?

— Nie, poradzę sobie, to tylko stłuczenie.

— Może i tak, ale mimo wszystko chciałabym, żeby zobaczył to doktor Williams. Jako świadek — wyjaśniła Louise, gdy Bernadette spojrzała na nią pytająco. — Żeby kiedy powiem Kuzynowi Joshui, że Brutus nie wróci do tamtego domu, dopóki Benjamin znów nie wyjedzie do szkoły, ktoś z autorytetem nam przytaknął.

— Zaprowadzę go do doktora od razu — Bernadette ujęła Brutusa za rękę.

— Naprawdę mogę zostać? — zapytał Louise Brutus.

— Naprawdę możesz. Ale możesz też musieć być dzielny i pójść ze mną przed radę miasteczka, pokazać im swój uraz i powiedzieć, że to brat ci to zrobił, jeśli twój ojciec zażąda cię z powrotem. Myślisz, że dasz radę? — spytała Louise.

— Tak. Dam radę — Brutus wydął brodę, po czym syknął i przyłożył wolną dłoń do policzka.

— Marsz do doktora Williamsa. Pani Poole — zawołała Louisa na schody. — Czy mogłyby panie z Rosie zejść na chwilkę?

Pani Poole i Rosie zeszły na dół, spoglądając na nią pytająco. Louise wzięła się pod boki. — Mam już *dość* siedzenia z założonymi rękami i pozwalania, by Kuzyn Joshua z Phoebe szargali nasze imię na prawo i lewo bez żadnej odpowiedzi — oznajmiła. — Więc. Potrzebuję was.

Rosie się uśmiechnęła, od razu pojmując, o co chodzi. — Czego mamy ludziom powiedzieć, panno Louise?

— Trzech rzeczy — Louise uniosła palec. — Po pierwsze, skoro podpalacz najwyraźniej wrócił, a pan Jackson wciąż dzielnie walczy we Francji, to *oczywiście* nie on był winny.

Pani Poole skinęła z uznaniem. — O, jakżeż tak. I państwo Baxter będą mu winni przeprosiny, kiedy wróci.

— A te dwie pozostałe? — zapytała z zapałem Rosie.

— Po drugie: Brutus Baxter będzie mieszkał z nami, dopóki jego starszy brat znów nie wyjedzie do szkoły. Jeszcze go nie widziałyście, ale Bernadette właśnie musiała zaprowadzić go do lekarza, bo Benjamin zafundował mu okropnego siniaka na twarzy. Nie zdziwiłabym się, gdyby miał pękniętą kość policzkową — Louise nawet nie przesadzała.

Pani Poole i Rosie obie wyglądały na zgrożone. — Biedny chłopczyna! — zakwiliła pani Poole.

— Właśnie! Chcę, żeby wszyscy w miasteczku wiedzieli, że jego rodziców to ani trochę nie obchodzi... mówcie, że Joshua pozwoliłby Benjaminowi zatłuc go na śmierć i nie wtrąciłby się. Ja na to nie pozwolę.

— Brawo, panno Louise — powiedziała Rosie. — A trzecia rzecz?

Louise wzięła głęboki oddech. Może popełniała błąd... ale może uratuje to komuś życie. Nie będzie miała śmierci na sumieniu. — Ostrożnie z doborem słów. Ale niech nikt nie przegapi faktu, że dokładnie w dniu powrotu Benjamina Baxtera do miasteczka pożary zaczęły się na nowo.

Pani Poole pisnęła. — Louise! Nie myślisz chyba...

— Właśnie tak myślę. I pan Jackson też go podejrzewał, zanim musiał wyjechać. Wzrostem pasuje do mężczyzny, którego pan Jackson i pan Stratforth omal nie schwytali przy podkładaniu ognia, i miał możliwości. I motyw. Każdy budynek, który spłonął, należał do kogoś, kogo on — albo Joshua — nie lubił.

— Święci nas strzeż! — Rosie, która była katoliczką, przeżegnała się. — A jego ojciec sędzią pokoju!

— Dokładnie — powiedziała ponuro Louise. — Trzeba go złapać dosłownie na gorącym uczynku. Musi być obserwowany.

— Lecę po kapelusz — rzekła pani Poole. — Proszę to zostawić nam, panno Louise. Zanim zapadnie zmrok, wszyscy rozsądni w Hatfield będą wiedzieć, co się święci, słowo daję!

Louise uśmiechnęła się blado, gdy służąca i gospodyni

pospiesznie wyszły. — Chciałabym, żebyś tu był, Shaun — wyszeptała do pustej księgarni. — Ale skoro cię nie ma... zajmę się sobą i wszystkimi innymi też.

Przez chwilę niemal słyszała jego głos i czuła leśny zapach, gdy stawał blisko niej. — *Nie mam najmniejszych wątpliwości, że nawet gdyby nie miał ci kto pomagać, i tak dasz radę, Louise Baxter* — powiedział jej kiedyś. — *Jesteś naprawdę niezwykła, wiesz o tym.*

— Myślę, że byłbyś ze mnie dumny — powiedziała głośno, po czym wyprostowała plecy i przemaszerowała za ladę, by zająć swoje zwykłe miejsce. Bo bez względu na wszystko, Baxter's Fine Books miała być otwarta. Dziś i każdego dnia, jeśli miała coś do powiedzenia w tej sprawie.

ROZDZIAŁ 22

Nieoczekiwana propozycja

Ku lekkiej niespodziance Louise, Joshua i Phoebe nie przyszli szukać Brutusa. Wydawali się nawet nie zauważać, że nie sypia już ani nie jada w ich domu. A może byli zbyt zajęci, starając się przydusić plotki, które zaczynały krążyć po Hatfield o Benjaminie; jedyny raz, gdy Louise zobaczyła Phoebe na ulicy, ta rozpaczliwie próbowała coś wytłumaczyć swojej przyjaciółce, pani Wellworth, która stała z założonymi rękami i wyglądała tak, jakby nie wierzyła ani słowu. Louise uśmiechnęła się i weszła do drukarni, zanim Phoebe zdążyła ją zauważyć.

Brutus był o wiele szczęśliwszy, mieszkając z nimi, a jego uśmiechnięta twarz była małym jasnym punktem w coraz bardziej ponurych czasach. Wiadomości z Francji z dnia na dzień były straszniejsze, a dwudziestego drugiego czerwca Bernadette schowała gazetę za plecy, kiedy Louise wyciągnęła po nią rękę.

— 'Dette... — nie chciała wiedzieć, ale musiała zobaczyć. Wczorajsze wieści były wystarczająco złe, donosiły o okropnej bitwie gdzieś na rozstajach, ale z miny Bernadette wynikało, że teraz jest dużo gorzej.

Powoli Bernadette wyciągnęła gazetę i położyła ją na ladzie. Stanęła obok Louise, kładąc jej dłoń na ramieniu w geście cichego wsparcia.

Relacja z bitwy pod Waterloo, jak zaczęto ją nazywać, była suchym meldunkiem spisanym własnoręcznie przez Wellingtona.

— Wygrali bitwę — wymamrotała Louise, docierając do końca artykułu. — Ale co znaczy — *Our straty były wielkie.*? I jeszcze że zginął kwatermistrz generalny... — Nie spodobała jej się ta wzmianka. Choć nie miała najmniejszego pojęcia, gdzie Shaun mógł zostać przydzielony, wiedziała, że był kwatermistrzem. Czy był z generałem, kiedy trafiła go śmiertelna kula armatnia?

— Chyba to było rozstrzygające zwycięstwo — powiedziała niepewnie Bernadette. — Francuzi są w pełnym odwrocie.

Do uszu Louise dotarł dźwięk i uświadomiła sobie, że to wiwat; ktoś na podwórzu zajazdu obok, może właśnie usłyszał nowinę.

— Będą świętować dziś wieczorem na Nocy Świętojańskiej — oznajmiła pani Poole, wmaszerowując do środka i strzepując spódnice. Widząc wyraz twarzy Louise, jej wesołość trochę przygasła. — Czy czuje się pani na siłach, moja droga, żeby pójść?

— Nie sądzę, żebym miała ochotę tańczyć — powiedziała Louise, zerkając znów na gazetę. *Our loss was great.* Słowa jakby z niej kpiły. *A co z moją stratą?* chciała krzyknąć. *A co z Shaunami?*

— Zostanę z tobą — powiedziała Bernadette, ale Louise stanowczo pokręciła głową.

— Nie ma mowy. Pójdziesz, uniesiesz głowę wysoko i zatańczysz z doktorem Williamsem, i zadbasz o to, żeby wszyscy wiedzieli, że nie boisz się pokazać. Jeśli ludzie zapytają, gdzie jestem, powiedz im, że zostaję w domu, bo nie chcę, żeby Brutus był sam.

— Dobrze — zgodziła się Bernadette, choć też, zupełnie niespodziewanie, lekko się zaczerwieniła. Louise nie dociekała, dlaczego. Bernadette miała swoje zmartwienia; Phoebe i Joshua próbowali zrzucić na nią winę za śmierć pastora Millingsa, jak gdyby to w ogóle było możliwe. Było wielu świadków, którzy mogli zaświadczyć, że proboszcz zawsze stanowczo odrzucał choćby sugestię pomocy ze strony Bernadette. Ważne było, by Bernadette poszła na zabawę i pokazała, że nie ma nic do ukrycia.

Louise została za to z Brutusem, po kolacji zagrała z nim w karty, słuchając muzyki wlewającej się przez otwarte okno kuchni. Myślała o tym, jak tańczyła z Shaunem na Zabawie Zimowej, jak po raz pierwszy w życiu czuła się w jego ramionach lekka i zgrabna.

— Twoja kolej, Louise — powiedział Brutus, a ona drgnęła, patrząc na karty w dłoni.

— Wybacz. Zamyśliłam się.

Spojrzał na nią mądrze. — Bardzo tęsknisz za panem Jacksonem, prawda?

— Bardzo — powiedziała, a gardło miała ściśnięte.

— Wróci — oznajmił Brutus z niewzruszoną pewnością dwunastolatka. — A potem się pobierzecie. Czy będę mógł z wami zamieszkać, kiedy to zrobicie?

Wymusiła uśmiech. — Oczywiście. Powiem panu Jacksonowi, żeby zadbał o pokój dla ciebie, kiedy kupi nam dom.

Piękna, malutka fantazja, której spełnienie stawało się coraz mniej prawdopodobne. Kiedy skończyli grać, Louise westchnęła, pogoniła Brutusa do łóżka i została sama, słuchając muzyki.

Bernadette zastała ją siedzącą w ciemności, kiedy wróciła; świeca musiała zgasnąć.

— Lou! — wyrwało się Bernadette, przyciskając dłoń do piersi. — Nie zauważyłam cię! Dlaczego bez świecy?

— Zgasła. Słuchałam muzyki. — Wciąż grali; najwyraźniej Bernadette zmęczyła się i wróciła do domu przed końcem zabawy.

— Powinnaś była pójść. — Bernadette zapaliła świecę i postawiła czajnik na wygaszonym piecu. — Pan Stratforth pytał o ciebie.

Chwilę zajęło Louise przypomnienie sobie, o kogo chodzi. — Ach. Ten farmer?

— Tak, był bardzo zawiedziony, że cię nie było.

Louise wzruszyła obojętnie ramionami.

Bernadette wlała wrzątek do dzbanka i usiadła naprzeciwko. Popatrzyły na siebie przez moment, po czym Bernadette bardzo cicho powiedziała: — Co my zrobimy, Lou?

Wiedziała, o co chodzi siostrze. Termin dostarczenia dokumentów, o które wystąpił Sąd Kanclerski, upływał już za kilka dni, a one nie miały nic, co mogłyby wysłać. Co będzie dalej, żadna z nich nie wiedziała.

— Nie wiem. — Louise wyciągnęła rękę, ujęła dłoń Bernadette i mocno ścisnęła. — Ale wiem, że nie przestanę walczyć. Bez względu na wszystko.

Bernadette wypuściła powietrze, potem skinęła głową, ściskając ją z powrotem. — Bez względu na wszystko.

⚜

Następnego ranka Louise otworzyła księgarnię i właśnie zmiatała zwykłe „prezenty" Crafty'ego — kolejny miot kociąt nie spowolnił wcale morderczego rajdu kota — kiedy do sklepu wszedł niespodziewany gość.

— Dzień dobry, panno Louise — powiedziała nieśmiało Ruth Millings.

— Ruth! — Louise upuściła szufelkę z popiołem i zerwała się na równe nogi. — Moja droga! Jak się pani miewa? — Nie widziała dziewczyny od chwili szokującej śmierci jej ojca, to już prawie cztery tygodnie.

Ruth była blada jak zawsze, i równie chuda, ale jakby mniej... zbita z tropu, mniej udręczona. Stała trochę wyżej i prościej, a w oczach miała blask, którego Louise nigdy wcześniej u niej nie widziała. Przyjęła spontaniczny uścisk, którym obdarzyła ją Louise.

— Cóż, czerń pani nie służy — stwierdziła szczerze Louise, a Ruth nawet się uśmiechnęła.

— Nie mam wielkiego wyboru.

— Proszę usiąść i opowiedzieć, co się dzieje. Jak się miewa pani matka?

Ruth zastanowiła się przez chwilę, zanim powiedziała: — Lepiej.

Louise nie dopytywała, choć zastanawiała się, co dokładnie Ruth miała na myśli. Czy już otrząsa się z żałoby? Czy jest mniej przytłoczona i przerażona?

— Cieszę się, że panią widzę — powiedziała dyplomatycznie. — Czy mam odwagę zapytać, czy rozważa pani powrót do pomocy u nas?

— Chcę wrócić. Dobrze jest wyrwać się z domu! — Ruth uniosła brodę. — I... potrzebujemy pieniędzy. Teraz wypłacanych mnie.

Louise nie zastanawiała się wcześniej nad sytuacją mieszkaniową państwa Millingsów, ale oczywiście plebania musiała przejść do nowego proboszcza, kiedy przyjedzie. Była pewna, że lord Ferndale nie każe Ruth i jej matce od razu się wynosić, ale będą musiały znaleźć gdzieś lokum, a ich dochód przepadnie.

— Jaka jest pani sytuacja? — zapytała wprost.

— Mama ma niewielką rentę wdowią. Starczy, żeby wynająć małą chatkę i mieć jedną służącą do wszystkiego, ale niewiele więcej. Gdybym dostawała tutaj wypłatę, wystarczyłoby nam na pewny chleb.

Pewność siebie Ruth rzeczywiście rozkwitła, pomyślała Louise. Skinęła głową. — Oczywiście, to jak najbardziej sprawiedliwe! Nigdy nie czułam się dobrze z tym, że muszę wkładać pani pensję do tacy na ofiarę. Właściwie, jest jeszcze tygodniowa wypłata za ostatni tydzień pracy przed śmiercią pani ojca, której nie oddałam. Pozwoli pani, że od razu ją wypłacę.

Ruth wyglądała na zadowoloną, schowała monety do kieszeni, po czym chwyciła miotełkę i zabrała się za regały, jakby wcale jej nie było przez ten czas.

Dobrze było mieć ją z powrotem, pomyślała Louise z małym uśmiechem i wróciła do usuwania mysich szczątków.

Nie minęło nawet pół godziny, gdy do księgarni wszedł kolejny gość — tym razem szczupły młody mężczyzna, którego Louise oceniła na zaledwie kilka lat starszego od siebie. Miał ładny uśmiech i koloratkę, co sprawiło, że Louise szerzej otworzyła oczy.

— Słynne Baxter's Fine Books! — powiedział z ujmującym uśmiechem. — Wiedziałem, że muszę wejść od razu, by poznać siostry lady Renwick.

Louise zamrugała, zaskoczona. — Zna pan Marie?

— Owszem! Proszę wybaczyć. — Kapelusz miał już zdjęty, teraz wykonał bardzo grzeczny ukłon. — Pan John Charles, do usług. Panna musi być Louise; lady Renwick tak barwnie was opisywała, że mam wrażenie, jakbym was już znał!

Pan Charles! Louise poskładała fakty. Były guwerner synów Renwicka, o którym Marie mówiła, że kończy studia seminaryjne w Cambridge. Najwyraźniej je ukończył — i Renwick przysłał go tutaj?

— Czy przyjechał pan, żeby zostać naszym tymczasowym wikarym? — zapytała, dostrzegając Ruth zerkającą zza regałów z szeroko otwartymi oczami.

— Tak jest; lord Renwick polecił mnie lordowi Ferndale-'owi, który uprzejmie zaprosił mnie do przyjazdu i opłacił pokój w Red Lion na miesiąc, by sprawdzić, czy będę odpowiedni dla parafii. — Uśmiechnął się szeroko, ujmująco. — Już jestem nią zachwycony.

Louise uznała, że to bardzo miły młody człowiek. Spojrzała na Ruth, pytając niemożliwie subtelnym ruchem brwi, czy chciałaby zostać przedstawiona, ale Ruth pokręciła głową i cofnęła się za półki. Dobrze, nie będzie naciskać. — A czy spotkał się już pan z lordem Ferndale'em?

— Jeszcze nie, ale karczmarz doradził, że mogę wynająć konia w stajni i dał mi mapę do Ferndale Hall. — Machnął kartką. — Zaraz wyruszam, ale nie mogłem zmarnować okazji, by zobaczyć słynną księgarnię i panie poznać. Czy jest panna Bernadette? Chciałbym i jej złożyć wizytę.

— Niestety wyszła, ale na pewno ucieszy się z poznania pana, gdy tylko będzie to możliwe. Proszę przyjść do nas na obiad dziś wieczorem — zaproponowała Louise.

— To wielka uprzejmość! — Pan Charles rozpromienił się. — Czuję się zaszczycony i z radością przyjmuję.

— Cóż, wydawał się miły — powiedziała Louise, gdy wesoły młodzieniec ukłonił się i wyszedł.

— Hmph — mruknęła Ruth zza półek.

— Jestem pewna, że nie będzie pani musiała go często widywać, jeśli pani nie zechce.

Ruth na to nie odpowiedziała, a Louise uśmiechnęła się i wróciła do pracy. Lecz ledwie zaczęła wypisywać listę książek do zamówienia u londyńskiego drukarza, gdy drzwi znów się otworzyły; westchnęła i podniosła wzrok, wykrzesując z siebie uśmiech dla wchodzącego klienta.

— Och, pan Stratforth! Dzień dobry.

Wysoki hodowca bydła podszedł do lady i stanął przed ladą, obracając w dłoniach kapelusz. Miał na sobie, zauważyła Louise, swój odświętny garnitur i nagle ogarnęło ją nieprzyjemne przeczucie.

— Brakowało mi pani na wczorajszej zabawie, panno Baxter — powiedział.

— Och — tylko to zdołała z siebie wydobyć.

— Miałem do pani szczególną prośbę.

O nie.

Proszę, nie! — chciała krzyknąć, ale on już się rozpędził.

— Rozmawiałem już z pani kuzynem, panem Baxterem, który udzielił zgody jak trzeba, ale rzecz jasna muszę zapytać panią. Omawialiśmy, co mam do zaoferowania, na ostatniej zabawie...

Nie, to pan mówił, a ja próbowałam pana nie słuchać — pomyślała Louise z irytacją. Nawet nie zadał sobie trudu, by spytać o jej zdanie.

— I tak, jeśli mogłaby pani rozważyć... Bardzo bym sobie życzył, żeby powiedziała pani „tak" i została moją żoną. — Pan Stratforth wreszcie się wyczerpał i stanął, patrząc na nią wyczekująco. Wciąż jednak miętosił kapelusz w dłoniach i nie wyglądał na choć odrobinę pewnego siebie, co sprawiło, że Louise zrobiło się go bardziej żal, niż by przypuszczała.

Pytać o moją rękę Joshuę, zanim zapyta mnie, doprawdy! A Joshua powiedział „tak"! Zacisnęła zęby, zyskując chwilę. Nie wypadało wyładować gniewu na kuzynie na tym nieszkodliwym mężczyźnie, którego jedyną prawdziwą wadą było to, że nie był Shaunem Jacksonem.

— Jest mi niezmiernie miło — powiedziała powoli, dobierając słowa z najwyższą ostrożnością, — ale...

— Ale nie jestem pani pierwszym wyborem. — Spojrzał na nią dość życzliwie.

— Cóż... — Naprawdę nie wiedziała, co powiedzieć.

— Jeśli wróci, na pewno będzie pani z nim szczęśliwa. Ale jeśli nie... Myślę, że może byłaby pani szczęśliwa ze mną. Jestem gotów poczekać, aż pani podejmie decyzję.

— Jest pan dobrym człowiekiem, panie Stratforth — zdecydowała się na szczerość. — Potrzebuję trochę czasu. Dziękuję za propozycję. Ja... pomyślę o tym.

Na więcej nie było jej stać, a on nie wydawał się urażony; życzył jej dobrego dnia, włożył kapelusz i wyszedł. Louise siedziała osłupiała, zastanawiając się, co powinna zrobić. A jeśli Shaun nigdy nie wróci? Czy mogłaby być szczęśliwa u boku takiego człowieka jak pan Stratforth? Próbowała to sobie wyobrazić — i nie potrafiła. Sam fakt, że Joshua najwyraźniej uważał, że powinna za niego wyjść, wywoływał w niej instynktowną niechęć.

Pierwsze kazanie pana Charlesa było powiewem świeżego powietrza w Hatfield — całe o miłowaniu bliźniego — i Louise czuła, że po nim atmosfera w miasteczku się zmieniła. Od czasu, gdy wszyscy zaczęli mieć oko na Benjamina Baxtera, nie było już żadnych pożarów, a jego naburmuszona, wściekła mina w kościele wywołała u Louise pełen satysfakcji uśmiech.

— Trzymaj się blisko — szepnęła jednak do Brutusa, nie chcąc, by zbliżył się na tyle, żeby Benjamin mógł obrać go za cel. — I Ruth też. — Ruth i jej matka przyszły do kościoła i na namowę panny Yates usiadły również w ławce Ferndale'ów.

Po nabożeństwie pan Charles wrócił z nimi do Ferndale Hall i wszyscy miło spędzili czas. A jednak Louise nie potrafiła naprawdę cieszyć się popołudniem; myślami była daleko, przy Shaunie albo przy ojcu, o których od dawna nie było żadnych wieści.

Listy poległych zaczęły pojawiać się w gazetach w poniedziałek i każdego dnia tego tygodnia Louise zbierała się w sobie, by je przeglądać. Nazwiska Shauna tam nie było, i pozwoliła sobie na maleńki promyk nadziei, choć przypominała sobie, że wielu nie dało się zidentyfikować.

Znalazła za to tragiczną wiadomość, że Hugh i John Fox polegli pod Quatre Bras, i na moment ogarnął ją paraliżujący lęk. Przecież byli z Shaunem; czy on padł u ich boku? Przebiegła listy jeszcze raz, ale nie odnalazła ani jego, ani Sobriety-’ego Jonesa.

— Dość — powiedziała łagodnie Bernadette, gdy Louise odwróciła stronę i zaczęła czwarty raz od góry. — Lou. Jego tam nie ma.

— Jutro dojdą nowe nazwiska — powiedziała Louise, pozwalając Bernadette zabrać gazetę.

— Wiem. Ale na razie uwierzmy, że żyje i jest bezpieczny, tak jak wierzymy, że ojciec żyje i jest bezpieczny.

Louise nie była pewna, jak długo jeszcze zdoła w to wierzyć, zwłaszcza że w następnym tygodniu nadeszły kolejne złe wieści. Ponieważ nie dotrzymały terminu Sądu Kanclerskiego, Sąd przysłał im nowy list, zawiadamiając, że decyzję o kurateli nad majątkiem ojca oraz o opiece prawnej nad nimi samymi podejmie na posiedzeniu pierwszego września. Mogły stawić się osobiście, ale jeśli chciały, by ktoś przemówił w ich imieniu, musiały wyznaczyć pełnomocnika.

— Napiszę jeszcze raz do Marie — powiedziała Louise, a ręce drżały jej, gdy trzymała list. — Renwick mówił, że jego człowiek ma nam pomóc, ale o ileż lepiej byłoby, gdyby on sam przyjechał.

— Masz na myśli, że sąd posłuchałby hrabiego? — spytała Bernadette.

— Właśnie. Mówił, że przyjedzie w połowie września, żeby odwieźć chłopców z powrotem do Eton, ale myślę, że znacznie lepiej, gdyby był tu na rozprawie.

Bernadette przytaknęła, a Louise usiadła, by znów napisać do Marie. Nie była pewna, czy jest sens pisać do Estelle; mało prawdopodobne, by list dotarł do Irlandii na czas, by nawet pan Yates zdążył wrócić bez Estelle — jeśli w ogóle zechciałby wyjechać. I nie było sensu niepokoić Estelle w ciąży. Nie, jedyne, na co wpadła Louise, to list do Marie z błaganiem, by Renwick przyjechał.

— Tak bym chciała, żebyś tu był, Shaun — wyszeptała, gdy zalakowała list i wypisała adres na froncie. — Sprałbyś łeb Joshuie i kazał mu dać nam spokój! — Uśmiechnęła się półgębkiem, wiedząc, że takie działanie i tak nic by nie dało. Była jednak przekonana, że Shaun wymyśliłby coś, jakiś plan, który zmusiłby Joshuę do odwrotu.

— Gdzie jesteś? — mruknęła, siadając z powrotem za ladą po wizycie na pocztowym okienku w Red Lion, gdzie wysłała list. Przeglądając świeżą gazetę, którą właśnie odebrała, znalazła znacznie krótsze listy poległych i artykuły o armii Koalicji niemal pod Paryżem. Skoro siły francuskie były całkowicie rozbite, zwycięstwo wydawało się pewne.

Kilku żołnierzy zdążyło już wrócić do domu, wszyscy z drobnymi obrażeniami. Louise biegła obejrzeć każdego mężczyznę, o którym donoszono, że wrócił, ale żaden nie potrafił sobie przypomnieć, by widział gdziekolwiek Shauna. Miała ochotę zapłakać z frustracji.

— Czemu mężczyźni nie mogą po prostu pisać listów? — Ledwie powstrzymała się, by nie uderzyć pięścią w ladę. — Najpierw ojciec, a teraz ty!

Nie była sprawiedliwa, ale emocje nie zawsze są racjonalne, a najgorsza była niewiedza. To był okropny rodzaj zawieszenia, ciągły lęk przed najgorszym, ale i kurczowe trzymanie się cieniutkiej nitki nadziei.

— Po prostu wróć do domu — powiedziała w końcu cicho, odkładając gazetę i opierając brodę na dłoniach, nie zważając na czarną farbę drukarską, która brudziła jej twarz. — Po prostu... wróć do domu.

ROZDZIAŁ 23

Powrót do domu

Prawie cztery miesiące po wyjeździe z Hatfield Shaun Jackson wrócił do miasteczka późnym wieczorem. Prowadził mały, używany powóz, który kupił w Londynie wraz z parą koni, kiedy do cna znudził się byle jakim transportem, jaki był w stanie zorganizować dla Riot Jonesa ze złamaną nogą; wjechał na podwórze pod Czerwonego Lwa i zeskoczył z kozła.

— Panie Jackson! — Pan Thomas, podchodząc po konie, aż oniemiał. — No nie do wiary! Co za widok dla obolałych oczu!

Shaun się uśmiechnął i uścisnął dłoń krzepkiego stajennego. — Dobrze być w domu, panie Thomas! Może się pan zająć końmi i znaleźć jakieś miejsce na powóz? Jest mój.

— A jakże, a jakże!

— I nie jestem sam. — Shaun otworzył drzwiczki powozu i odsłonił Riota, który próbował się boczyć, ale marnie mu to szło — aż nazbyt oczywiste było, że cieszy się z powrotu.

— Riot Jones! — Pan Thomas zerknął na usztywnioną

nogę Walijczyka, podpartą na siedzeniu całym stosikiem poduszek. — Ach... widzę, skąd ten powóz.

— I skąd moje opóźnienie. Nie mogłem go zostawić. — Choć każdy dzień był udręką, Shaun nie porzuciłby Walijczyka, który poszedł za nim do piekła i z powrotem. Zbyt wiele był mu winien. Wrócą do domu razem albo wcale.

— Zaprowadźmy cię na górę, do wygodnego łóżka, co? — powiedział Shaun do Riota, ale tamten pokręcił głową.

— Odczep się, głupku. Thomas mi pomoże. Ty leć. — Skinął na budynek obok, tam, gdzie rwało się serce Shauna. — Dowiozłeś mnie bezpiecznie, prawda? Robota zrobiona. Ona czeka.

Widział światło w oknach na piętrze nad księgarnią i choć dobre wychowanie podpowiadało, że powinien poczekać do rana, Shaun czekał już dostatecznie długo. Z wdzięcznym uśmiechem do Riota obrócił się na pięcie i pobiegł na róg budynku, do frontowych drzwi księgarni.

Zaraz miał narobić niezłej wrzawy — pół miasteczka pewnie przyjdzie zobaczyć, co się dzieje — ale nic go to nie obchodziło.

— Louise! — ryknął, waląc w drzwi księgarni. — LOUISE!

Przez moment panowała cisza, a potem nad jego głową otworzyło się okno.

— Kto tam taki hałas robi? — powiedziała z irytacją pani Poole.

— To ja, pani Poole. — Uśmiechnął się do niej, widząc, jak w jednej chwili jej mina zmienia się z gniewu w radość. — Jest tutaj?

— A jakże, a jakże... Brutusie, zbiegnij i wpuść go!

Ledwie zdążył się zastanowić, czemu Brutus jest tu tak

późno, gdy drzwi się rozwarły — i to nie chłopiec stał w progu i patrzył na niego, tylko ona. Jego ukochana.

Jego Louise.

— Shaun — wyszeptała, blada z szoku. — Shaun? To naprawdę ty?

Nie odpowiedział jej słowami. Zrobił to, o czym śnił każdej godziny od chwili, gdy się rozstali: podszedł, objął ją i całował tak długo, aż obojgu zabrakło tchu.

— Wyjdziesz za mnie? — zapytał wreszcie, gdy podniósł głowę.

— Co? Ja... Shaun, gdzie ty *byłeś*?

— We Francji — odparł. — No, głównie w Belgii, ale też we Francji. Nie dostałaś moich listów?

— Ani jednego! — zawołała, a on pojął, że jest naprawdę strasznie wzburzona; aż się chwieje. Przyciągnął ją bliżej i mocno przytulił.

— Nigdy nie powinienem był wyjeżdżać — wyszeptał we włosy. — Zrozumiałem to, jak tylko byłem na statku, ale nie było odwrotu, musiałem to dokończyć. Ale już po wszystkim, obiecuję, i więcej nie wyjeżdżam. Wyjdziesz za mnie?

Kurczowo się go trzymała, cała dygotała — i ze zgrozą uświadomił sobie, że płacze, szlochając tak, że nie była w stanie mu odpowiedzieć.

— A więc wróciłeś — odezwał się sucho głos za jego plecami i Shaun odwrócił się, widząc doktora Williamsa, który najwyraźniej wyszedł od pani Bell, słysząc krzyk i łomot w drzwi księgarni. — Mój Boże, panna Louise wygląda na nieco roztrzęsioną. Proszę wprowadzić ją do mojego gabinetu.

Pewnie jedyne miejsce, gdzie o tej porze mogliby odbyć choć w przybliżeniu przyzwoitą, prywatną rozmowę — pomyślał Shaun i z wdzięcznością skinął głową. Doktor Williams zaprowadził ich do gabinetu, po czym dyskretnie zniknął. Przez okno Shaun zobaczył, jak doktor przechodzi przez ulicę do księgarni i wchodzi do środka, najpewniej by powiedzieć Bernadetcie i pani Poole, dokąd poszła Louise.

Wciąż płakała, lecz kiedy Shaun posadził ją na małej kanapie, przestała i uniosła dłonie, ujmując jego twarz.

— To naprawdę ty!

— Naprawdę ja — potwierdził.

— Potrzebowałam cię!

Coś było nie tak — i to coś więcej niż tylko jego długie i dla niej niewytłumaczone zniknięcie. Shaun ujął dłonie Louise. — Chodzi o twojego ojca? — zapytał łagodnie. Zbyt długa nieobecność Matthew Baxtera ciążyła mu już od dawna; może wreszcie dotarły złe wieści.

Louise pokręciła głową, potem przytaknęła, po czym znów zaprzeczyła. — Och, nawet nie wiem, od czego zacząć!

— Opowiedz mi — poprosił. — Wszystko.

Gdy zaczęła, słowa potoczyły się coraz szybciej, aż ledwie nadążał. Ale usłyszał dosyć. Pastor Millings nie żyje... trucizna? A Phoebe Baxter, ta okropna kobieta, próbuje wmawiać, że Bernadette miała z tym coś wspólnego? A potem Joshua Baxter występuje do Sądu Kanclerskiego... W Shaunie narastała wściekłość.

— Jak on *śmie* — wycedził przez zęby.

— A potem Benjamin wrócił...

Shaun zesztywniał. — Pożary? — spytał z nagłym przerażeniem.

— Tylko jeden. — Uśmiechnęła się z lekkim triumfem, choć łzy wciąż spływały jej po policzkach. — Nasłałam na niego panią Poole i Rosie. Na całe miasteczko też — żeby rozniosły plotkę, że pożary ustały, kiedy wyjechał, i wróciły, jak tylko się zjawił. Kowal podkuł konia Joshui tak, że kuleje, więc Benjamin nie mógł zapuszczać się daleko, a wszyscy w Hatfield pilnują go jak oka w głowie.

— Założę się, że go to doprowadza do szału — mruknął Shaun.

— Ale Brutus musiał zamieszkać u nas, bo Benjamin tak go zbił.

— Biedny chłopak!

Louise już się uspokoiła i siedziała, ściskając jego dłoń tak mocno, że Shaun pomyślał, iż już jej nie puści. Na szczęście była to prawa dłoń; palce lewej wciąż miał usztywnione, co czyniło prowadzenie powozu dość niewygodnym.

Dopiero wtedy dostrzegła bandaż i wyciągnęła rękę, wołając: — Co się stało?

— Sam nie wiem — przyznał. — Waterloo to był... chaos. Na koniec Riot miał złamaną nogę, a ja dwa złamane palce.

— Riot żyje?

— I wrócił ze mną — potwierdził Shaun. — Straciliśmy za to braci Fox.

— Widziałam ich nazwiska na listach.

Mógł tylko wyobrazić sobie, co czuła, przeglądając te listy. Szukała na nich zapewne jego imienia. Uniósł jej dłoń do ust i pocałował palce.

— Wyjdź za mnie. Wtedy Joshua nie będzie miał nad tobą żadnej władzy.

— Tak. — Powiedziała to tak po prostu, że przez moment nie zrozumiał. Kiedy tylko zamrugał ze zdziwienia, roześmiała się, zarzuciła mu ręce na szyję i zawołała głośno: — TAK!

W końcu musiał odesłać ją do łóżka, a sam wziął pokój w Czerwonym Lwie, choć doktor Williams proponował mu z powrotem jego dawny pokój. Shaun pokręcił głową. — Wkrótce będę żonaty. Potrzeba mi własnego domu.

— No to gratulacje. — Doktor Williams spojrzał z lekką tęsknotą w stronę księgarni. — Panna Louise to wspaniała kobieta. Obie siostry Baxter są.

— Zmienił pan zdanie o Bernadetcie — zauważył Shaun rozbawiony i jeszcze bardziej ubawił się, gdy doktor Williams się zarumienił. Czyżby zacny lekarz miał słabość do Bernadette? Cóż to byłoby za ciekawe połączenie! Na pytania było już jednak za późno i Shaun udał się do łóżka pod dachem Czerwonego Lwa — na pierwszy porządny sen od wielu miesięcy.

Następnego ranka była sobota i Shauna obudziło wczesne pukanie do drzwi. Naciągnąwszy spodnie, otworzył — a w progu stała Louise z szerokim uśmiechem. Obmierzyła go wzrokiem, uśmiechnęła się jeszcze szerzej i rzekła:

— Ubij się, kochany. Musimy iść do wikarego. Nie czekam ani jednej niedzieli dłużej; pierwsze zapowiedzi mogą być już jutro!

Roześmiał się, chwytając za ubranie. — Całkowicie się zgadzam! Powiedz, kto właściwie teraz jest wikarym?

— Och. — Oparła się o framugę i bez wstydu patrzyła, jak wkłada koszulę. — Pan Charles, przemiły młody człowiek z Kumbrii — przysłał go Renwick. Lord Ferndale też chyba bardzo go polubił; jestem pewna, że gdy skończy się okres próbny, odda mu probostwo.

— Miła odmiana po Starym Siarczystym. — Usiadł na brzegu łóżka, by wsunąć buty, potem zawiązał wyjątkowo marny węzeł na krawacie i narzucił surdut. — I nie będzie mu przeszkadzało, że tak wcześnie pukamy do drzwi?

— Już kręci się po miasteczku, właśnie go widziałam, jak wracał z porannego spaceru. Chodź.

Shaun nie miał nic przeciwko planom Louise i poszli razem do młodego wikarego. Pan Charles serdecznie im pogratulował i obiecał z radością dopisać ich nazwiska do listy zapowiedzi, które miał czytać nazajutrz — kilku powracających żołnierzy postanowiło czym prędzej upewnić się co do swych ukochanych i zapowiadało się całe mrowie rychłych ślubów.

Resztę dnia Shaun spędził, z radością na nowo oswajając się z miasteczkiem i przyjaciółmi; rozważał, czy nie wybrać się do lorda Ferndale'a, ale uznał, że skoro zobaczy go w niedzielę w kościele, to wystarczy.

W niedzielny poranek lord Ferndale był wręcz poruszony jego bezpiecznym powrotem i uściskał go jak zaginionego syna, co Shauna mocno wzruszyło. Z radością przyjął stałe zaproszenie do ławki Ferndale'ów, dzięki czemu mógł dzielić z Louise modlitewnik i śpiewnik oraz wpatrywać się w nią podczas nabożeństwa. Zauważył też, że doktor Williams jakby również został „adoptowany", bo stał obok Bernadette. Z pewnością coś się tam święciło — Shaun postanowił, że przy okazji wypyta o to doktora.

Pan Charles promieniał, wzywając do zgromadzenia, i zaczął czytać zapowiedzi; Shaun rozpoznawał nazwiska kilku znajomych. Wreszcie przyszła ich kolej.

— Ogłaszam zapowiedzi małżeństwa między Shaunem Jacksonem z tej parafii a Louise Baxter z tej parafii. Jeśli ktokolwiek z was zna przeszkodę lub uzasadnioną przyczynę, dla której te osoby nie powinny zostać połączone sakramentem małżeństwa, niechaj to wyjawi. Czytam je po raz pierwszy.

Shaun uśmiechnął się do Louise, gdy pan Charles czytał ich zapowiedzi, a ona odwzajemniła uśmiech, cała rozpromieniona.

I wtedy wszystko runęło, bo Joshua Baxter wstał trzy ławki za nimi i głośno powiedział: — Sprzeciwiam się!

Kościół zawrzał od zduszonych okrzyków i szeptów. Pan Charles wyglądał na zupełnie zbitą z tropu; Shaun pomyślał, że chyba nigdy się nie spodziewał, że coś takiego nastąpi.

— Ja... a z jakiego powodu się pan sprzeciwia? — wydusił wreszcie pan Charles.

— Louise Baxter nie jest pełnoletnia. Jako jej najbliższy dostępny krewny w linii męskiej, muszę wyrazić zgodę na jej ślub — odparł Joshua z zadowoloną miną. — A zgody nie daję.

— Zabiję go.

Shaun tylko o tym pomyślał, ale powiedziała to Louise — głośno i wyraźnie. Przez kościół przetoczyła się nowa fala westchnień, a Joshua wrzasnął: — Słyszeliście groźbę! Ona jest obłąkana, do Bedlam z nią!

— Siadaj — uciął ostro lord Ferndale, gdy Shaun zaczął się podnosić, zaciskając pięści. — Jackson. Zostaw to mnie.

— Proszę pana! — Shaun nie był w stanie po prostu stać i na to patrzeć.

Lord Ferndale zmierzył go surowym spojrzeniem i wstał, stukając laską o posadzkę.

— Cisza, proszę — powiedział, a szepty ustały. Zwrócił się do Joshui: — To ani czas, ani miejsce na pańskie drobne złośliwości, Baxter. A teraz wynoś się z domu Bożego, dopóki nie nauczysz się chrześcijańskiej życzliwości i wielkoduszności.

Szczęka Shauna opadła. Nigdy dotąd nie słyszał, by lord Ferndale powiedział o kimkolwiek choćby jedno nieuprzejme słowo; stary baron był ucieleśnieniem grzeczności nawet wobec skrajnych prowokacji.

Joshua Baxter też wyglądał na wstrząśniętego, gapiąc się w milczeniu na lorda Ferndale'a. Przynajmniej dopóty, dopóki ten nie spojrzał na Shauna i nie rzekł: — Pan Baxter chyba niedosłyszy, panie Jackson. Czy raczyłby go pan odprowadzić na zewnątrz?

— Z przyjemnością! — rzucił Shaun, podnosząc się. — Może przy okazji udzielę mu krótkiej lekcji dobrych manier, mój panie? — Bardzo by chciał wybić trochę manier Joshua Baxterowi!

Phoebe Baxter zerwała się na równe nogi, blada jak płótno, i szarpnęła Joshuę za ramię. Oboje wyszli, nie spotkawszy się wzrokiem z nikim, a Benjamin powlókł się za nimi, rzucając jadowite spojrzenia przez ramię. Wszystkie oczy skierowały się na lorda Ferndale'a stojącego przed kościołem.

— Dziękuję, panie Charles, i bardzo przepraszam za tę przerwę. Proszę kontynuować — powiedział lord Ferndale, wracając na miejsce. Zerknąwszy na Shauna, mrugnął do niego.

Shaun docenił interwencję starego barona, ale był też całkiem pewien, że pan Charles nie będzie mógł udzielić im ślubu, jeśli Joshua Baxter nie odpuści. Louise kończyła dwadzieścia jeden lat dopiero w październiku, a on nie chciał tyle czekać.

— Moglibyśmy pojechać do Gretna Green — zaproponował, gdy po nabożeństwie zasiedli do obiadu w Ferndale Hall. — Twoja siostra Marie tak zrobiła z Renwickiem.

— Nie możemy — odparła z rozpaczą Louise. — Nie zdążylibyśmy wrócić na rozprawę w Sądzie Kanclerskim. I nie mogłabym zostawić Bernadette samej, nie teraz, gdy Kuzyn

Joshua jest taki okropny, a Benjamin tylko czyha, żeby narobić jakiegoś świństwa.

— Nie byłaby sama — zaprotestował doktor Williams, lekko się rumieniąc, gdy Shaun uniósł na niego brew.

— Nie wrócilibyśmy na czas. Nie możemy — powtórzyła Louise, a Shaun westchnął, przyznając jej rację.

— Cóż, chyba pozostaje czekać do twoich dwudziestych pierwszych urodzin — powiedział z lekkim przygnębieniem.

— Niekoniecznie. Jeśli wygramy naszą petycję w Sądzie Kanclerskim, zostanę ich prawnym opiekunem — wtrącił z zadowoleniem lord Ferndale. — A mojego błogosławieństwa z pewnością wam nie zabraknie!

— Jeśli — mruknęła ponuro Louise.

Shaun, ukryty pod obrusem, ujął jej dłoń i ścisnął. — Weźmiemy ślub — obiecał cicho. — Im prędzej, tym lepiej.

Odwzajemniła uśmiech i uścisk, ale w jej oczach widział zwątpienie i lęk. Szczerze mówiąc, mógłby udusić Joshui Baxtera!

Życie w Hatfield wróciło niemal do stanu sprzed wyjazdu, co wydawało się Shaunowi dziwne po tym wszystkim, co przeszedł. Za błogosławieństwem lorda Ferndale'a zatrudnił kilku kolejnych weteranów i wznowił nocne patrole, dzięki czemu porządni mieszkańcy Hatfield mogli odetchnąć i przestać aż tak czujnie pilnować Benjamina Baxtera. Chłopak wyraźnie kipiał z wściekłości i frustracji — beczka prochu czekająca na iskrę. Kilka razy widziano, jak nocą wyłazi przez okno i błąka się po miasteczku, ale ponieważ koń Joshui wciąż kulał, Benjamin był ograniczony do zasięgu własnych nóg, a że z natury był leniwy, wiele to nie było. W zaułkach znaleziono parę tlących się stosików śmieci, ale żadna nieruchomość nie padła celem — Benjamin najwyraźniej zbyt bał się, że go przyłapią.

— Bore da. — Shaun oderwał wzrok od śniadania w jadalni Czerwonego Lwa i zobaczył, jak Riot kuśtyka, by do niego dołączyć. Wspierając się na kuli, którą zrobił mu doktor Williams, Riot zaczynał się już całkiem nieźle poruszać, choć do patroli jeszcze nie był zdolny. I Shaun wcale nie zamierzał mu na to pozwalać.

— Dzień dobry, Riot. — Odpowiedział na walijskie przywitanie, skinął na panią Haye i poprosił o więcej śniadania. Riot usiadł naprzeciw z uśmiechem.

— A dobry, dobry. Miło wyjść z pokoju. Mam już dosyć tych czterech ścian.

— Z tego, co widzę, prawie gotów jesteś do podróży — zauważył Shaun. — Może w przyszłym tygodniu?

— A dokąd niby miałbym jechać? — Riot wyglądał na zaskoczonego.

— Do domu, rzecz jasna! Już dawno powinienem był odesłać cię do Wrecsam, człowieku. Czas, żebyś wrócił do rodziny.

Riot pokręcił głową. — Nie, to nie dla mnie. Zostaję, tak myślę.

— Co? Dlaczego?

— Wciąż nie złapaliśmy podpalacza na gorącym uczynku, co nie? — Zerknął na blat, z uśmieszkiem. — Ech, posłuchaj mnie, jestem tak samo jak ty kiedyś — wymyślam wymówki. Prawda jest taka, że jest kobieta, no nie?

— Doprawdy! — Shaun odchylił się z rozbawieniem. Sporo znosił podśmiechujek Riota na temat Louise. — I któż to taki?

— Jak na bystrego faceta, nie widzisz tego, co masz pod nosem. A może po prostu, kiedy w pokoju jest panna Louise, niczego poza nią nie dostrzegasz!

I proszę — droczenie się jak w zegarku. Shaun zmarszczył brwi, a Riot zachichotał.

— Rosie.

— Rosie! — Nagle wiele rzeczy nabrało sensu. Riot zawsze chętnie zerkał na księgarnię, a Shaun kilka razy widział, jak rozmawia ze służącą, ale nie połączył faktów. — A odwzajemnia twoje uczucia?

— A jakże. — Mały uśmiech nie schodził Riotowi z twarzy. — Przyszła do mnie, kiedy wróciliśmy. Ustaliliśmy, że jak stanę na nogi i będę miał stałą posadę, poszukamy małej chatki i poprosimy pana Charlesa o ogłoszenie naszych zapowiedzi.

— Bardzo się cieszę — powiedział szczerze Shaun. — A co do posady. Lord Ferndale mówił ze mną o stworzeniu stałej straży porządkowej. Teraz, z nocnymi patrolami, w Hatfield praktycznie nie ma przestępczości; chce to utrwalić i poprosił, żebym tym zarządzał. Przydałby mi się dobry sierżant do pomocy.

— Policjant, powiadasz! — Riot wyciągnął dłoń, ale zawahał się i cofnął. — I będziemy pod rozkazami sędziego pokoju?

— Joshui Baxtera? W żadnym razie. — Shaun się uśmiechnął. — Lord Ferndale już wystąpił do Lorda Kanclerza o odebranie Baxterowi upoważnienia, a większość rady miasteczka poparła petycję, podpisując się pod nią. Okazuje się, że Ferndale chodził z Lordem Kanclerzem na uniwersytet — wieki temu.

— A kto dostanie tę funkcję? — dopytał Riot.

— Patrzysz na niego. W petycji wskazano mnie jako kwalifikowanego i chętnego następcę, który zaraz żeni się z miejscową dziewczyną i osiada tu na stałe.

— W takim razie wchodzę w to. — Riot ponownie wyciągnął rękę i Shaun ją uścisnął.

Po śniadaniu Shaun poszedł obok, do ulubionej części porannej rutyny. Louise właśnie otwierała drzwi księgarni i uśmiechnęła się na jego widok, unosząc twarz po nader satysfakcjonujący pocałunek.

Brutus, sprzątający za ladą po Craftym, wydał z siebie odgłos mdłości, który oboje zignorowali. Shaun lekko trącił go dłonią w czubek głowy, gdy chłopak przemykał obok z popielnikiem.

— Zmienisz zdanie, jak pojawi się ta właściwa — chłopcze.

Brutus prychnął, ale uśmiech, który posłał Shaunowi, był pełen szacunku, niemal uwielbienia. Dobry z niego chłopak — i Shaun był bardzo szczęśliwy, że wyszedł z tamtego domu, gdzie rodzice go ignorowali, a starszy brat pastwił się nad nim.

Następna przyszła Ruth, posyłając Shaunowi nieśmiały uśmiech. I to też była zmiana; wciąż nieco nieśmiała, wcześniej nie potrafiła nawet na niego spojrzeć. Śmierć jej ojca była chyba najlepszym, co spotkało Ruth — jakkolwiek szokująco to brzmi.

— Uch. — Ruth zatrzymała się przy ladzie, marszcząc nosek. — Co tu tak *śmierdzi*?

— Och, przepraszam. Przyniosłam świeży klej, żeby Brutus i ja mogli popracować... och.

Ruth chwyciła się za brzuch, zasłoniła usta dłonią i wybiegła na zewnątrz.

— Obróciło jej żołądek, biedaczce — powiedział ze współczuciem Shaun. — Trochę wcześnie na taki ostry zapach.

— Nigdy dotąd jej nie przeszkadzał! — Louise pokręciła

głową, nakładając na garnek pokrywkę. — Zanieś to z powrotem na górę, dobrze, Brutusie? Jeśli Ruth robi się niedobrze, to i klientów może nam przepłoszyć. Będziemy kleić u góry.

— Bernadetcie na pewno się to spodoba — zauważył sucho Shaun.

— Zaniosę do mojego pokoju, mnie zapach nie przeszkadza — odparł wesoło Brutus, chwytając garnek i znikając po schodach.

Przez krótką chwilę znów byli sami i Shaun nie zmarnował okazji, by ukraść kolejny pocałunek. Roześmiała się, obejmując go za szyję i odwzajemniając pocałunek, a on przyciągnął ją mocno do siebie, usiłując wymyślić, jak by tu zmusić Joshuę do wycofania sprzeciwu wobec ich ślubu — bo perspektywa czekania jeszcze trzy miesiące na poślubienie tej pięknej, mądrej, cudownej kobiety wydawała mu się teraz po prostu nie do zniesienia.

ROZDZIAŁ 24

Punkt wrzenia

W kościele w niedzielę pan Charles po raz drugi ogłosił zapowiedzi. Joshua i Phoebe tym razem nie przyszli na nabożeństwo, być może obawiając się, że lord Ferndale znów ich zawstydzi przed całym zgromadzeniem. I choć pan Charles zgodził się nadal ogłaszać zapowiedzi, ze smutkiem powiedział Shaunowi i Louise, że nie może zgodnie z prawem udzielić ślubu, dopóki kwestia zgody jej opiekuna nie zostanie rozstrzygnięta.

— Popracuję nad tym — powiedział Shaun. — Ty ogłaszaj zapowiedzi... a kiedy się skończą, może będzie już inaczej.

Dzień był piękny, ciepły, letni. Spędzili urocze popołudnie w Ferndale Hall, po czym wrócili powozem Ferndale, a Shaun i Louise stali rozmawiając przed księgarnią, podczas gdy Brutus pobiegł w dół ulicy porozmawiać z innym chłopcem w jego wieku, który bawił się z psem na skwerze.

— Shaun! — Louise nagle chwyciła go za rękę, a jej radosny wyraz twarzy zmienił się w alarm. — To Benjamin, patrz!

Shaun odwrócił się gwałtownie i zobaczył, jak Benjamin podchodzi do Brutusa i drugiego chłopca.

— Wejdź do środka — powiedział do Louise, po czym ruszył biegiem, żeby ich przechwycić. Nie słyszał, co Benjamin mówi, ale widział jego postawę: rozstawione ramiona i zaciśnięte pięści.

Brutus nie wyglądał na przestraszonego bratem, stał dzielnie wyprostowany. Może dostrzegł, że Shaun pędzi na złamanie karku, bo gdy ten zbliżył się na tyle, by ich usłyszeć, Brutus powiedział:

— I co z tym zrobisz?

Benjamin zamachnął się, Brutus uskoczył, a Shaun dopadł ich, zanim Benjamin zdążył uderzyć po raz drugi.

— O nie, mój drogi — powiedział, wchodząc między dwóch braci.

— To nie twoja sprawa! — warknął na niego Benjamin.

— Zawsze jest moją sprawą, gdy ktoś się znęca nad słabszym.

— Czemu po prostu nie wrócisz tam, skąd przyszedłeś! — wrzasnął Benjamin, czerwony na twarzy i wściekły.

Shaun zrobił krok bliżej. — To się nie wydarzy, chłopcze. To teraz mój dom. Zostaję. Na *zawsze* — podkreślił. — A póki tu jestem? Nikt nie będzie nikogo dręczył.

Benjamin zacisnął zęby i pięści i przez moment Shaun pomyślał, że chłopak może być na tyle głupi, by zadać cios.

— Uważaj na siebie — syknął w końcu Benjamin, cofając się o krok.

Shaun roześmiał się, wcale nie zastraszony. — Nie boję się ciebie, chłopcze. Zmykaj do domu. Zanim sprawię ci takie lanie, na jakie w pełni zasłużyłeś.

Benjamin zawahał się, Shaun zrobił kolejny krok naprzód i chłopak wziął nogi za pas.

Patrząc, jak biegnie, Shaun był bardziej niż kiedykolwiek pewny, że Benjamin to ten, którego gonił tamtej nocy przed księgarnią, ten, któremu wypadła hubka. Szybki i zwinny, jego krok był nie do pomylenia, podobnie jak wzrost i budowa. Shaun patrzył, aż młodzik zniknął mu z oczu, po czym odwrócił się i odkrył, że Louise wcale nie weszła do księgarni, jak kazał, tylko poszła za nim i teraz stała, patrząc, z ramieniem otulającym chude barki Brutusa.

Shaun uśmiechnął się krzywo, podchodząc do nich. — Oczywiście, że nie zrobiłaś tego, co ci kazałem. A ty! — Machnął palcem na Brutusa. — Nikt ci nie powiedział, że pchać kij w gniazdo os to fatalny pomysł?

— Wiedziałem, że nie pozwolisz mu mnie skrzywdzić — powiedział Brutus, a Shaun pokręcił głową.

— Mógł cię powalić jednym ciosem, zanim bym dobiegł, gdyby trafił. Trzymaj się od niego z daleka, Brutus.

— Tak jest, panie Jackson — odparł skruszony Brutus.

— Naprawdę myślałeś, że wejdę do środka i zostawię cię samego z tym? — zapytała Louise, gdy Shaun ujął jej dłoń i cała trójka zawróciła do księgarni; kolega Brutusa i pies już dawno dali nogę.

— Nie. — Uśmiechnął się szeroko. — Ale obawiam się, że mój instynkt opiekuńczy szybko nie zniknie, więc będziesz musiała z nim żyć.

— I... nie jesteś na mnie zły za nieposłuszeństwo?

Shaun zamyślił się na moment. — Myślę, że mógłbym się na ciebie złościć tylko wtedy, gdybyś narażała się na niebezpieczeństwo, nie uprzedzając mnie najpierw, że to zrobisz. Żebym mógł stanąć za tobą murem.

Jej uśmiech był jak wschód słońca i ścisnęła jego dłoń mocno. — Dziękuję.

— Świetnie sobie radziłaś beze mnie aż dotąd. Jesteś inteligentną kobietą, moja miłości. Ufam, że wiesz, kiedy grunt pali ci się pod nogami, i poprosisz wtedy o pomoc. — Już pokazała, że potrafi, opowiadając mu o prośbie skierowanej do Renwicka o pomoc w Sądzie Kanclerskim.

Shaun zjadł lekką kolację wraz z siostrami Baxter w kuchni nad księgarnią, przygotowaną przez panią Poole. Dołączył do nich też dr Williams, a potem zagrali w wesołą loterię, ku uciesze Brutusa, który uwielbiał tę grę.

Jak zawsze, Shaun nie chciał, by wieczór się skończył, ale w końcu pani Poole dobitnie oznajmiła jemu i dr Williamsowi, że czas, by spali we własnych łóżkach. Louise odprowadziła ich na dół, by wypuścić i zamknąć za nimi, a Shaun zwlekał jeszcze chwilę dla jednego boskiego, ale zbyt krótkiego pocałunku.

— Znalazłeś już dom? — zaśmiał się dr Williams, gdy słuchali, jak Louise zamyka księgarnię, zanim się oddalili.

— Jeszcze nie. — Jedyny pożar, jaki Benjamin zdołał wzniecić po powrocie do Hatfield, strawił dom, którym Shaun się interesował, zanim wyjechał, i budynek spłonął doszczętnie. Nic innego się nie nadawało i Shaun zaczynał się zastanawiać, czy nie będzie musiał budować od nowa. Przynajmniej domek doktora był już prawie skończony, odkąd robotnicy wrócili do domu. Glynn będzie mógł się tam wkrótce przenieść.

— Dobranoc — powiedział do doktora i skierował się do gospody. Riot stał na podwórzu, wsparty na kuli, i instruował trzech mężczyzn, którzy mieli tej nocy patrolować miasteczko. Wszyscy skinęli mu z szacunkiem, ale Shaun odczekał, aż Riot skończy i odeślał ludzi w teren.

— Wszystko w porządku? — upewnił się Shaun.

— Aye. Norbury jest nowy, ale tamci dwaj go wdrożą — westchnął Riot i stuknął kulą o ziemię. — Nie mogę się doczekać, aż pozbędę się tego cholernego badyla.

— Niedługo — pocieszył Shaun. — Już prawie masz sprawną nogę.

Riot posmutniał. — Nie wiem, czy kiedykolwiek będę tak szybki jak kiedyś.

Shaun poklepał go po ramieniu. — Chodź. Postawię ci piwo, zanim pójdę spać.

— To znaczy wpiszesz je na rachunek lorda Ferndale — dogryzł Riot.

— Hojny z niego pracodawca — odparł Shaun z uśmiechem.

— Ech, spadliśmy tu na cztery łapy, i to bez dwóch zdań — stwierdził Riot. — To był szczęśliwy dzień, kiedy zabrakło mi pieniędzy na dalszą podróż tu, w Hatfield. Znalazłem porządną robotę, dziewczynę moich marzeń i dobrego przyjaciela.

Riot trafił w samo sedno, pomyślał Shaun, gdy pan Haye przyniósł im dwa kufle z pogodnym uśmiechem. Uniesli je w niemym toaście, po czym rozkoszowali się wybornym trunkiem, który zawsze serwowano w Red Lion.

— No, ja idę spać — powiedział Shaun, gdy aż mu szczęka ziewnięciem trzasnęła. Zwykle brał pierwszą wieczorną zmianę, ale że dziś była niedziela i nie zdołał się zdrzemnąć po południu, zamienili się z Riotem. Riot obudzi go gdzieś po północy, a do tego czasu będzie siedział przed Red Lionem na ławce ustawionej tam, gdzie patrolujący będą się u niego regularnie meldować... i skąd Riot będzie mógł wygodnie mieć oko na księgarnię.

Kilka godzin później Riot go obudził. Shaun westchnął i wydobył się z wygodnego łóżka. Gdy już oficjalnie zostanie sędzią pokoju, nie będzie chodził na nocne patrole, postanowił. Choć miał nadzieję, że Benjamina Baxtera dawno będzie miał w areszcie i nie będą musieli aż tak czuwać.

Nowy, Norbury, czekał, gdy Shaun dotarł na front gospody. — Dobry wieczór, proszę pana — powiedział z nieśmiałym skinięciem.

— Coś do zgłoszenia? — spytał Shaun, mężnie tłumiąc kolejny ziew.

— Cóż...

— Wyrzuć to z siebie. — Uwaga Shauna się wyostrzyła.

— Byłem właśnie przy wozowni — Norbury wskazał przez przejście między Red Lionem a księgarnią, prowadzące na podwórze gospody i dalej do stajni za nią. — Zdawało mi się, że widziałem kogoś na polu za nią, a potem, jak się wspina przez mur.

— Który mur? Pokaż.

Było dość ciemno, tylko wąski sierp księżyca. Norbury niósł jednak latarnię, więc całkiem nieźle widzieli drogę.

— Ten mur, proszę pana — Norbury się zatrzymał i wskazał.

Shaun poczuł, jak lodowaty strach chwyta go za serce. To był mur oddzielający mały ogródek za księgarnią od bocznego podwórza stajni. Niełatwo było się nań wspiąć, ale dla wysokiego, lekkiego młodzieńca... — Zasłoń latarnię — rzucił ostrym tonem. Norbury postawił latarnię i narzucił na nią płaszcz.

— Podsadź mnie — rozkazał krótko, a Norbury posłuchał, pozwalając Shaunowi chwycić się krawędzi muru i podciągnąć na górę.

Przez chwilę, nim oczy przywykły do ciemności, nic nie

widział. Potem wychwycił nikły ruch. Ktoś wspinał się po bluszczu na tylnej ścianie budynku!

— Widzę cię! — krzyknął.

Postać zastygła.

— Zełaź stamtąd! — zaryczał Shaun. Zerkając w dół na Norbury'ego po drugiej stronie muru, dodał ciszej: — Obiegnij szybko na front księgarni i zacznij walić w drzwi, rób raban. Musimy ich zbudzić, i to prędko!

Norbury pobiegł co sił w nogach, a Shaun spojrzał znów na ciemną sylwetkę, która ewidentnie miała złe zamiary, akurat w chwili, gdy ręka wykonała szeroki zamach.

— Nie! — wrzasnął Shaun, ale łotr nie słuchał. Roztrzaskała się szyba i coś poleciało do środka. Shaun był ponuro pewien, co to było, bo usłyszał dalszy trzask szkła.

— Louise! — ryknął najgłośniej, jak umiał. — Obudź się! LOUISE!

Ciemna postać przemykała bokiem po bluszczu jak cholerny pająk, kierując się na skraj budynku, po czym skoczyła na mur, a potem na podwórze gospody.

— O, nie tym razem! — Shaun zeskoczył z muru i rzucił się w pogoń. — Benjaminie Baxter! — zaryczał, przekonany, kogo ściga. — Stać, ani kroku!

Chłopak na ułamek sekundy znieruchomiał, po czym wyrwał jak spłoszony zając. Cholera, był szybki; jak Shaun miał go dogonić? Ale gdy dobiegł do frontu Red Liona, potknął się o coś i runął jak długi na kocie łby.

— I tak leż, *cnaf*! — warknął Riot Jones, wbijając końcówkę kuli w kark chłopaka.

— Brawo, Riot! — Shaun dopadł i szarpnął kaptur z głowy Benjamina, odsłaniając wściekłą twarz młodzika. — No proszę — powiedział. — Cóż my tu mamy?

— Shaun? — usłyszał głos Louise, ale nie podniósł wzroku.

— Wybił szybę i wrzucił lampę huraganową.

— Wiem, wprost do mojej sypialni! Natychmiast ją zdusiłam. — Stanęła przy nim, ciasno otulona peleryną. — Och, Benjaminie — powiedziała, patrząc na chłopaka na ziemi. — Co za bałagan.

— Co z nim robimy? — zapytał Riot.

— Nic! Mój ojciec jest sędzią pokoju! — wrzasnął Benjamin. — Nic mi nie możecie zrobić!

— Naprawdę tak sądzisz, chłopcze? — zaśmiał się Shaun. — Złapaliśmy cię na gorącym uczynku. Nawet twój ojciec cię nie uratuje przed tym, co cię czeka.

Strach przemknął po twarzy Benjamina, gdy Shaun chwycił go i postawił na nogi. Z gospody zaczęli już wychodzić inni, zwabieni krzykiem i hałasem, i wkrótce otoczył chłopaka krąg wściekłych twarzy.

— A więc go dopadliście? — powiedział pan Haye.

— Owszem. Wspiął się na tył księgarni i wybił okno, żeby wrzucić lampę huraganową. Powiedziałbym, że to dość jednoznaczne.

Riot sięgnął do kieszeni Benjamina i wyciągnął hubkę. — Doprawdy, co chłopak szesnastoletni robi na ulicy o drugiej nad ranem z tym czymś w kieszeni?

— Powiesić go — rzucił ktoś, a zbyt wielu przytaknęło pomrukiem.

Louise ścisnęła ramię Shauna, spoglądając na niego z paniką.

— Tego nie zrobimy — powiedział głośno. — To nie byłaby sprawiedliwość. Jeśli ktoś mógłby wziąć konia i pognać do Ferndale Hall... poprosić lorda Ferndale, by przybył o świcie.

— A tymczasem piwnica na węgiel ma zamek i nie ma innego wyjścia — zaproponował rozsądnie pan Thomas.

— Znakomicie. — Shaun zaciągnął Benjamina za kark, pół żywiąc nadzieję, że chłopak się szarpnie, ale ten był bezwładny i bez oporu. Wciąż pewny, że ojciec go z tego wyciągnie, zgadywał Shaun. Cóż, chłopak się jeszcze zdziwi.

— Mamy ściągnąć pana Baxtera? — zapytał pan Haye.

— Absolutnie nie. — Shaun uśmiechnął się krzywo. — Nasz zacny sędzia pokoju od początku patroli kategorycznie żądał, by nie niepokoić go w nocy żadnymi złoczyńcami, których ewentualnie złapiemy. Usłuchamy jego poleceń i nie ściągniemy go, dopóki po śniadaniu.

Propozycję przyjęto śmiechem, a potem chętne ręce pochwyciły Benjamina i wrzuciły go do piwnicy na węgiel.

— Wracaj do łóżka — powiedział Shaun cicho do Louise, obejmując ją ramieniem i przytulając mocno. — A może prześpij się dziś u Bernadette. Rano przyjdę i zabiję dechą twoje wybite okno.

— Dobrze. — Wspięła się, by go pocałować, z uśmiechem na ustach. — Udało ci się — szepnęła. — Złapałeś go.

— To jeszcze nie koniec — ostrzegł, choć w duchu czuł pewność. Odprowadził ją do księgarni i poczekał, aż przekręciła klucz, po czym wrócił do drzwi piwnicy na węgiel, gdzie wartę trzymali Riot z Norburym.

— Dobrze się spisałeś — powiedział Shaun do Norbury-'ego, który aż się rozpromienił z dumy. — Ale teraz idź się przespać. Rano będziesz musiał bardzo dokładnie opisać, co widziałeś, więc odpocznij i bądź gotów na pytania.

Norbury przełknął ślinę — sam był jeszcze młokosem,

ledwie dwudziestoletnim — ale skinął odważnie. — Tak jest, proszę pana, dam radę.

— No to marsz. Pan Jones i ja zostaniemy tu na warcie.

— A jakże, nie zaryzykuję, żeby ktoś wypuścił tego małego *cnaf* — powiedział Riot z tryumfalnym uśmiechem. — Nie po tylu trudach, żeby go dopaść!

— Ma szczęście, że nie ma złamanej kostki. Świetny refleks, żeby podciąć go kulą! — pochwalił Shaun.

— Szybki jak zając, ten. Nie miałeś szans go dopaść!

Shaun przyznał, że to prawda, ale obaj z Riotem byli zbyt uszczęśliwieni, by sobie docinać. Oparli się o drzwi piwnicy na węgiel, uśmiechając się szeroko, aż nadszedł świt.

⁂

Pan Thomas sam pojechał konno do Ferndale Hall i najwyraźniej zerwał lorda Ferndale o brzasku, bo zegar kościelny właśnie wybijał siódmą, gdy powóz Ferndale wturlał się na podwórze gospody.

— No, no. — Lord Ferndale wysiadł, cały w uśmiechach. — Słyszę, żeście pochwycili naszego delikwenta, Jackson!

— To była praca zespołowa, proszę pana — odparł Shaun, postanowiwszy oddać sprawiedliwość, komu należy. — Wypatrzył go młody pan Norbury, nowy człowiek, a pan Jones tutaj go ujął, podcinając, gdy próbował dać dyla.

— Doskonale! I siedzi zamknięty w piwnicy na węgiel, jak mi mówił pan Thomas?

Shaun wskazał ciężkie, drewniane drzwi za sobą. Od chwili, gdy go tam zamknięto, od Benjamina nie dobiegł żaden dźwięk, ale Shaun ufał panu Thomasowi; nie było stamtąd drogi ucieczki.

— W takim razie, sądzę, że zostawimy go tu pod okiem pana Jonesa i pana Thomasa, a my obaj złożymy wizytę Joshua Baxterowi, co pan na to?

— Z największą przyjemnością — odparł wesoło Shaun.

Gospodyni państwa Baxter wyglądała na osłupiałą, widząc Shauna i lorda Ferndale o tak wczesnej porze w drzwiach, ale wprowadziła ich do pokoju śniadaniowego, gdzie Joshua i Phoebe siedzieli razem. Służąca miała na rękach ich najmłodszego, Barnaby'ego, i wyniosła go z pokoju.

— Dzień dobry — powiedział lord Ferndale. — Obawiam się, że pan Jackson i ja przychodzimy jako posłańcy bardzo złych wieści.

Phoebe i Joshua spojrzeli po sobie z widocznym zdumieniem, po czym znów na lorda Ferndale.

— Podpalacz został ujęty zeszłej nocy — oznajmił lord Ferndale.

— No cóż... to chyba *dobra* wiadomość, prawda? — pisnęła Phoebe głupawym śmiechem.

— Dla Hatfield na pewno — przytaknął Shaun. — Dla państwa rodziny, niestety nie. Przyłapaliśmy państwa syna, Benjamina, na rozbijaniu szyby i podpalaniu Baxter's Fine Books.

I Joshua, i Phoebe wyglądali na absolutnie wstrząśniętych i Shaun zrozumiał, że albo nie słyszeli plotek o Benjaminie, albo im nie uwierzyli. Czy oni w ogóle znali własnego syna?

— To niedorzeczność! — zapłakała Phoebe. — Mój kochany chłopiec! Oczywiście, że nie! Przecież on smacznie śpi na górze, gdzie był całą noc!

— Naprawdę? — ton lorda Ferndale był dość łagodny. — Zechciałaby pani to sprawdzić, pani Baxter?

— Idź i zobacz, Phoebe — wydyszał Joshua, a Shaun

dostrzegł, że prawda zaczyna do niego docierać. Shaun i lord Ferndale nie przyszliby o tej porze, ze śmiertelną powagą na twarzach, z fałszywymi wieściami.

Phoebe zbladła, wstała i pospiesznie ich minęła. Czekali w milczeniu, gdy jej kroki potuptały po schodach, a potem rozległ się odległy pisk.

— Sądzę, że powinien pan pójść z nami, panie Baxter — powiedział lord Ferndale.

— Ja... to niemożliwe — parsknął Joshua, nawet gdy Phoebe zbiegła pędem z powrotem. — Wy... podstawiliście Benjamina! Wrobiliście go!

— Jedyną osobą, która go „podstawiła", jest pan — powiedział lodowato Shaun. — Skazał go pan na porażkę w życiu, rozpieszczając ponad miarę i ślepo mu pobłażając.

Phoebe zapiszczała, a Joshua obrócił się na nią. — To twoja wina, kobieto!

— Zrzucanie winy wszędzie, tylko nie na siebie? Jakże to w pańskim stylu — pokręcił powoli głową lord Ferndale. — Panie Baxter. Czas stanąć w obliczu prawdy. Pański syn jest przestępcą, a pańska niezdolność choćby dostrzec, co robił, może zostać uznana za pomocnictwo w jego przestępstwach. Teraz, czy pójdzie pan z nami omówić, co trzeba zrobić, czy mam poprosić pana Jacksona, by pana zaciągnął?

Negocjacje

Louise czekała jak na szpilkach, aż Shaun i Lord Ferndale wrócą. Wróciła do łóżka, kładąc się z Bernadette, jak zasugerował Shaun, ale żadna z nich nie mogła zasnąć po tych emocjach; leżały więc i szeptały do świtu, zastanawiając się, co teraz będzie, skoro przyłapano Benjamina na gorącym uczynku.

— Nie otwierajmy dziś księgarni — rozsądnie zaproponowała Bernadette. — Żadna z nas się nie skupi. Wywieszę kartkę na drzwiach i odeślę Ruth do domu, gdy przyjdzie, albo jeśli zechce zostać, niech po prostu usiądzie i poczyta. Dotrzyma Brutusowi towarzystwa. Myślę, że lepiej trzymać go z dala od wszystkiego.

Louise uznała to za bardzo rozsądne. I z pewnością nie byłoby mowy, by mogła cierpliwie siedzieć za ladą i prowadzić zwykłe sprawy, gdyby miała się zastanawiać, co się dzieje!

— Nie zamierzam tu siedzieć i czekać, aż się dowiem, o co chodzi — oznajmiła. — Poproszę, żeby mnie dopuszczono do wszystkiego, co zostanie postanowione. W końcu jesteśmy ofiarami. Benjamin dosłownie próbował spalić mnie w łóżku.

Bernadette zadrżała. — Myślisz, że wiedział, że to twoje okno?

— Nie wiem. — Louise nie była nawet pewna, jak udało mu się tak wysoko wdrapać po bluszczu. — Może to było po prostu najłatwiejsze okno do sięgnięcia.

— Zacznę dziś zrywać ten bluszcz! Brutus mi pomoże, będzie miał zajęcie. Skoro Benjamin mógł się po nim wspiąć, ktoś inny też może!

Louise w to wątpiła, ale ponieważ zrywanie bluszczu było nieszkodliwym zajęciem, które mogło sprawić, że Bernadette poczuje się odrobinę spokojniejsza i bardziej pożyteczna, nic nie powiedziała.

Na szczęście Brutus i pani Poole jakimś cudem przespali cały nocny hałas, ich pokoje były bowiem na najwyższym piętrze. Słuchali z rozdziawionymi ustami, a pani Poole co jakiś czas wydawała z siebie krótkie, przerażone pisknięcia, kiedy Louise przy śniadaniu opowiadała, co się stało.

— Co się stanie z Benjaminem? — zapytał Brutus z wielkim zainteresowaniem, zjadając łyżką owsiankę. — Zostanie zesłany do kolonii?

Było to oskarżeniem, jak bardzo okropny był Benjamin, że w głosie jego młodszego brata pobrzmiewała nadzieja, pomyślała Louise. — Nie wiem — przyznała — ale wiem, że Lord Ferndale i pan Jackson będą chcieli mieć pewność, że już nigdy nie zrobi czegoś podobnego. I nawet twój ojciec nie wyciągnie go z tego bagna bezkarnie, Brutusie, o to się nie martw. — Uśmiechnęła się do niego. — Idę dowiedzieć się, co się dzieje, ale chcę, żebyś ty został tutaj, dobrze? Bernadette ma dla ciebie zadanie: zrywanie bluszczu na tylnej ścianie.

— Dobrze — zgodził się Brutus całkiem raźno i wrócił do jedzenia.

Louise miała taki ścisk w żołądku, że nie była w stanie nic przełknąć; uśmiechnęła się przepraszająco do pani Poole i zostawiła talerz, po czym zeszła na dół i poszła do sąsiedniego Czerwonego Lwa, gdzie pan Thomas i Riot Jones wciąż stali na warcie przed drzwiami do węglowej piwnicy.

— Musieliście być na nogach całą noc, czy nie boli pana noga? — zapytała Riota. — Powinien pan odpocząć. Na pewno znaleźlibyśmy kogoś na zmianę.

Szczupły Walijczyk uśmiechnął się do niej. — Bardzo to uprzejme, panno Baxter, ale będę trzymał wartę, dopóki pan Jackson nie powie inaczej.

— A gdzie on jest?

— Pojechał z Lordem Ferndale do domu pana Baxtera. — Riot skinął za jej plecami. — O, właśnie jadą.

Powóz lorda Ferndale istotnie wtaczał się na podwórze zajazdu. Shaun jechał obok woźnicy, zeskoczył i otworzył drzwiczki, by najpierw pomóc wysiąść Lordowi Ferndale. Potem wysiadł Joshua, z ponurą miną, i odszedł, zostawiając Shaunowi pomoc przy wysiadaniu szlochającej Phoebe.

— O nie — mruknęła Louise. — Czemu nie zostawili Phoebe w domu?

— Gdzie on jest? — zapiszczała Phoebe. — Gdzie jest mój ukochany chłopiec?

Louise wymieniła z Shaunem sfrustrowane spojrzenie.

— Sama się uparła, żeby przyjechać — powiedział Shaun półgłosem, gdy Louise do niego podeszła.

— Wszyscy do środka — rzucił rzeczowym tonem Lord Ferndale. — Ach, dzień dobry, panie Haye. Czy moglibyśmy skorzystać z sali zgromadzeń na improwizowane spotkanie? I jeśli dałoby się posłać gońców, sądzę, że najlepiej będzie, jeśli rada miejska zbierze się, powiedzmy, za dwie godziny?

Phoebe zawodziła i szlochała, a Louise, czując do niej odrobinę litości — choć Phoebe wcale na to nie zasługiwała — objęła ją ramieniem.

— Weź się w garść, Pani Phoebe — powiedziała, bez niechęci. — Robienie scen nikomu nie pomoże. Proszę się opanować, to może Pani mieć coś do powiedzenia w sprawie tego, co się wydarzy.

— To wszystko twoja wina! — wrzasnęła do niej Phoebe.

— To *moja* wina, że *Pani* syn podpalił tyle budynków i *zabił trzy osoby*? — odparła Louise z niedowierzaniem, a ostrość jej tonu, powaga wypowiedzianych słów musiały się przebić przez szok i żałobę Phoebe, bo ta przestała szlochać i wpatrzyła się w Louise z szeroko otwartymi oczami.

— Phoebe, Benjamin ma bardzo poważne kłopoty. — Louise popchnęła ją łagodnie w stronę drzwi do zajazdu. — Pani i Pan Joshua musicie przestać zrzucać winę na innych i przygotować się na błaganie o łaskę.

Wtedy z Phoebe jakby uszło powietrze i poszła tam, dokąd Louise ją poprowadziła; bezwolnie usiadła przy stole w sali na piętrze. Joshua również jakby się zapadł w sobie, usiadł cicho i splótł dłonie przed sobą.

Shaun wszedł z młodym mężczyzną, którego Louise nie znała, a za nimi pojawił się też Riot Jones. Lord Ferndale skinął, by zajęli miejsca przy stole, a potem Shaun odsunął Louise krzesło. Uśmiechnęła się do niego z wdzięcznością i usiadła, zadowolona, że nikt nie zasugerował, iż nie powinna tu być. Jak powiedziała Bernadette, to była jak najbardziej jej sprawa.

— Gdzie jest Benjamin? — zapytał Joshua cicho.

— Jest bezpiecznie przetrzymywany w piwnicy na węgiel na dole — odparł Shaun — pilnowany przez pana Thomasa i dwóch moich ludzi. Jeśli będzie trzeba, przyprowadzimy go, ale sądzę, że najpierw powinniście usłyszeć, co się wydarzyło.

Joshua skinął głową, a Shaun wskazał młodego mężczyznę, którego Louise nie znała. — Pan Norbury. Proszę opowiedzieć, co pan widział wczesnym rankiem.

Pan Norbury spłonął rumieńcem, odchrząknął i dość niepewnie zaczął wyjaśniać, że był na patrolu, kiedy wydawało mu się, iż zobaczył kogoś wspinającego się po murze między stajnią a tylnym ogrodem księgarni.

— Nie byłem pewien, więc sprowadziłem pana Jacksona i podsadziłem go na mur, a on zobaczył kogoś wspinającego się po bluszczu. Pan Jackson kazał mi pobiec do frontowych drzwi, walić i krzyczeć, żeby obudzić państwa Baxterów, więc właśnie to robiłem, kiedy usłyszałem trzask tłuczonego szkła.

Shaun podjął opowieść, a potem Riot wyjaśnił, że nie mógł spać z powodu gorąca i zszedł na dół, nim usłyszał krzyki i zobaczył kogoś, kto wybiegł przez bramę na Główną, a on podstawił mu nogę.

— A pan Jackson ściągnął mu kaptur i wszyscy zobaczyliśmy, że to Benjamin Baxter — zakończył Riot i w pokoju zapadła cisza.

— A panna Baxter — odezwał się Lord Ferndale. — Rozumiem, że to było okno do pani sypialni?

— Tak... Obudziłam się, gdy usłyszałam krzyki, a potem szkło się rozbiło i przez okno wpadła latarnia. Roztrzaskała się na podłodze. Zerwałam się i zdusiłam płomienie kocem z łóżka.

Phoebe znów zaczęła płakać, ale tym razem ciszej. Joshua nie poruszył się, by ją pocieszyć. Po prostu siedział, wpatrzony w swoje dłonie.

— Panie Baxter — powiedział Lord Ferndale — czy podejrzewał pan, że Benjamin jest podpalaczem?

Joshua drgnął, jakby zdziwiony, że go pytają, ale gwałtownie pokręcił głową. — Nie, nigdy! Kilka osób przyszło do mnie, mówiąc, że słyszeli plotki, ale ja myślałem... myślałem... — Zerknął szybko na Louise, po czym znów spuścił wzrok.

— Myślał pan, że to ja je rozpuszczam w odwecie za to, że pan rozsiewał plotki o nas — powiedziała Louise, rozumiejąc.

— Czy kupował pan dla Benjamina latarnie lub krzesiwa? — zapytał Lord Ferndale.

— Absolutnie nie — Joshua zawahał się, po czym powiedział wolno, jakby wyciągano z niego te słowa: — ale... miał wysokie kieszonkowe. Nigdy nie dociekałem, na co wydaje pieniądze.

— I nigdy pan nie sprawdzał, czy nocą jest w swoim łóżku?

Louise spojrzała na Lorda Ferndale z nowym podziwem. Mógłby być sędzią w sądzie, zadającym przenikliwe pytania, które tną prosto do sedna. Kontynuował teraz, pytając Joshuę, czemu jego zdaniem Benjamin wybierał właśnie te cele podpaleń, co sprawiało, że Joshua się kurczył, bo odpowiedź była oczywista. Poza starym nauczycielem, panem Flyte'em, który próbował uczyć Benjamina, i doktorem Rasleyem, który publicznie go zganił, każda inna osoba lub nieruchomość, które padły ofiarą, należały do kogoś, kogo Joshua uważał za wroga.

— Niezależnie od tego, czy pomagał pan i podżegał do tych przestępstw — powiedział wreszcie Lord Ferndale — to pańskie zaniedbania w wychowaniu i pańska mściwość doprowadziły do tej katastrofy.

— Zapłacę — wymamrotał Joshua, wciąż nie podnosząc wzroku. — Zapłacę za wszystko, co spłonęło.

— A jak zapłaci pan za życie trzech osób? — Lord Ferndale wreszcie podniósł głos. — Państwa Flyte oraz doktora Rasleya? Życia nie można kupić, panie Baxter! To nie jest sprawiedliwość!

Joshua zacisnął powieki, a Phoebe obok niego cicho płakała. W końcu Joshua odezwał się głucho: — Co pan proponuje, mój lordzie?

Lord Ferndale złożył dłonie w daszek, a potem spojrzał na Louise. — A ty co myślisz, Wnuczko?

Zamrugała, nieco zaskoczona. Shaun skinął jej zachęcająco.

— Cóż — powiedziała po chwili — wypłata odszkodowań za zniszczone mienie oraz dla rodzin zmarłych to dobry początek, Kuzynie Joshua, i nie ma wątpliwości, że to trzeba zrobić. Ale Benjamin nie może być wolny, by znowu siać zniszczenie. On nigdy nie przestanie. Żadne z nas nie mogłoby spokojnie spać w nocy.

— Jeśli sprawa trafi do Sądu Koronnego, zostanie albo powieszony, albo zesłany — powiedział łagodnie Lord Ferndale. — Zależnie od kaprysu sędziego, który zostanie wyznaczony.

Phoebe wydała z siebie żałosny skowyt. — Och nie, błagam, nie, proszę, mój lordzie!

Louise nie pragnęła widzieć, jak szesnastoletni chłopak wisi, bez względu na to, co uczynił, a zsyłka, samotnie, na drugi koniec świata, wśród zatwardziałych przestępców, byłaby zapewne równie dobrze wyrokiem śmierci — tylko dłuższym i boleśniejszym.

— A co z emigracją? — zapytał Shaun.

— Emigracją! — Joshua wbił w niego osłupiałe spojrzenie.

— Do Ameryk — doprecyzował Shaun. — Nie tylko

Benjamin. Wszyscy, jako rodzina. Nawet po wypłaceniu odszkodowań, jeśli sprzeda pan swoje nieruchomości, wciąż będzie pan bardzo majętnym człowiekiem, panie Baxter. Mógłby pan zacząć znakomite życie w Nowym Świecie, z dala od wszystkich, którzy wiedzą, co zrobił pański syn.

— Czy myślicie, że nadal będziecie mile widziani w Hatfield po tym wszystkim? — nacisnęła Louise, gdy Phoebe spojrzała z przerażeniem na ten pomysł. — Myślicie, że wasze towarzystwo przyjmie was z powrotem, jakby nic się nie stało? Całe miasto już huczy od tego, co zrobił Benjamin.

— I z pewnością to przekreśla pańskie dalsze urzędowanie jako sędziego pokoju — dodał Lord Ferndale do Joshui. — Musi pan natychmiast ustąpić.

Negocjacje trwały jeszcze godzinę, ale pod ich koniec Joshua zgodził się na wszystkie żądania. On i Phoebe mieli zorganizować emigrację do Ameryk i wyjechać niezwłocznie z Benjaminem i Barnabym; Brutus mógł zostać z Louise, a udział Joshui w księgarni miał zostać przepisany na Brutusa, co zapewni ich bezpieczeństwo. Shaun wymógł na Joshui, by połowę tego, co pozostanie z jego majątku, zapisał Brutusowi w formie funduszu powierniczego, zarządzanego przez Lorda Ferndale, Shauna i pana Yatesa do czasu pełnoletniości Brutusa. Wszystkie pozostałe nieruchomości Joshui miały zostać sprzedane po najlepszych możliwych cenach, wypłacone odszkodowania za pożary, a pieniądze odesłane Joshui i Phoebe tam, gdzie się osiedlą.

— Radzę trzymać Benjamina na bardzo krótkiej smyczy — powiedział surowo Lord Ferndale. — Może szkoła wojskowa i ostrzeżenie dyrektora co do jego skłonności. A jeśli znów zaczną się podejrzane pożary... może szpital dla obłąkanych.

— I nie rozpieszczajcie Barnaby'ego — dodała Louise do Phoebe na pożegnanie. — Nie wiem, jak to możliwe, że Brutus wyrósł na tak przyzwoitego chłopca, ale jest żywym dowodem, że nie jesteście totalnymi porażkami jako rodzice. Nie zawiedźcie Barnaby'ego, jak zawiedliście Benjamina.

Phoebe posłała jej spojrzenie pełne nienawiści, ale nic już nie powiedziała, tylko odwróciła się i ciężko oparła na ramieniu Joshui.

— Dopilnujcie, panie Jones, żeby Benjamina nie wypuszczono, dopóki nie będą gotowi do wyjazdu z miasta — polecił Lord Ferndale Riotowi. — Dajcie mu jedzenie i wodę, ale niech nie wychodzi z tej piwnicy.

To przyspieszy pakowanie Phoebe, pomyślała Louise.

— Och, i jeszcze jedno — odezwał się Shaun tuż przed tym, jak Joshua i Phoebe wyszli z sali. — Zanim opuści pan miasto, panie Baxter, proszę koniecznie złożyć wizytę panu Charlesowi i poinformować go, że wyraża pan zgodę, by Louise została moją żoną.

Dźwięk, jaki wydobył się z gardła Joshui, przypominał warknięcie, a spojrzenie, jakim obrzucił Shauna, było pełne wściekłości, ale skinął z niechęcią i wyszedł z sali, z Phoebe uczepioną jego ramienia. Riot przeprosił i wyszedł za nimi, zabierając ze sobą pana Norbury'ego.

— Cóż — Lord Ferndale odchylił się na krześle. — Co za absolutnie okropna sprawa.

Louise ujęła jego dłoń. — Dziadku, byłeś niezwykły! Kuzyn Joshua nie miał nawet szansy się sprzeciwić.

— Przyłapanie chłopaka na rzucaniu latarnią w okno twojej sypialni to nie jest coś, co da się wybielić — odparł sucho Shaun.

Kroki na schodach oznajmiły nowych przybyłych i pan

Haye zapukał do drzwi. — Członkowie rady miejskiej już są, lordzie Ferndale — powiedział. — Mam ich wpuścić?

— Owszem! — Lord Ferndale wyprostował się na krześle. — I czy mógłbym kłopotu przysporzyć o herbatę, mój drogi panie? A może jakieś herbatniki, a nawet tost? Nie zdążyłem zjeść śniadania...

— Tak być nie może! Zaraz dopilnuję, żeby coś panu przyniesiono. — Louise ścisnęła jego dłoń i pochyliła się, by pocałować go w policzek. — Dziękuję, Dziadku, za wszystko.

— Cała przyjemność po mojej stronie, kochana. — Lord Ferndale odwzajemnił uścisk.

Gdy wychodziła z sali, mijając członków rady gromadzących się na korytarzu i czekających, by wejść, Louise usłyszała, jak Lord Ferndale mówi do Shauna: — Najlepiej porozmawiaj z panem Charlesem, Jackson. Trzecie zapowiedzi będą ogłoszone w niedzielę; co powiesz na poniedziałek jako dzień ślubu?

Louise niemal zatańczyła po schodach, z szerokim uśmiechem na twarzy.

Poniedziałek jak najbardziej jej odpowiadał.

⁕

Nie wszystko dało się jednak rozwiązać tak łatwo. Sąd Kanclerski nie umorzy sprawy tylko dlatego, że Joshua wyjeżdża z kraju; choć napisał listy, według wskazówek Lorda Ferndale, cofające jego wniosek o ustanowienie go zarządcą majątku Matthew oraz opiekunem Louise i Bernadette, sąd i tak miał wydać orzeczenie. Renwick odpisał, obiecując przyjazd, a Lord Ferndale miał wystąpić w ich obronie, ale wciąż istniała możliwość, że sąd przyzna kuratelę i opiekę jakiemuś ich poplecznikowi.

Co oczywiście było powodem, dla którego Shaun tak bardzo pragnął poślubić Louise, zanim do tego dojdzie; wtedy kwestia jej opieki przestałaby być sporna i byłaby bezpieczna. Wydawała się więcej niż szczęśliwa z tego pomysłu i tydzień później szła już w dół nawy pod rękę z Lordem Ferndale, z radosnym uśmiechem na twarzy.

Joshua wyjechał z miasta wcześniej z Phoebe, Barnabym i Benjaminem, który spędził dwie noce w węglowej piwnicy i wydawał się bardzo spokorniały, kiedy w końcu wywleczono go i wepchnięto do powozu podróżnego. Shaun, irracjonalnie bojąc się, że Joshua go wypuści, jechał konno aż do połowy drogi do Londynu, pilnując powozu, zanim w końcu zawrócił do domu.

Pan Charles poprowadził ceremonię, rad, że ma zarówno ustną zgodę Joshui, jak i podpisany przezeń dokument, wyrażający zgodę na małżeństwo.

A gdzie Shaun i Louise mieli zamieszkać? Otóż po wyjeździe Joshui sporo nieruchomości nagle trafiło na rynek, ale ta, która najlepiej odpowiadała ich potrzebom, to dom, który był dotąd własnością samego Joshui. Był wprost idealny: duży, w krótkim spacerze od księgarni, z polem za domem, by Shaun mógł trzymać konia. Było też mnóstwo sypialni, w tym oczywiście ta, którą Brutus zawsze uważał za swoją, choć Brutus wydawał się całkiem chętny pozostać w księgarni z panią Poole i Bernadette. Lord Ferndale ustalił uczciwą cenę za dom, a Shaun zapłacił ją z prawdziwą przyjemnością. Potrzebowali trochę nowych mebli, ale to dało się z czasem łatwo zorganizować.

Lord Ferndale i panna Yates zorganizowali im piękne przyjęcie weselne w Ferndale Hall, na którym Lord Ferndale znów zaskoczył Shauna, informując go, że musi wziąć co najmniej dwa tygodnie wolnego, by spędzić je z nową żoną, i że powinien zabrać Louise na wakacje nad morze.

— Zarezerwowałem wam tydzień w Grand Hotel w Eastbourne — powiedział Lord Ferndale z błyskiem w oku. — Oboje potrzebujecie wypoczynku.

— Ale księgarnia! — zaprotestowała natychmiast Louise.

— Wszystko pod kontrolą — stwierdził stanowczo Lord Ferndale. — Bernadette mówi mi, że młoda Ruth radzi sobie za ladą bardzo dzielnie ostatnimi czasy, a Brutus też tam jest. Jestem pewien, że świetnie sobie poradzą.

Shaun widział, że Louise chce dyskutować, chce upierać się, że księgarnia to jej odpowiedzialność, ale spojrzała na siostrę, która właśnie w tej chwili tańczyła z doktorem Williamsem, i spoważniała.

— Wakacje nad morzem brzmią cudownie — powiedział, a ona spojrzała na niego i się uśmiechnęła.

— Nigdy nie widziałam morza.

— Nigdy? — on aż oniemiał.

— Sierpień to idealny czas na wyjazd nad morze — rozpromieniła się panna Yates. — Odrobina morskich kąpieli dobrze ci zrobi, Louise!

— Dobrze — zgodziła się. — I oczywiście wrócimy w samą porę na posiedzenie Sądu Kanclerskiego.

Tego nie opuściłaby za nic, i on też nie. Zbyt ważne było dla niej, by księgarnia pozostała otwarta — może w jej sercu dopóki księgarnia działała, ojciec mógł jeszcze wrócić — a to znaczyło, że Shaun zrobi wszystko, co w jego mocy, by tak się stało.

— Chodź, zatańcz ze mną jeszcze raz — poprosił. Roześmiała się i ujęła jego dłoń, a Shaun pomyślał, że nigdy nie znudzi mu się taniec z nią, jego Louise, tą piękną, wysoką, silną kobietą, która była teraz jego żoną.

Mamy nadzieję, że wspaniale bawiłyście się przy romansie Estelle i Felix. Przerzućcie stronę, by przeczytać prolog drugiego tomu serii *Księgarniane Piękności, Przystojny Doktor Bernadette.*

Przystojny Doktor Bernadette

ROZDZIAŁ 1: MIESZANIE KŁOPOTÓW

Początek marca 1815 roku
Hatfield, Hertfordshire

Bernadette Baxter, najmłodsza i bez dwóch zdań najbardziej pomocna z czterech córek Baxterów, prowadzących księgarnię Baxter's Fine Books w Hatfield w hrabstwie Hertfordshire, pilnie doglądała garnka z bulgoczącą mieszanką miodu i cytryny na kuchence. Wrzuciła do środka tuzin całych goździków, uważając, by nie zbliżać dłoni zbytnio do skwierczącego płynu. Doświadczenie nauczyło ją, że poparzenie po pomyłce boli piekielnie. Syrop pachniał rozkosznie słodko, gdy mieszała go trzy razy w jedną stronę, potem trzykrotnie w przeciwną, wdychając wonną parę. Goździki oddadzą swoje intensywne, lecznicze olejki, pozostając w całości, by mogła je pęsetą wyjąć z pastylek, zanim zastygną.

Dzwonek u drzwi księgarni zadźwięczał i usłyszała, jak siostra Louise podaje przybyłemu wskazówki, by wszedł do kuchni.

Po schodach podstukały lekkie kroki, a po chwili ukazał się

szczupły chłopiec z kędziorem rozczochranych, brązowych włosów.

— O, świetnie, Brutus, jesteś! — Bernadette ucieszyła się na widok młodszego kuzyna — ulubionego, choć w tej konkurencji nikt nie miał zbytnich szans — który przyszedł jej asystować.

— Pachnie o wiele lepiej niż klej introligatorski, który gotuje Louise! — rzucił z radosną miną.

— Już prawie można nalewać. Chcesz dokonać zaszczytu? — Ostrożnie zdjęła garnek z kuchenki i postawiła go na żelaznym podkładzie na kuchennym stole.

— Poproszę! — zawołał, podchodząc skwapliwie.

Szybko się uczył i chciał się przysłużyć, zawsze gotów podać rękę, choćby robota była brudna czy śmierdząca. Co więcej, Bernadette była wdzięczna, że Brutus jej towarzyszył po mieście. Był na tyle młody, że nie onieśmielał kobiet, którym pomagała. Trzymał się z boku, lecz co najważniejsze, pomagał jej nieść płody rolne, którymi klienci płacili. Nieraz jej kosz był tak wypchany owocami, miodem, mięsem i innymi darami od wdzięcznych pacjentek, że ledwie mogła go sama unieść.

Brutus był skrupulatnym chłopcem i szybko nabrał wprawy w wylewaniu chłodniejącej mieszanki na pergamin według jej wskazówek. Po kolei nakładał łyżeczką porcję wielkości orzecha na każdy kawałek papieru, po czym przechodził dalej, a Bernadette postępowała za nim z pęsetą, starannie wyjmując całe goździki. Ledwie kilka chwil i mieli już blat pełen pojedynczych cukierków.

Bernadette lekko wachlowała je jedną z wachlarzyków, by szybciej stygły. Gdy zastygną, wystarczy szybki skręt, by zamknąć pergamin, a pastylki będą gotowe do zaniesienia do aptekarza, pana Lennoxa.

— Mogę jedną? — zapytał Brutus, otwierając usta i wskazując ich tył. — Chyba wyrzyna mi się z tyłu ząb.

Bernadette podprowadziła go do okna, by mieć lepsze światło, i zajrzała mu do ust. — Dziąsło rzeczywiście wygląda na zaczerwienione. Zaparzę herbatę z goździków.

Skrzywił się.

— Wiem, smakuje okropnie — zgodziła się. — Ale najlepiej uśmierza ból.

— Nie mogę po prostu dostać pastylki?

Stłumiła odruch przewrócenia oczami. Młodzi tak sobie folgują z językiem! Pominęła fakt, że dzieliło ich ledwie siedem lat, ale ona dorastała w dobrze wykształconym domu, podczas gdy o Brutusa trudno było w ogóle powiedzieć, że został wychowany — rodzice go ignorowali, a okropny starszy brat gnębił. To doprawdy cud, że wyrastał na tak porządnego chłopca; mogła przymknąć oko na pewne językowe swobody.

— Tak, na razie. — Przebiegła wzrokiem po blacie i podniosła najbardziej koślawą pastylkę, podając mu ją. — Zaparzę goździki i nim wrócimy, napar będzie już porządnie mocny.

Jego ramiona opadły, choć pastylka już wylądowała w ustach. — Dzięki — wymamrotał przez słodycz, a Bernadette się uśmiechnęła. Brutus miał miłe maniery, choć przeczuwała, że nie podziękuje jej po tym, jak każe mu płukać gardło ostrym naparem z goździków. Chętnie pomógł jej załadować kosz i dźwignął go po męsku, kręcąc głową, gdy spytała, czy nie za ciężki. Spakowała drugi, nieco lżejszy kosz dla siebie i zeszli na dół.

Machnęli na pożegnanie do Louise, mijając ją przy ladzie, po czym ruszyli przez Hatfield do apteki pana Lennoxa.

— Ach, państwo Baxterowie! Jak miło was widzieć! — Aptekarz zawsze witał ich uśmiechem. Nie podniósł się jednak i pozostał za ladą. Choć bardzo się starała, Bernadette nie zdołała przyrządzić żadnego specyfiku, który by temu zacnemu człowiekowi pomógł. Lata temu, podczas dzielnej służby w Marynarce, stracił nogę poniżej kolana i odtąd chodził na drewnianej protezie. Gdy stał dłużej niż chwilę, doskwierał mu nieustanny ból w dolnej części pleców, ale kategorycznie odmawiał laudanum, mówiąc ze ściągniętą twarzą: — ta droga nie prowadzi tam, dokąd chciałbym iść — i to nie raz, gdy Bernadette sugerowała, że mogłoby ulżyć.

Pozdrowili jego pomocnika, którego wszyscy nazywali — Young Devon —, uśmiechem i machnięciem ręki, ale nie przeszkadzali mu, gdy obsługiwał klientów.

Oczy pana Lennoxa zalśniły na widok kosza. Szybko sprawdził ziołowe saszetki, pastylki i maści, które Bernadette rozłożyła na ladzie, po czym jej zapłacił.

Bernadette podziękowała i rzekła: — Choć żal mi, że straciliśmy doktora Rasleya, muszę wyznać, że dawno nie byłam tak zajęta.

— Zgadzam się — odparł pan Lennox z odpowiednio smutnym wyrazem twarzy. — Straszna strata dla miasteczka. Ale teraz mam tyle roboty, że Young Devon musi być tu codziennie.

Bernadette pochyliła się i szepnęła: — W zeszłym tygodniu nastawiłam złamany nadgarstek. — Była z siebie całkiem dumna. Młody urwis, co właził na drzewa, zemdlał, ale była pewna, że wykonała dobrą robotę i zagoi się bez kłopotów.

Pan Lennox zachichotał. — Brawo. Człowiek uczy się całe życie, prawda?

— Ależ owszem! — przytaknęła ochoczo. — Szkoda, że najbliższy lekarz jest w St Albans — jest w miasteczku parę osób z dolegliwościami, które naprawdę wymagają umiejętności prawdziwego lekarza, a nie są w stanie do niego dotrzeć.

— Doktor Edmonds nie przepada za wyprawami tak daleko — zgodził się pan Lennox. — Wkrótce dostaniemy nowego, na pewno.

Doktor Rasley tragicznie zginął w podejrzanym pożarze zaledwie kilka tygodni wcześniej. Nowego lekarza podobno zatrudniono w Londynie, lecz jeszcze nie przybył... może czekał, aż odbudują lekarską chatkę, pomyślała Bernadette. Tymczasem ona, pan Lennox i trzy położne z Hatfield prawie biegali na rzęsach.

Pożegnali się w najlepszej komitywie i pomachali Young Devonowi w drodze wyjścia.

Resztę poranka Bernadette i Brutus spędzili w biegu, chodząc od domu do domu do kobiet potrzebujących pomocy.

Każdą wizytę zapisywała w notesie, lecz używała własnego szyfru dla imion — na wypadek, gdyby książeczka wpadła w niepowołane ręce. Na przykład kuzyna Joshuy albo pastora Millingsa. Jeszcze by im się uszy zawinęło od kazania, gdyby — *on* — dowiedział się, jak szeroką działalność prowadzi.

Kobiety płaciły Bernadette płodami albo ziołami z przydomowych ogródków. Czasem jajami od własnych kur, a najlepiej — miodem z pobliskich pasiek. Nadchodząca wiosna, gdy tylko się nieco ociepli, rozwinie łąkowe kwiaty i przywabi pszczoły.

Po kilku godzinach, wróciwszy do księgarni, Bernadette i Brutus odłożyli kosze na ladę z westchnieniem ulgi. Były jeszcze cięższe niż wtedy, gdy wychodzili!

— Ależ poranek! — rzucił Brutus.

— Napar z goździków będzie już porządnie naciągnięty — uśmiechnęła się Bernadette.

— Już nie boli — szybko wypalił.

Louise parsknęła śmiechem. — Witajcie w domu, oboje. Pani Poole ugotowała zupę na obiad.

W jednym z koszy leżał świeży bochenek chleba. Wyborny był z świeżo ubitym masłem i do gęstej zupy pani Poole z pasternaku i marchwi. Bernadette jadła łapczywie, wiedząc, że całe popołudnie znów będzie miała zajęte. Miała jeszcze kilka pacjentek do odwiedzenia.

Nowy lekarz nie mógł przyjechać zbyt prędko, choć miała nadzieję, że będzie młodszy i lepiej wyuczony niż stary doktor Rasley, niech mu Pan Bóg da spokój duszy.

* * *

Środa była stałym dniem wizyt Bernadette u lorda Ferndale'a i panny Yates w Ferndale Hall, niemal dziesięć mil od Hatfield. Choć wyprawa zajmowała jej większą część dnia, nie przepuściłaby jej za nic — była ogromnie przywiązana do starszego rodzeństwa, które od lat przyjaźniło się z jej rodziną, a teraz było powinowatymi. Powóz przyjechał wkrótce po śniadaniu, by ją zabrać. Pomachała pani Bell, gdy wdrapywała się do środka — ta akurat wychodziła ze swego domu naprzeciwko księgarni. Pani Bell była jedną z trzech położnych w Hatfield, wszystkie miały teraz pełne ręce roboty, bo to mniej więcej dziewięć miesięcy po rozmaitych przesilenio-letnich uciechach.

W drodze powrotnej mogła wstąpić do pani Bell i sprawdzić, czy któraś z kobiet nie potrzebuje wsparcia — może ziół na pobudzenie laktacji, leczenie zapalenia piersi albo połogowych zakażeń.

Miło było zobaczyć lorda Ferndale'a, który upierał się, że ma go już nazywać — dziadkiem —, odkąd jej siostra Estelle poślubiła jego wnuka, Felixa, oraz siostrę lorda, pannę Yates, w dobrym zdrowiu. Bernadette nie przestawała o nich martwić się przez mroźne zimowe miesiące, ale przeszli najgorsze bez szwanku. Lokaj Ferndale Hall, pan Thorne, i gospodyni, pani Sykes, byli wdzięczni za słoik naparu z goździków, którego Brutus ostatecznie nie zużył.

W szklarni ogrodnicy ucieszyli się na jej widok i pomogli wykopać kilka kłączy imbiru, który Bernadette posadziła tam przed paru miesiącami. Roślina kapryśna, wymagająca wiele ciepła, przez co droga i trudna do zdobycia. Za to w pierwszych miesiącach ciąży doskonała na mdłości.

— Dziadku, nie wiem, jak dziękować tobie i ogrodnikom za uprawę imbiru. Naprawdę ułatwiacie ludziom życie. — Spojrzała uradowana na mały koszyczek kłączy, który podał jej ogrodnik. — Kupno takiej ilości kosztowałoby fortunę, musiałabym brać więcej, niż większość zdołałaby zapłacić. Uprawiając własny, mogę pomóc o wiele większej liczbie osób.

— Myślałem — rzekł lord Ferndale —, wiem, że zwykle robisz z niego herbatę albo kordiał, ale co, gdybyś dodała imbir do pastylki? Czy nie byłoby łatwiej dla tych, którzy nie utrzymują płynów?

Oczy Bernadette rozszerzyły się. — To znakomite! Sama powinnam na to wpaść! Ooo, mogłabym to nazwać — Imbirowym Ukojeniem Ferndale'a —.

— Świetny pomysł, moja droga. A teraz chodź już do środka, Florence będzie na nas czekała! — Poklepał ją życzliwie po dłoni i weszli do środka na południowy posiłek.

. . .

* * *

Po południu, z powrotem w miasteczku, Bernadette przeszła przez ulicę do domu pani Bell, zanim wróciła do księgarni. Położna wyglądała na znużoną, trzymając nogi na podnóżku i popijając filiżankę ziołowej herbaty. Nic dziwnego, że ostatnio mało spała przy tylu porodach. Dzieci zawsze miały zwyczaj przychodzić na świat w najmniej stosownych porach.

— Czy mogę w czymś pomóc, pani Bell? — zapytała Bernadette.

— A i owszem, widziałam dziś panią Pennyrigg. — Pani Bell upiła łyk i pokręciła głową. — Pan Pennyrigg nie daje jej spokoju, obawiam się.

— Ależ ona ma już dziewięcioro dzieci, a najstarsze ledwie dziesięć lat! — oburzyła się Bernadette.

— A i owszem. — Pani Bell spojrzała na nią znad filiżanki. — Dopiero co spóźniła się jej miesiączka.

— Zajrzę do niej jutro — powiedziała bez wahania Bernadette. Choć to nie był środek niezawodny, nauczyła się od matki bardzo szczególnej mieszanki ziół, które, gdy je mocno zaparzyć i wypić w odpowiednio wczesnym momencie po pierwszym spóźnionym miesiącu, mogły zapobiec dalszemu rozwijaniu się ciąży. Biedna pani Pennyrigg potrzebowała odpoczynku od bycia w ciąży... a Bernadette znalazłaby chwilę, by powiedzieć panu Pennyriggowi, żeby dał żonie spokój na jakiś czas!

Każda kobieta w wieku małżeńskim w Hatfield wiedziała, do czego zdolne są zioła Bernadette, i żadna — nawet jej okropna kuzynka Phoebe — nie pisnęłaby o tym słowa przy mężczyźnie. To sprawa kobiet, nie mężczyzn, a taka, co zdradziłaby kobiecy kod, mogłaby się przekonać, że nagle nie ma w pobliżu żadnej położnej, gdyby zaszła potrzeba.

— Mam dla pani tonik — rzekła Bernadette, grzebiąc w sakiewce i podając pani Bell butelkę.

— Dla mnie? — Położna wyglądała na zaskoczoną. — A niby na co?

— Na te chwile, gdy w środku nocy wzywają panią do porodu, a trudno zebrać siły, by wyjść z ciepłego łóżka — uśmiechnęła się Bernadette. — Może dodać pani animuszu.

Pani Bell roześmiała się, ale schowała butelkę i podziękowała Bernadette. — Dobra z pani dziewczyna, bez dwóch zdań.

Wracając przez ulicę, Bernadette uniosła twarz do nieba, napawając się ciepłym, wiosennym słońcem. Zima była parszywa, a wczesna wiosna deszczowa; dzisiejsze pogodne niebo było miłą odmianą.

Weszła do księgarni równocześnie ze służącą Rosie, która przytrzymała jej drzwi z przyjaznym uśmiechem. Rosie bywała nieśmiała przy niektórych ludziach, ale potrafiła być wręcz gadatliwa, jeśli kogoś polubiła. Z Bernadette rozmawiała sporo; ta zaś stwierdziła, że Rosie doskonale orientuje się, co w trawie piszczy w miasteczku. Między gospodynią panią Poole, położnymi i Rosie niewiele działo się w Hatfield, o czym Bernadette nie dowiedziałaby się prędzej niż później.

— Mam dla pani wieści, panno Bernadette — rozpromieniła się Rosie. — Nowy doktor już przyjechał.

— Do miasteczka? — Bernadette przyklękła, by nie dopuścić, aby Crafty, kot księgarni, wymknął się przez otwarte drzwi.

— Dziś rano, tak jakby. Wziął pokój w Red Lion, na rachunek lorda Ferndale'a, bo jego domek jeszcze nie gotowy — Rosie kiwnęła ważnie głową, wyraźnie zadowolona, że przekazała smakowitą nowinę.

— Dobra robota, Rosie — Bernadette rozjaśniła się na te świeże wiadomości. Lekarz wreszcie w miasteczku był bardzo mile widziany. Ot, choćby Farmer Allom — jego bark wciąż nie siedział jak trzeba po upadku z dachu stodoły. Bernadette studiowała ryciny w podręczniku medycznym i znała teorię tego, co należało zrobić, ale w praktyce brakowało jej czystej siły, by wepchnąć bark z powrotem w panewkę.

Miała nadzieję, że nowy lekarz nie będzie zbyt stary i wątły do ciężkiej roboty, jaka czekała w tak sporym miasteczku jak Hatfield.

Wbiegła po schodach, powiązała świeże zioła do suszenia, odłożyła także imbir z Ferndale Hall oraz kilka smakołyków, które panna Yates koniecznie kazała jej zabrać do domu. Cytrynowe ciasteczka były szczególnie znakomite; Bernadette rozważała jeszcze jedno, ale wcześniej zjadła już trzy. Zostawi te dla Louise, Brutusa i pani Poole — tak będzie sprawiedliwie.

Gdzież to była ta lista, niemal już gotowa? Chwila grzebania i odnalazła ją.

Nie tracąc czasu, zbiegła po schodach, pomachała Louise i panu Jacksonowi, notującemu coś w księdze rachunkowej za ladą, i ruszyła do Red Lion.

Karczmarz, pan Haye, ucieszył się na jej widok i spytał, czego sobie życzy.

— Słyszałam, że przyjechał nowy lekarz. Który to jego pokój?

Pan Haye uśmiechnął się szeroko. — A i owszem! Na górze schodów, ostatni po prawej.

Już miała wbiec na schody, gdy przystanęła, by szybko dopytać: — Jak on się nazywa?

— Przedstawia się jako Williams — odparł pan Haye.

Z tą wiedzą Bernadette ruszyła na górę i dotarła tylko lekko zasapana. Bieg od domu do domu, by nieść pomoc, przyzwyczaił ją do szybkiego tempa.

Zapukała do drzwi i zawołała: — Doktorze Williams? Jest pan?

Rozległy się kroki, po czym drzwi uchyliły się. Miała nadzieję na lekarza młodszego od Rasleya, lecz twarz, którą ujrzała, wyglądała stanowczo zbyt młodo, by należała do doktora. Może to syn lekarza? Mógł przyjechać z ojcem?

— Halo? — Mężczyzna był nieco wyższy od średniego wzrostu, o ciemnych włosach i oczach, ze skórą jakby zbyt opaloną jak na tę porę roku. Jakby wrócił niedawno ze słonecznych stron, Portugalii czy Hiszpanii.

— Szukam doktora Williamsa — rzekła. — Jestem Bernadette Baxter z Baxter's Fine Books, tuż obok.

— Ja jestem doktorem Williamsem — odparł mężczyzna.

— To niemożliwe. Ma pan najwyżej cztery i dwadzieścia lat!

— Możliwe i prawdziwe. Zresztą co do wieku ma pani rację. Dobry strzał. — Otworzył drzwi nieco szerzej i dostrzegła za jego plecami wygodny pokój oraz ciężko doświadczoną podróżami, otwartą szafę-lekarnię z szufladkami różnej wielkości.

— O raju, jaka piękna szafka, ale czemu tak obita?

Odwrócił się i spojrzał na nią. Niektóre partie lśniły wysokim połyskiem, ale po bokach brakowało wielkich drzazg drewna, a całość trzymały w ryzach dwa sprzączkowane pasy.

— Przetrwała ze mną wojnę.

— Nie sądzę, by był pan długo na służbie?

— Trzy lata — odparł, powoli mrugając tymi ciemnymi oczami, jakby przenikliwymi. Po chwili dodał: — Trzy — *bardzo* — długie lata.

Bernadette skinęła głową i wciąż nie mogła pojąć, jak może wyglądać tak młodo. Ludzie wracający z wojny z reguły wyglądali na zniszczonych i starszych, przynajmniej z jej doświadczenia! Musiał zaciągnąć się prosto ze szkolnej ławy.

Wciąż patrząc na intrygującą szafkę, rzekła: — Mamy w Hatfield wielu dobrych rzemieślników, ale są zawaleni naprawami po... ach — urwała. Doktor Williams będzie wiedział czemu. — W każdym razie przyniosłam listę pacjentów, których, jak sądzę, powinien pan zobaczyć w pierwszej kolejności.

Podała mu ją z rozmachem, wchodząc tylko o krok za próg, lecz zostając blisko otwartych drzwi.

Doktor Williams spojrzał na nią z lekkim zdziwieniem i pokręcił głową. — To wszystko dobrze, ale jestem tu z polecenia barona Ferndale'a, więc przyjmuję rozkazy tylko od niego.

Bernadette wyprostowała się na całą swoją wysokość — co wcale nie było wiele — i rzekła: — Jestem wnuczką lorda Ferndale'a, to on poprosił mnie, bym panu przekazała tę listę.

Doktor Williams przekrzywił głowę z podejrzliwością. Głos miał oskarżycielski. — Rozumiałem, że ma tylko jednego wnuka, obecnie w Irlandii ze świeżo poślubioną małżonką.

Bernadette rozpromieniła się. — Zgadza się. Panną młodą jest moja siostra, Estelle Baxter, a teraz lord Ferndale każe nam wszystkim mówić do siebie — dziadku —.

Jego pewność siebie przygasła, ramiona nieco opadły.

W duchu odtrąbiła sukces. — Lista. Proszę się nią zająć.

— A teraz chwileczkę — zaczął.

— Nie, — *pan* — proszę zająć się listą. — Założyła ręce na biodrach i wbiła w niego spojrzenie.

Doprawdy, fatalny początek! Jeśli nowy lekarz nie będzie jej słuchał, jakże ma się dowiedzieć, czego potrzebują mieszkańcy Hatfield?

Kliknij tutaj, aby kontynuować czytanie książki *Przystojny Doktor Bernadette*.

O Autorkach

Catherine Bilson i Ebony Oaten od lat współpracują, tworząc wieloautorskie antologie romansów w stylu regencji, które trafiają na listy bestsellerów.

Na konferencji Romance Writers of Australia w Adelaide w 2024 roku były pochłonięte prowadzeniem Indie Book Store, kiedy wpadły na pomysł tej serii. Księgarnia miała odegrać dużą rolę — i tak przecież spełniały swoje marzenie, sprzedając książki czytelnikom.

Dlaczego więc nie osadzić historycznej serii w samej księgarni? Z siostrami, które każda z osobna odnajdują miłość w tętniącym życiem miasteczku. Natychmiast zaczęły burzę mózgów nad komplikacjami i problemami — a co, jeśli ich ojciec pognał do Francji po wygnaniu Napoleona na Elbę, żeby zdobyć rzadkie książki? Bohaterowie przecież nie mieli skąd wiedzieć, że Napoleon już po kilku miesiącach ucieknie i sprowadzi na Francję chaos!

Na tej samej konferencji Catherine zdobyła RUBY — nagrodę Romantic Book of the Year — za swoją nowelę *The*

Bride Said No. Ta nowela, rzecz jasna, zaczynała jako część jednej z ich wspólnych antologii.

Ebony również wcześniej zdobyła Ruby — kilka lat temu, za jedną ze swoich słodkich powieści romantycznych, *The Girl and The Ghost*.

Skoro połączyły siły w romansie, na pewno mogły wymyślić coś wspaniałego.

Możesz śledzić autorki, zaglądając na ich strony i zapisując się do newsletterów.

Catherine znajdziesz tutaj:

Ebony znajdziesz tutaj:

O CATHERINE:

— Dorastałam w XIV-wiecznym dworze w północnej Walii i większość młodości spędziłam, wymyślając historie o ludziach, którzy mogli w nim kiedyś mieszkać. Kilka lat później uciekłam i poślubiłam przystojnego Australijczyka, a teraz żyję z nim i naszymi dwoma synami w nieustannym słońcu Queensland.

— Piszę oryginalne romanse w epoce regencji, wariacje inspirowane Austen oraz romanse o pionierach w Ameryce. Tworzę też współczesne romanse i romantic suspense pod pseudonimem Caitlyn Lynch.

O EBONY:

Ebony pochodzi z Melbourne w Australii i pracowała jako dziennikarka w kilku lokalnych redakcjach w mieście. Potem spróbowała sił w pisaniu romansów i już nie oglądała się za siebie. Wyszła za Walijczyka, takiego swojskiego *boyo*, i wychowują syna w Melbourne, gdzie jednego dnia potrafi być nieznośnie gorąco, a następnego leje jak z cebra.

spróbowała sił w pisaniu romansów i już nie oglądała się za siebie. Wyszła za Walijczyka, takiego swojskiego *boyo*, i wychowują syna w Melbourne, gdzie jednego dnia potrafi być nieznośnie gorąco, a następnego leje jak z cebra.

Księgarniane Piękności

Gorący Wielbiciel Estelle

Wesoły Dżentelmen Marii

Świąteczny Bohater Louise

Przystojny Doktor Bernadette

www.ingramcontent.com/pod-product-compliance
Lightning Source LLC
Chambersburg PA
CBHW032218050726
47591CB00001B/178